www.b-books.co.kr

KB145920

www.b-books.co.kr

사랑

안에

머물러

사
랑

안
에

머
물
러

초판 1쇄 찍음 2018년 9월 20일
초판 1쇄 펴냄 2018년 10월 4일

지은이 | 화 우
펴낸이 | 정 필
펴낸곳 | **(주)뿔미디어**

기획 · 편집 | 이영은
표지 디자인 | 우 물

출판등록 | 2002년 9월 11일 (제1081-1-132호)
주소 | 경기도 부천시 원미구 소향로 17, 303(두성프라자)
전화 | 032)651-6513 / 팩스 | 032)651-6094
E-mail | dahyangs@naver.com
블로그 | http://blog.naver.com/dahyangs
비북스 | http://b-books.co.kr

값 9,000원
ISBN 979-11-315-9279-3 03810

화우 장편 소설

사
랑
안
에
머
물
러

DAHYANG ROMANCE STORY

목차

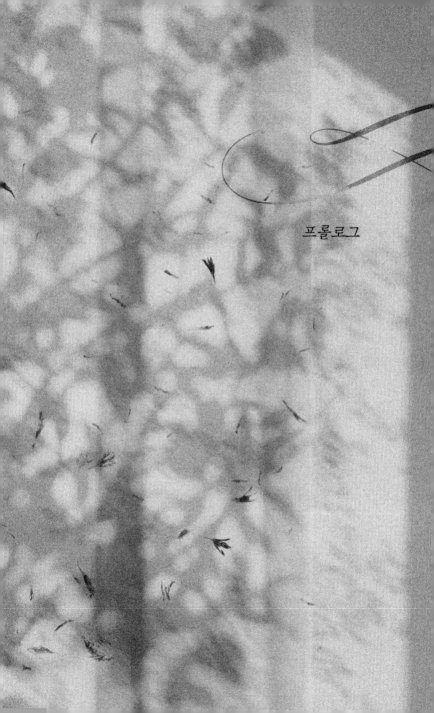

프롤로그

이제는 잊어야지 원래 그랬던 것처럼. 헤어날 수 없는 그리움에 잠 못 이루어도. 애모하는 맘이 깊고 질겨도. 흐렸다 밝아지는 달그림자 이지러짐을 예고한다면 감추고 숨겨야지. 부스러기로 남은 동정과 아주 작은 따스함이라도 붙잡고 싶은 마음 묻어 두어야지. 그리움이 독이 되지 않도록. 미련을 남겨 구차하지 않도록.

잘라 내도 잘라 내도 어느새 덩굴처럼 칭칭 감긴 올가미. 뒤늦은 후회가 덫이 되어 나의 목을 조른다. 잘라 냈지만 뿌리는 뽑히지 않았었나.

잊었겠지, 이만하면 되었겠지 위안하며 외면했지만 작은 기척에도 크게 반응하는 내가 무색하고 초라하다.

미움과 원망으로 시간을 허비하기에 짧은 인생이란 걸 알고 있지만 인간이기에 용서가 어렵고 힘들다. 죄는 미워도 사람은 미워하지 말라는 말, 이성적 판단이 지배할 땐 옳은 말일지라도 내 일이 된 경우엔 쉽지 않은 실천.

잘못된 자는 죄를 받아야 한다. 그 생각엔 변함없다. 왜냐하면 잘못한 사람을 내가 용서해 준다고 용서가 되는 것이 아니라, 그가 진정으로 뉘우쳐야 용서되기 때문이다. 진정한 용서를 받기 위해 진심으로 눈물을 흘릴 때야 난 비로소 악함을 잠재우고 평온을 되찾을 수 있을 것이다.

무너뜨리고 쓰러뜨리고 죽여야만 복수가 아니다. 평생 지은 죄의 무게를 체감하고 고통 속에 잠들지 못하는 생지옥이란 걸 알게 해 주고 싶다. 세상에 정의란 게 존재한다면.

용서하기 위해, 다시 사랑하기 위해 조금씩 조금씩 마음을 비워 가는 여자의 이야기.

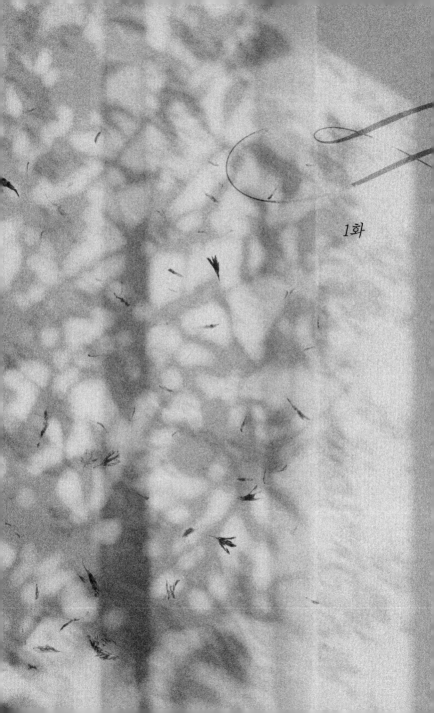

1화

햇살이 사선으로 비껴 흘러 두 남녀를 비추고 있었다. 빛이 내리는 그림자의 양면처럼 남자의 얼굴엔 승리감이, 여자의 얼굴엔 체념과는 다른 어떤 무엇이 찰나 비쳤다 사라졌다. 여자의 올곧은 시선은 정면과 아래를 향해 있지만 남자의 시선은 맞은편 여자 측을 살피듯 응시하고 있었다.

젊은 남자와 아름다운 여자의 간격은 제법 멀리 떨어져 있지만 끈끈한 인연의 실이 칭칭 그들을 감고 있었다. 보이지 않는 무형의 실이었다.

분위기가 차분한 가운데 투표가 시작되었고 결과가 발표되었다.

"긴급 소집으로 상장된 안건이 과반수 이상의 찬성으로 가결되었습니다. 이로써 AD캐피탈이 해성그룹에 합병됨을 선언합니다.

제반 세부 사항은 신속히 논의하도록 하겠습니다.”

조용한 침묵이 흘렀다. 모두의 시선이 정중앙에 꽂혔지만 시선을 받는 당사자인 젊은 여자의 얼굴은 평온했다. 중병으로 인해 구속 집행 정지 상태로 자택에 구금 중인 문영강 사장의 외동딸 문손하였다.

작고 화장기 없는 하얀 얼굴, 야리야리한 몸매가 처연함을 더하고 있었다. 얼굴 절반을 차지한 커다란 검은 눈망울엔 아무런 감정이 담겨 있지 않았다. 충격이라면 충격일 상황에 젊은 여자는 변호사를 대동하고 나타나 귓속말로 의견을 주고받을 뿐, 이렇다저렇다 큰소리 한 번 내지 않고 고개만 주억거렸다.

임원진은 복잡한 내부 사정을 몰라 그러는 것이라 짐작했지만 정작 그녀 곁에 자리한 박병호 변호사는 혀를 내두르고 있었다.

그녀는 누구보다 회사 합병에 대해 정확히 파악하고 있었다. 법정 절차에 따라 해산하여도 청산 절차를 요하지 않으며, 사원의 흡수 합체와 회사 재산의 포괄 승계가 행하여진다는 것까지. 나아가 신설 합병이 아닌 일방적으로 해산하고 존속하는 타방의 회사가 그것을 흡수하는 흡수 합병을 협상안으로 내건 쪽도 그녀 의견이었다.

AD캐피탈이 통째 해성그룹에 삼켜지는 순간이었다.

문영강 사장의 행보에 대해서 해성그룹과 세부 사항을 다시 긴밀히 협의해야 하겠지만 양측이 원하는 바가 확실한 만큼 일사천리로 진행될 것이라 판단했다. 많은 재판을 경험했고 여러 범죄자들을 대면해 온 베테랑인 그조차 20대 여자의 강단과 배짱이 어디에 근거한 건지 의문이 들었다.

누가 보더라도 최악의 상황, 평생 일궈 온 부친의 회사가 넘어 가기 직전, 하루아침에 거리로 나앉을 판국인데, 평생 손에 물 한 방울 안 묻히고 고생 한번 안 해 보았을 것 같은 젊은 여자는 마 치 이 상황을 예견이라도 한 듯 덤덤해 보였다. 초연한 태도는 위 선일까, 아니면 감춰 둔 은닉 재산이 있는 것일까.

"고생하셨습니다, 이만 가시죠."

의자를 뒤로 빼 주며 혹시나 쓰러질까 염려해 주는 박 변호사 의 호의를 아는지 모르는지 손하가 자리에서 조용히 일어나 걸쳐 둔 겉옷을 팔에 걸칠 때였다. 상대측 두 명의 남자가 빠르게 그들 에게 접근했다.

"해성 측 변호사 천상국입니다. 경황이 없으시겠지만 절차를 따라 신속히 협상 자리를 마련했으면 합니다."

갑과 을의 위치가 바뀌니 승냥이 떼들이 달려드는 거야 당연했 지만, 성급히 구는 행동에 눈살이 절로 찌푸려져 박 변호사의 입 에서 고운 말이 나오지 않았다.

"성급하십니다. 이쪽에도 시간적 여유를 줘야……."

"괜찮아요, 박 변호사님."

"하지만."

박 변호사는 만류하는 손하의 손짓에 그대로 얼음이 되었다. 자신이 흥분할 일이 아닌데 당사자보다 화가 치미는 이유를 모르 겠다. 예예 하니 사람을 바보로 아는지 대접이 이럴 수는 없었다.

문 사장이 졸지에 저리되니 언제 친분이 있었냐는 듯 사람들은 등을 돌려 버렸다. 세상인심 야박하기도 했다. 화가 나야 할 사람은 덤덤한데 냉정해야 하는 그가 오히려 흥분하는 상황이 우스꽝스러웠다.

"언제가 좋을까요?"

기분 나빠 하거나 눈살을 찌푸리지도 않고 되묻는 여자의 태도에 당황한 건 오히려 상대방이었다.

"아, 그게……. 사장님?"

"내가 말하지."

말쑥한 정장 차림의 남자가 대화에 끼어들자 양측 변호사가 한 발 뒤로 물러났다.

오늘의 주인공, 해성그룹 젊은 오너 소태진. 젊은 남자는 훤칠한 키에 떡 벌어진 어깨를 하고 있었다. 태양을 등졌음에도 타고난 그 잘난 얼굴선은 뚜렷해 보였다. 굵은 눈썹과 둥그런 아치를 이루는 이마가 조화로웠다. 알짜배기 캐피탈을 꿀꺽 먹어 치운 괴물치고는 젊디젊은 CEO였다.

"삼 일 뒤 1시 어떠신가요? 차를 보내겠습니다."

"삼 일 뒤……. 할 일이 있어서 일주일 뒤 화요일로 하죠. 그리고 호의는 고맙지만 차는 보내지 않아도 됩니다. 제가 회사로 찾아가겠습니다."

한마디로 정중한 거절이었다. 대화가 오가는 동안 남녀 사이에 묘한 기류가 흐르고 있었다. 그건 승리에 도취된 우월감도 아니었고, 괴로워하는 패배자의 부끄러움도 아니었다.

"축하드려요. 앞으로도 번창하시길 바랍니다."

뜻밖에 내밀어진 하얀 손을 물끄러미 바라보기만 할 뿐 미동조차 하지 않는 태진을 보던 해성 측 천 변호사가 낮은 목소리로 그를 재촉했다.

"……사장님?"

"그럼 그렇게 하죠."

물끄러미 여자를 바라보던 남자가 내밀어진 하얀 손을 마주 잡았다. 이후에도 남자의 시선이 떨어질 줄 몰랐지만 여자는 앞만 응시할 뿐 입을 다문 채 잡은 손에서 힘을 뺐다. 힘겹게 잡았던 손은 상대의 체온을 느끼기도 전에 빠르게 떨어져 나갔다.

그녀가 퇴장하고 나서야 합병을 축하하는 환호와 기쁨의 함성이 회의장을 가득 메웠지만 정작 당사자인 해성그룹 소태진의 가슴에 설명할 수 없는 회오리가 휘몰아치고 있었다.

'원하던 바를 이루었는데 왜…….'

보호막이 사라진 지금 그에게 매달려 애원해도 시원찮을 판에 고개 꼿꼿이 쳐들고 애쓰는 모습이라니. 그래 봤자 오래가지 못할 것이라고 예상했지만 여자는 그가 생각했던 것 이상으로 강인하고 치밀하고 이성적이고 냉철했다. 자존심을 지키려는 꼿꼿함이 거슬렸지만 비단 그뿐 아닌 무언가가 더 있었다.

손하는 자신에게 꽂히는 따가운 시선을 피해 최대한 꼿꼿하게 몸을 세워 회의장을 빠져나갔다.

누군가 내게 봄이었으면 하고 바랐다. 하지만 그 대상은 따스한 봄이 아닌 눈 내리는 겨울이었다. 가는 마음 멈추지 못해 혹시나 그래도 혹시나 요행을 바랐건만 가시를 숨긴 채 얼어 버린 그의 마음을 녹일 수 없었다.

아주 잠깐 행복했다. 따스함을 줄 수 있다고 내게 빛이 될 수 있다고 노력하면 될 거라는 희망을 가졌었다. 따스한 봄이고 위안이 되리라 믿는 동안만은 행복했다.

하지만 헛된 바람이었다. 손에 잡힐 듯 잡힐 듯 빠져나가는 모래알처럼 잠깐 동안의 기쁨이었고 또 예정된 절망이었다. 눈치챘을 땐 이미 그에게 맘을 빼앗겨 버린 후였다. 초월적인 존재가 아니기에, 나도 인간이고 여자이기에 작은 희망을 품은 지금까지도 그를 온전히 놓지 못했다. 차가운 시선과 얼음장 같은 예의 바름이 비수가 되어 깊이깊이 찔러 와 아릿했다.

자신은 그저 그에게 원수의 딸이자 복수의 대상일 뿐이었다는 확실한 진실 앞에 머릿속은 아득하기만 했다.

외롭지 않기 위해 선택한 사람이기에 잠재우기 힘들겠지만 이젠 시간의 흐름 속에 추억으로 묻어 둬야 하나 보다. 거짓된 약속인 줄 알면서도 믿고 싶어 끝까지 부여잡던 한 줄기 희망이 이렇게 체념이라는 무기력함을 동반한 허탈감으로 남아 힘겹다. 추억이 아쉽고 다가오는 모든 것이 두렵다. 뭘 하고 있는지 뭘 해야 하는지 순서를 정하지 못하고 멈칫대는 내가 싫다.

"바래다드리겠습니다."

"아니에요. 잠시 걷고 싶네요. 먼저 가세요."

"하지만."

박 변호사가 채 말리기 전, 엘리베이터가 1층에 서자마자 내린 손하는 차가운 공기를 폐부 깊숙이 빨아들이며 크게 심호흡을 했다.

언젠가 시간이 지나면 지금의 슬픔보다 곱절 큰 행복 안에서 숨 쉴 수 있을까. 살갗으로 스며든 추위보다 곁에 아무도 없다는 현실이 너무 힘들었다. 고지를 눈앞에 두고 단단히 맘을 다잡자 하면서도 변수였던 그의 확인 사살에 휘청이는 자신이 싫었다. 뭘 바란 걸까.

'문손하 참 아둔하다. 아직도 기대를 버리지 않은 거니? 그래?'

연극 1막이 막을 내리고 2막이 시작되었다.

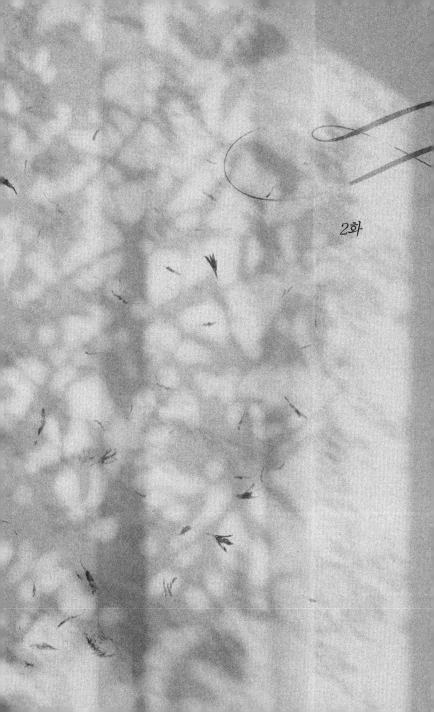

2화

오후에 시작된 비가 눈이 되어 내리자 영상 기온은 금세 영하로 떨어졌다.

귀가 후 종일 아무것도 먹지 않고 방에 틀어박혀 나오지 않는 손하가 걱정된 윤 씨는 망설이다 노크를 했다. 속이 말이 아니겠지만 이럴 때일수록 먹어야 힘을 내지 않겠는가.

집안 분위기가 엉망이었다. 집까지 넘어가 빈손으로 나가야 할 지경에 몰리니 그저 한숨만 흘러나왔다.

"저, 아가씨. 아⋯⋯."

"무슨 일이세요?"

"식사 좀 하세요. 그러다 쓰러지세요."

걱정이 가득한 물기 어린 목소리를 차마 외면할 수 없었는지 작은 목소리로 손하가 대답했다.

"알았어요. 내려갈게요."

뭐라도 먹겠다는 그녀의 대답이 반가워 날듯이 주방으로 돌아간 윤 씨는 부랴부랴 소화 잘되고 부담스럽지 않을 식단을 준비했다. 두부, 양배추 쌈, 오이 샐러드. 맘 같아선 단백질 풍부한 고기를 굽고 싶었지만 그녀가 소식하는 식습관을 알기에 담백한 찬으로 상을 차렸다.

먹어야 했다. 먹어야 힘을 내고 살 의지도 생기는 법이었다.

"드세요……."

쉬었다가 젓가락질 한 번, 또 쉬었다가 한 번. 그 모양을 지켜보는 윤 씨는 애가 탔다.

"병나시겠어요. 먹고 힘내셔야죠. 그래야 사장님을……. 에구 주책없이 눈물이……."

목이 메고 눈물이 맺혀 황급히 등 돌린 윤 씨가 앞치마에 눈물을 찍어 냈다. 자신이 이러면 안 되는데 이 상황이 믿기지 않았다.

아무리 부자가 삼대를 못 간다지만 하루아침에 집안이 몰락하다니. 누구보다 강인하고 세상 무서운 줄 모르던 문 사장이 쓰러져 수족을 움직이지 못해 회사까지 넘어간 지금의 상황이 믿기힘든 현실이었다.

윤 씨는 그저 도우미일 뿐이었지만 나름 이 일을 천직으로 여기고 열심이었다. 손하가 초등학생일 때부터 집안일을 도맡아 했고 외동딸인 그녀를 자식처럼 돌보다시피 했다. 어릴 때부터 영재 소릴 듣던 총명한 아이, 어쩌나 영특하고 재주가 많은지 정이 흠뻑 들었다. 게다가 일하는 아랫사람이라고 함부로 대하지도 않았다.

반면 괴기스럽고 과격하기까지 한 문 사장은 윤 씨를 타박하고, 험한 말을 내뱉기 일쑤였다. 그럴 때마다 그만두고 싶었지만, 그런 자신을 불안한 표정으로 숨어 지켜보던 어린 손하 때문에 꾹 눌러 참았던 적이 한두 번이 아니었다.

"죄송한데, 그만 먹을게요."

"……네."

밥을 반도 비우지 못한 심정을 이해 못 하는 바 아니었지만, 남겨진 찬과 스산한 집안 분위기에 윤 씨는 눈치 없이 눈물이 흐르는 걸 앞치마에 황급히 닦아 냈다.

"아주머니, 여기 앉으세요. 할 이야기가 있어요."

"……네? 네."

"돌아가는 사정은 말씀드리지 않아도 짐작하고 계셨을 거예요. 오 기사님께는 따로 이야기해 두었어요."

불길한 예감이 적중하려나. 흙빛으로 변해 가는 윤 씨의 안색을 살피던 손하가 어렵게 말을 이어 갔다.

"이제 빈털터리나 매한가지예요. 이 집도 한 달 안에 비워야 하구요."

"흐흑, 이렇게 갑자기……. 세상에 이런 일이……."

윤 씨는 쏟아져 내리는 눈물을 참을 수 없었다. 일을 그만두고 나가야 해서가 아니었다. 경력도 있고 자식들도 출가해 돈 들어갈 일도 없었다. 그녀가 걱정하는 건 평생 반신불수로 살아가면서 돌봐 줘야 하는 사람이 필요한 환자였고, 혹독한 그녀의 앞길이었다.

"사람이 이럴 수는 없어요. 소 사장님 그분이 어떻게 이럴 수 있답니까?"

"전 괜찮아요. 그러니 울지 마세요."

과거와 겹쳐지는 그림이었다. 사장에게 타박 아닌 타박을 듣고 맘 상해 구석에서 눈물을 훔칠 때면 어린 그녀가 조용히 다가와 자신을 위로해 주었다. 바로 오늘처럼.

'아줌마, 울지 마. 울지 마요. 내가…… 내가 더 잘할게요. 그러니까 울지 마요.'

도우미에게 정을 붙일 만하면 나가 버리기 일쑤니 아이가 견디기 힘들었을 것이다. 아무리 문 사장이 딸을 감싸고돌아도 사업상 출장으로 집을 비우는 일이 잦았던 탓에 외로움과 기다림이 일상이 돼 버린 외로운 아이였다.

윤 씨는 그녀가 우산이 없어 비를 홀딱 맞고 하교할 때도, 밤새 열이 나 끙끙대며 신음할 때도 곁을 지켰고, 계절마다 찾아오는 운동회에도 부모 대신 참석했다. 그만큼 손하는 윤 씨에게 딸 같은 소중한 존재였다.

"이거 받으세요."

영문을 몰라 윤 씨가 식탁 위에 놓인 통장과 손하를 번갈아 보았다.

"퇴직금입니다. 많이 드리지 못해 죄송해요."

"네⋯⋯?"

"그동안 해 주신 것에 비하면 조촐해요. 비밀번호는 생일입니다."

퇴직금이라니. 집도 넘어가고 거리로 나앉을 판에 퇴직금을 챙겨 주다니, 말도 안 된다.

"아가씨 이러지 마세요. 저도 경우 있는 사람입니다. 돌아가는 사정 뻔히 아는데, 이러지 마세요."

윤 씨가 한사코 거부하며 통장을 받으려 하지 않자 손하가 나지막이 그녀의 이름을 불렀다.

"아주머니, 급여를 드리는 것도 오늘이 마지막입니다. 그동안 일해 주신 대가로 지급해 드리는 퇴직금이니 받아 주세요. 그래야 제 맘도 편해요. 부탁이에요."

"그렇게 못 합니다. 어떻게⋯⋯."

"절 위해서예요. 훌훌 털어 버리고 싶어서. 돈으로 환산할 수 없지만 성의는 표시하고 싶어요. 아주머니를 빈손으로 가시게 하면⋯⋯ 저 잠 못 자요. 아시잖아요."

"흐흑, 흑⋯⋯."

"정리하시는 대로 떠나세요. 저도 챙길 건 챙기고 나머진 어떻게든 처리하거나 태울 생각이니까."

"⋯⋯어디로 가시는데요?"

"모르시는 편이 나아요."

"집은 구하셨어요? 사장님 간호할 요양사는요? 당분간만이라도 제가⋯⋯."

단호하게 고개를 좌우로 흔드는 손하를 보며 윤 씨는 입이 얼어붙어 말을 하지 못했다. 사람이 무섭다고, 가까운 사람이 가장 무서운 거라고 어른들이 당부하던 말이 이렇게 절실하게 와닿을 날이 올 줄 누가 알았을까.

믿었던 사람에게 뒤통수를 맞고 보니 새삼 태진을 향한 적대감에 절로 주먹이 쥐어졌다. 좋은 사람인 척, 다정하고 예의 바른 남자인 척하던 그 빌어먹을 놈은 실상 발톱을 숨긴 늑대였다. 그것도 모르고…… 백년손님이라며 살뜰히 대접했는데.

"소 사장님, 천벌받으실 겁니다. 암요. 그렇고말고요."

"그 사람은…… 사업상 만남을 가졌을 뿐이에요. 이제 와 탓하면 뭐 하겠어요."

윤 씨는 더 이상 할 말이 없었다. 그녀는 남기를 원했지만 손하가 원치 않아 했다. 윤 씨는 지금의 손하가 낯설었다. 오랜 시간 보아 온 그녀와는 다른 느낌이었다. 이럴 때일수록 그녀가 자신에게 도와 달라 남아 달라 부탁할 줄 알았는데, 어린애로만 보았던 작은 숙녀는 심지 곧고 누구보다 강인한 생명력을 지니고 있었다.

미련을 버리지 못하고 자꾸 돌아보는 윤 씨를 애써 무시하고 손하는 방으로 돌아와 한참을 우두커니 어둠 속에 서 있었다. 우선 당장 내일부터 해야 할 일을 떠올리다 자연스럽게 책상 서랍 안쪽에 설치해 둔 비밀 공간에서 빛바랜 사진 한 장을 꺼내 들었다.

남자가 여자 어깨에 다정히 팔을 걸치고 렌즈를 향해 환히 웃고 있는 젊은 연인의 모습이 담긴 사진이었다. 흰 모자를 쓰고 빨간 망토를 입은 여자는 눈부시게 아름다웠고 날렵한 몸매에 투박하지만 파란 스웨터를 입은 남자는 매우 준수한 외모였다.

뚫어지게 사진을 내려다보던 그녀가 조용히 눈을 감자 어디선가 그녀를 다정하게 부르는 목소리가 들려왔다.

"엄마 아빠 이제 다 왔어요. 곧 끝날 거예요. 그곳에서 편안하세요?"

혼잣말처럼 중얼거리는 그녀의 두 눈이 허공 어딘가를 맴돌았다.

'까르르르.'

'우리 딸. 우리 보물.'

'민하야.'

'민……하야.'

선명하게 떠오르는 행복했던 추억과 아련한 음성이 펼쳐졌다. 부드러운 음성과 아름다운 선율, 따스한 잠자리, 그 이상 완벽할 수 없었던 그런 순간들. 조각처럼 떠오르는 단편적인 기억들이 그녀를 버티게 했다. 이 말도 안 되는 복수극을 실행하게 만든 원동력이 되었다.

막연했던 계획은 소태진 그로 인해 탄탄하고 구체적인 구도를 갖추었고, 그를 이용해 목적을 이룬 지독히도 영리하고 교활한 여자가 바로 저였다. 스스로 괴물이 돼 버린 지금과 사탕 하나에도 세상을 다 가진 것처럼 깔깔대며 웃던 작은 꼬마 아이의 모습이 겹쳐졌다. 두 이미지 사이의 극명한 거리 차가 그녀로 하여금 헛웃음을 뱉어 내게 만들었다.

이제 해야 할 일은 다 끝났다. 휑한 빈 공간에 둥둥 떠다니는 회한, 혹시나 들킬까 염려하고 조바심 냈던 시간도 훌쩍 지나갔다.

나만 힘든 게 아닌데, 나보다 힘든 사람이 많은데 꼭 이런 선택을 해야 했을까. 수없이 고민하고 고민하다 결정했다. 목적 하나만 생각하고 좇아 이룬 현재의 허탈하고 비참한 결과 앞에 순수하게 기뻐하는 사람은 아무도 없었다. 단 한 사람도 없었다. 한 사람도.

3화

해성그룹 분위기가 심상치 않았다. 합병이라는 타이틀을 거머
쥔 지금, 누구보다 기뻐 날뛰어도 모자랄 판에 기분이 하향 곡선
을 그리며 곤두박질치는 중인 오너 태진의 눈치를 보느라 직원들
은 숨도 제대로 못 쉬었다.

　"왜 저러시는지 몰라?"

　"모르겠어요."

　사흘, 오늘로 딱 사흘 동안 오너는 말도 붙이지 못할 정도로 살
벌한 분위기를 풍겼다. 사흘 전이라면 AD캐피탈의 흡수 합병이
결정된 역사적인 날인데 기분 좋지 않을 일이 무엇이란 말인가.
하늘을 날아도 부족할 판에 무슨 이유에선지 그는 무거운 침묵만
유지하고 있었다.

　마침 천 변호사가 사무실로 들어서자 직원들은 일제히 입을 다

물고 자리로 돌아갔다.

사장실에선 태진이 문을 등지고 창가에서 아래를 내려다보고 있었다.

"사장님."

"조사하라 지시한 건 어떻게 되었습니까?"

"자산 가치가 있는 건 경매로 넘어간 상태고 은닉한 재산도 없었습니다. 정리 수순을 밟아 부채까지 마무리하면 얼마 되지 않습니다."

"더 알아보세요. 특이한 점은 없었습니까?"

"별일은 아니지만 집 안에서 연기가 나 알아보니 뭔가 태우는 것 같다고……. 짐을 줄이기 위해서인 것 같습니다. 일하던 운전기사와 도우미 아주머니도 내보냈다고 합니다. 부동산을 통해 알아보니 이사할 예정이랍니다. 집을 비워야 하니까요."

이상한 침묵에 천 변호사가 고개를 들어 태진을 살폈다.

"어디입니까?"

"경기도 가평입니다. 집값도 집값이지만 서울보다 그곳이 환자에게 좋다 판단한 것 같습니다."

환자는 문영강 사장을 말하는 것이었다. AD캐피탈의 주주로서 권리를 행사하지 않고 순순히 해성에 회사를 넘김으로 고소는 취하되었고, 반신불수로 장애인 1급 판정을 받아 정상 참작이 되었다.

이상하게 일이 쉽게 풀렸다. 동네 슈퍼를 인수해도 잡음이 일텐데 알짜배기 캐피탈을 집어삼키는데 이렇다 할 반항 한번 하지 않고 회사를 순순히 넘기다니.

그리고 그것보다…… 그녀의 반응이 뜻밖이었다. 집어삼키는 주체가 그라는 걸 알고 난 후에도 따로 연락을 취해 오지 않았다. 가장 이상적인 흐름이었지만 이상했다. 정상이 아니었다.

"그럼, 전 다음 주 화요일까지 서류를 준비하겠습니다."

천 변호사가 나가고 사무실 문이 닫히자 태진은 팔짱을 끼고 며칠 전 손을 내밀어 악수를 청하던 여자, 문손하 그녀를 떠올렸다. 배신감과 모욕감으로 소리 지르는 것까진 바라지 않았지만 지나칠 정도로 침착하고 차분한 그녀가 그를 조바심치게 만들었다.

불안하다고 해야 할까, 불쾌하다고 해야 할까. 터지기 직전의 화약고처럼 그의 잘난 머릿속이 뒤죽박죽이 되었다.

'아직 상황 파악을 못 하는 건가? 그 정도로 바보는 아닐 텐데? 그런데…… 왜? 대체 왜?'

문손하. 바이올린과 피아노 실력은 수준급, 미술과 발레 공연 감상이 취미. 조용하고 차분한 성격, 아름답고 앳된 외모에 가녀린 몸매. 문영강 사장이 금지옥엽으로 키운 딸. 사립 학교를 거쳐 엘리트 코스인 국립 명문대 국문학과 졸업. 문 사장의 완벽한 비호로 공식 석상에는 거의 나타나지 않는 인물이었다.

조사한 바로는 그랬지만, 분명 그가 모르는 다른 무언가가 있었다. 아니라면 마치 이 모든 걸 예견한 사람처럼 초연하게 빈틈없이 일을 처리할 리 없었다. 의문이 꼬리에 꼬리를 무는 상황이었다.

아니, 사실 그런저런 이유보다 그는 왜 자신이 오히려 그녀에게 패배감을 느끼고 있는 건지 이유를 알 수 없었다.

근래 도통 잠을 이룰 수가 없었다. 합병이 확정된 이후부터 불면의 밤이 계속되고 있었다.

그녀의 눈빛에 아무것도 담기지 않았다는 사실이 큰 충격이었다. 원망과 배신감도 아니었다. 그저 무심했다. 마주 잡은 손이 떨리길 바랐건만, 여자의 손은 그저 차가울 뿐이었다.

카드 결제를 하고 택시에서 내린 인물은 손하 그녀였다.

1월, 봄이 오려면 아직 멀었는데 그녀가 입은 의상은 하늘하늘한 흰빛 블라우스와 검은색의 정장 치마 그리고 재킷이었다. 늘씬한 각선미와 여성스러운 곡선이 고스란히 드러나 길 가던 남자들의 시선이 자연스레 그녀에게 집중되었다.

고민 끝에 차려입은 옷이었다. 집안이 기울어 오갈 데 없는 불쌍한 처지가 되었다 광고할 필요는 없겠지만 그렇다고 화려한 명품으로 치장하고 아무렇지 않은 척하기는 우습다 판단했다.

앞을 향해 걷던 그녀가 걸음을 멈추고 높은 빌딩을 올려다보았다. 해성그룹 본사 사옥 K타워는 평당 가장 비싸다는 종로 한복판에 위치해 있었다. 초행길인 데다 약속 시간에 늦을까 우려되어 카카오 택시를 예약하고 이용했다.

약속한 시간보다 10분 전에 도착한 그녀는 선뜻 1층 회전문을 밀고 들어가지 못하고 주저했다. 하지만 어차피 부딪쳐야 할 일, 주먹을 꼭 쥔 채 떨리는 가슴을 추스르며 힘차게 문을 밀고 안으로 들어섰다.

미리 연락해 두었는지 로비에서 대기 중이던 여직원이 그녀를 알아보곤 사장실 직통 엘리베이터로 안내했다.

박 변호사가 세부 사항을 꼼꼼히 체크했지만 사인하기 전 신중해야 피해를 줄일 거라 충고한 말을 떠올리며 한숨을 내쉬었다. 부친인 문영강 사장이 앞을 향해 달리는 동안 인심을 많이 잃었었나 보다. 그를 불쌍하다 안됐다 동정하는 사람들보다 그럴 줄 알았다며 오래 버틴 거라느니 천벌받은 거라느니 비꼬는 말들이 더 많았다. 오죽하면 캐피탈 직원들이 합병을 쌍수 들고 환영했겠는가.

최소한 피해를 줄이고자 노력했지만 갑은 해성 측이고 을은 AD캐피탈이다. 그녀는 오늘 해성 측의 요구를 무조건 수용해야하는 불리한 위치에 서 있었다. 자존심은 버린 지 오래였지만 그렇다고 비굴해지고 싶진 않았다. 지금도 충분히 비참하니까.

그는 그걸 바라겠지만…….

"어서 오십시오."

양측 변호사가 소파에서 일어나 묵례하자 조용히 박 변호사 옆에 앉아 고개만 끄덕이던 손하의 안색은 파리하다 못해 실핏줄이 한눈에 보일 지경이었다.

"어디 아프십니까. 안색이…….''

"괜찮아요. 날씨가 추워 감기 기운이 있네요."

박 변호사는 이제야 그녀가 제 나이답게 보였다.

'아무리 태연자약해도 젊은 아가씨가 이 상황에 아프지 않다면

비정상이겠지. 그동안 잘 버티더니…… 쯧쯧.'

AD캐피탈 전속 변호사가 협상 건을 맡기 거부하는 통에 그가 이번 일을 맡게 되었지만, 손하를 보는 그의 맘도 편치 않았다. 제 딸도 손하만 한 나이인데 세상모르는 철부지에 천방지축이었다. 입장 바꿔 생각해 그가 이런 일을 당하였더라면 딸과 부인은 어떻게 대처했을까 떠올려 보니 남 일 같지 않았다.

문 사장이 제 딸을 밖으로 내돌리지 않아 이쪽 바닥에서는 잘 알려지지 않은 인물이었지만, 어려서부터 영재 소릴 들을 만큼 뛰어난 재원이라더니 손하는 하나를 알려 주면 둘을 깨우치는 비범함을 보였다.

네 사람의 평범함을 가장한 치열한 문답이 오갔다.

"합병 시 세무법상의 평가 차익은 어떻게 결정짓나요?"

"자산과 부채를 승계하면서 합병 법인의 영업권으로 계상하는 경우, 임원단을 조직해 심의 후 결정합니다."

"주식 매수 청구권 행사가 관건이겠군요."

"반대 의사를 밝힌 주주 몇몇이 이달 말까지 권리를 행사할 시 주총에서 반대 의사를 표시한 주식 3만 주가 매수 청구권을 행사할 수 있는 최대한도로 예상됩니다. 하지만 현 주가가 낮은 관계로 대규모로 행사될 가능성은 낮다고 판단됩니다."

"주가 변동이 변수로 작용되겠군요. 합병에 반대하는 주주라고 해도 시장 가격에 비해 주식을 파는 것이 더 많은 이익을 본다면 다행이겠지만, 투자자들의 차익 실현 물량이 맞물린다면……. 다음 주까지 지켜봐야 답이 나오겠네요."

"……그렇습니다."

천 변호사는 손하가 전문 용어를 사용하며 박 변호사와 주거니 받거니 자연스럽게 대화를 나누는 모습을 지켜보면서 그녀가 아무것도 모르는 철부지가 아님을 깨달았다. 순진하고 단순하기는커녕 그녀는 치밀하고 주도면밀하기까지 했다. 호랑이 새끼는 역시 호랑이인 건가?

"그럼 다음으로 영업 양수와 위임장 대결 문제인데……."

"경영상의 노하우 전수와 숙련된 전문 인력은 합의한 대로 2년간 유지하기로 결정하고 인수를 통한 시장 점유율이 하락하는 경우를 대비해 대책을 마련하는……."

네 사람 앞에 놓인 찻잔이 싸늘하게 식고 세 시간이 훌쩍 지나 오후 4시가 되자, 목 뒤가 뻐근한 박 변호사가 무의식중에 머리를 뒤로 젖혀 목덜미를 주물렀다. 천 변호사는 안경을 벗어 피곤한 눈두덩이를 문지르며 잠시 숨을 돌렸다. 당장 오늘 중으로 일이 마무리되길 기대한 바는 아니지만 날카로운 질문에 대답하느라 진땀을 뺀 지친 기색이 역력했다.

"오늘은 여기까지 합시다."

"괜찮은데요."

"제가 괜찮지 않습니다. 오늘만 날이 아니니까요. 따로 시간 내기 곤란하십니까?"

정중함 속에 날이 선 질문의 뜻을 못 알아들을 리 없었지만, 되도록 오늘 안으로 협상을 마무리 짓고 싶었다. 하지만 곧 집을 비워야 하고 환자가 있어서, 라는 구차한 변명은 늘어놓고 싶지 않았다. 물론 씨알도 먹히지 않을 소리였지만.

"아닙니다."

"천 변호사님과 박 변호사님은 먼저 일어나세요. 준비할 서류가 많을 겁니다."

"네."

"네."

사실이었다. 우호적 M&A(기업의 인수, 합병을 상대 기업의 동의를 얻는 경우)였지만 기업과 기업이 하나로 합쳐지는 흡수 합병이었다. 세무 회계와 서류 준비로 업무가 산더미처럼 쌓여 있었다.

"수고하십시오."

두 변호사가 두말없이 자리에서 일어나 사장실을 나가 버리자 덜렁 남은 건 손하뿐이었다. 숨 막히는 침묵 속에 입 꼭 다물고 앉아 있던 그녀를 말끄러미 바라보던 태진이 말문을 열었다.

"버틸 만한가 봅니다."

"죽을 수는 없으니까요."

손하는 제 대답이 우스워 비소가 절로 흘러나왔다. 빈정거림을 무시하면 되는데, 후벼 파며 반응을 살피는 그에게 건재하다는 걸 과시하고 싶었을까. 통 큰 사람은 못 되나 보다.

내 가슴에서 떠나 이젠 아무것도 아닌 존재라 인정하기엔 그를 향한 감정에 발부리가 걸리고도 남았다. 여기까지 오르기까지 당신이 쏟아부은 노력이 얼마일까? 무엇을 얼마만큼 희생했을까? 나만큼? 나보다? 비교는 불가능했지만 생경하게 느껴지는 그의 싸늘한 시선에 주눅 드는 스스로가 싫었다.

"언제부터 눈치챈 거지? 내 본명이 소태진이 아니라는 걸."

남자의 말투와 표정이 순식간에 바뀌었다. 그녀가 익히 알아온 남자였다. 이상한 낌새를 눈치채고 홀로 추리한 그가 그녀를 떠보는 거란 걸 눈치챈 그녀는 말을 아꼈다.

"이제 와 그게 왜 궁금한 거죠?"

"나름 완벽했다 생각했는데 어디에서 실수한 건지 몰라서."

"내게 궁금증을 해결해 줄 의무는 없는 것 같아요. 알아서 추리하세요. 그럼 이만 일어날게요."

"문손하."

어르듯 달래는 낮은 음성에 살뜰히 반응하는 자신이 싫어 없던 치기가 그녀를 부추겼다.

"사람 헷갈리게 하네요. 소태진 씨 아니, 강선학 씨라 부를까요?"

"너……."

"원하는 걸 이루었잖아요. 이만하면 대성공 아닌가요? 그럼 기뻐하세요. 그렇게 벌레 씹은 얼굴로 날 취조하려 들지 말고. 입장이 바뀐 것 같은데, 말이야 바른말이지 당신이 나에게 이럴 권리 없잖아요. 안 그래요?"

태진의 입이 한일자로 다물어졌다. 인정하긴 싫지만 그녀 말대로 그에겐 아무런 명분이 없었다. 오히려 기만한 건 당신이라고 손하가 제게 할퀴며 덤벼들어야 옳았다.

말문이 막힌 남자를 향한 그녀의 눈살이 찌푸려졌다. 지끈거리는 이마를 꾹꾹 눌러도 차도가 없었다.

"다음 일정은 변호사를 통해 연락 주세요."

내내 신경을 썼더니 두통이 심해져 버티기 힘들었다. 자리에서 일어난 그녀가 문손잡이를 잡음과 동시에 사장실 안으로 성큼 들어선 한 남자와 아슬아슬하게 맞부딪쳤다.

"어이쿠 죄송합니다. 다치지 않으……."

다리가 불편해 의족을 단 강상호, 해성그룹의 실소유주였다.

키가 194cm인 덩치 큰 남자가 문을 가로막고 서서 한참을 비키지 않자, 손하는 눈앞의 그를 올려다보았다. 그러자 무언가에 놀랐는지 화등잔만 하게 커진 남자의 두 눈동자가 거침없이 그녀를 응시했다.

"괜찮습니다. 그럼……."

"잠, 잠깐만. 이가연……?"

일순 손하의 구두 굽 소리가 멈추었지만, 그녀는 뒤돌아보지 않은 채 가던 길을 재촉했다. 언젠가 만나게 될 거라 생각했지만 지금은 시기가 좋지 않았다. 바늘로 찌르는 듯한 통증이 머릿속을 마구 휘저어 대고 있었다.

"부모님이 윤영민, 이가연 맞지? 응?"

"실례합니다."

멀어지는 여자를 멍하니 바라보던 상호는 충격에 말을 잇지 못했다.

"저렇게 닮았는데 이제야 알아보다니……. 저렇게 빼닮았는데……."

"아버지?"

태진이 부르는 소리를 귓등으로 들으며 상호는 넋을 잃고 여자
가 사라진 곳만 하염없이 바라보고 있었다.

"그 아이였어. 설마설마했는데…… 그 아이……."

계단 난간을 아슬아슬하게 붙잡고 내려가다 결국 멈추고 말았
다. 불에 덴 것처럼 얼굴이 뜨거웠다. 가슴이 진정되지 않자 엘리
베이터를 외면하고 계단을 밟아 내려가며 후들거리는 다리와 빈
속을 다스렸다.

예기치 못한 강상호와의 맞닥뜨림. 그녀는 비상구의 작은 창가
에 서서 힘겨운 하루가 붉음으로 채색되기를 지켜보다 무거운 발
걸음을 옮겼다.

영원한 비밀은 없을 테니까. 각오하고 있었으니까. 그러니까,
라는 온갖 이유를 갖다 대며 들끓는 가슴을 진정시키는 모습이,
나만 알고 덮으려던 이기심이, 조각난 마음 다시 붙여 시간에 흘
려보내려 한 희망이 치졸하고 이기적임을 알기에 아직 끝나지 않
은 이야기가 버거웠다.

깨끗이 끝내지 못한 이야기가…….

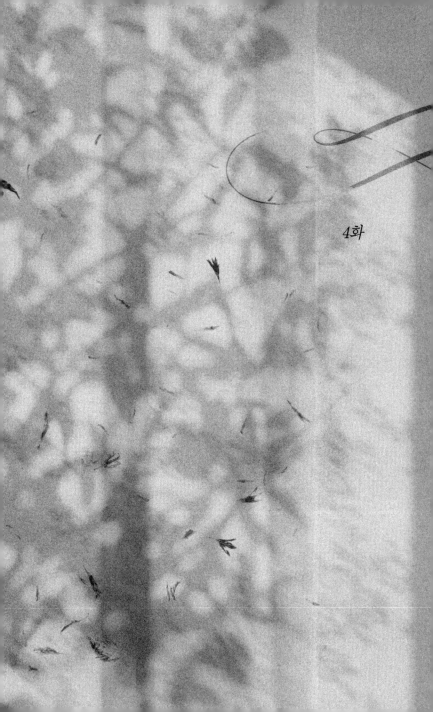

4화

인천 국제공항 출국장.

주말이라 분주히 오가는 인파 속, 다부진 몸에 멀리서도 빛이 나는 훤칠한 남자와 그를 배웅하는 아름다운 여자는 화보에서 막 튀어나온 듯한 비주얼을 자랑하고 있었다.

사연 없는 사람이야 없겠지만 그들의 인연은 특별했고 또 아슬아슬했다.

"누나, 정말 함께 가지 않을 거야?"

"그래."

"그 사람 때문이라면…… 난 이해가 안 돼."

이해되지 않는 건 그녀 스스로도 마찬가지였다.

오랜 시간 미워하고 증오하고 쓰러지길 바랐던 사람이 막상 모든 걸 잃고 수족도 자유롭게 움직이지 못하게 되자 차마 내팽개칠 수 없는 이유가 뭔지. 동정심 때문인지, 키워 준 정 때문인지 설명할 순 없지만 그녀의 결심은 확고했다. 이대로 떠난다면 그건 도피고 방치이며 평생 죄의식에 갇혀 행복하지 못할 거라는 확신도 들었다.

"난 괜찮아. 먼저 떠나. 곧 따라갈게."

"거짓말. 내가 떠나지 않을까 봐 그러는 거 다 알아."

"민하야……."

그녀에겐 아직도 어리게만 보이는 남동생인 민하를 따라가고 싶은 마음을 꾹 눌렀다. 연락을 미리 취해 둔 그녀, 나영이 나오지 않는다면…….

하지만 주사위는 이미 던져졌다. 중산층 집안에서 곱게 자란 아가씨가 사랑 하나만 믿고 부모 형제를 버리고 이곳에 나타날 확률은 극히 낮았다.

김성국이 아닌 윤민하, 이제야 제 이름 석 자를 온전히 갖게 된 동생이었다. 가진 것 없고 미래가 불투명한 그에게 딸을 맡기고 싶지 않을 거라는 것도 안다. 하지만 피를 나눈 누나로서 동생을 홀로 떠나보내고 싶지 않기에 이번이 마지막이라는 절실함으로 나영에게 연락을 취했다.

그녀가 나올 경우를 대비해 티켓과 간단한 소지품을 챙겨 둔 그녀는 입국 수속이 시작되자 연신 주변을 살피고 있었다.

"누나? 누구 기다려?"

"웅? 아니, 아무것도 아니야."

민하는 바람결에도 쓰러질 것 같은 제 누이의 작은 얼굴과 체구가 안쓰러웠다. 세상에 단 하나 남은 혈육인 누이를 맘 같아선 들쳐 메고서라도 함께 이곳을 떠나고 싶었다. 억압과 속박에서 벗어나 편히 쉬게 해 주고 싶었다.

그런데 원수 같은 노친네가 차라리 죽어 버리지, 목숨이 질겨 아직도 숨을 쉬고 있단다. 자존심 강한 그 새끼에겐 누워 움직이지 못한다는 게 죽음보다 큰 고통이라는 사실이 그나마 위안되었다.

"앞으로 어떻게 할 거야?"

"아직 모르겠어. 시간이 필요해. 그리고 돈도 벌어야지."

원수를 사랑하라, 죄는 미워하되 사람은 미워하지 말라는 성경 말씀을 따르는 교인도 아닌데 손하는 문 사장을 외면할 수 없었다. 죽은 듯 잠만 자는 게 하루 일과였지만 가끔 눈을 뜨고 그녀를 올려다보는 눈엔 체념과 슬픔 그리고 분노가 뒤엉켜 있었다.

가평으로 집을 옮긴 후, 간병인을 따로 두긴 했지만 그녀가 자주 들여다보지 않으니 고용인의 태도도 안일해졌다. 결국 가평군청 사회 복지사의 소개를 요양사를 소개받고, 이틀에 한 번 오는 도우미 아주머니까지 고용하고 보니 돈이 필요해졌다.

조용히 웃음 짓는 손하를 바라보는 민하의 가슴에 형언할 수 없는 많은 감정이 밀려들었다.

'바보 같은 누나. 키워 준 공이 뭐라고 훌훌 털고 떠나지 못하는 걸까.'

누나의 곁을 지키고 싶었지만 그녀가 원치 않아 했다. 더 늦기전 네 인생을 살아야 한다며 한사코 등을 떠밀었다.

남매가 겪은 이야기는 소설 한 권짜리로도 모자랄 것이다. 그 만큼 두 사람의 삶은 드라마틱했다.

천재였던 부친과 재능 넘치던 모친 사이에 태어난 두 남매의 삶이 문영강 한 사람으로 인해 망가지고 뒤틀렸다. 우정도 사랑도 죄의식마저 쓰레기통에 내던진 인간의 탈을 쓴 악마, 문영강 그놈 때문에.

— 인천발(ICN) 북경 도착 에어차이나 B787기 탑승이 시작되었습니다. 탑승하실 고객께서는…….

탑승 수속을 알리는 안내 방송이 시작되자 사람들이 분주히 움직이기 시작했다. 많은 사연들을 뒤로하고 헤어짐을 아쉬워하며 손을 흔들고 악수를 하는 사람들 틈 사이로 손하와 민하는 움직이지도 못하고 자리에 못 박힌 채 서서 서로를 바라보았다.

"잘 지내야 한다."

"……."

말을 뱉으면 눈물이 쏟아질까 봐 민하는 고개만 끄덕인 채 급히 등을 돌렸다.

그때였다.

"성, 성국 씨!"

가느다랗고 작고 미세했지만, 그의 귀에는 익숙한 제 연인의 목소리였다.

'나영이?'

박나영, 그녀가 숨을 헐떡이며 뛰어오고 있었다. 작은 슈트케이스 그리고 홍조 띤 복숭앗빛 뺨, 빛나는 눈동자가 사연을 설명해 주고도 남았다. 손하의 메시지에 최선을 다해 답을 해 준 그녀였다.

"나영아, 너……."

"같이 가요. 당신과 같이 가지 않으면 평생 후회할 것 같아."

"하지만……."

손하는 준비해 둔 티켓과 봉투를 꺼내 그들에게 쥐여 주며 등을 떠밀었다.

"어서 가! 얼른! 도착하면 전화하고. 응?"

만에 하나 나영의 가족들이 작정하고 뒤쫓아 온다면 두 사람이 함께할 기회는 영영 사라지기에 그녀는 초조하고 다급했다. 나영의 부모에게 미안한 맘보다 동생이 더 이상 외롭지 않을 거라는 벅찬 마음이 더 크게 느껴졌다.

마음도 몸도 상처뿐인 동생에게 행복이라는 게 찾아왔음을 감사하며 부디 앞길이 평안하기만을 빌었다. 누군가 자신에게 욕을 던진다 하더라도 달게 받을 각오가 되어 있었다.

"누나……."

"어서 가래도!"

불안함에 움츠러드는 연인의 어깨를 감싼 민하가 서둘러 출국장 안으로 사라지자마자 예리한 눈빛으로 사람들을 살피는 남자들이 등장했다. 직감적으로 나영의 부친이 보낸 사람이란 걸 알 수 있었다.

하지만 아무리 발 넓은 그일지라도 동생이 김성국이라는 이름을 사용하지 않고 윤민하로 보딩 체크 한 사실을 알아낼 수 없을 것이다.

더구나 손하 그녀가 티켓팅을 미룬 이유는 나영 때문이었다. 또한 단체 관광의 경우 개인적으로 탑승권 예약이 불가하고, 선착순으로 자리가 배정된다는 점을 착실히 이용했다. 부부 이름으로 단체 관광을 예약해 두었기에 김성국이란 이름을 찾다가 아니다 싶었을 때, 나영의 이름을 찾아볼 테니 어느 정도 시간을 벌 수 있었다.

직항을 이용하지 않고 경유를 선택한 이유가 바로 그것이었다. 아무리 돈이 권력이라지만 한중 양국 외교부 마찰이 표면화된 지금 중국 측에서 우호적으로 협조할 리 없었다. 결국 최종 목적지가 뉴욕이라는 걸 알 방도가 없는 것이다.

동생이 가는 길, 장애물 따위로 어려운 상황에 부딪치지 않도록 그녀는 천재적인 머리를 이용해 치밀하게 모든 것을 안배해 두었다.

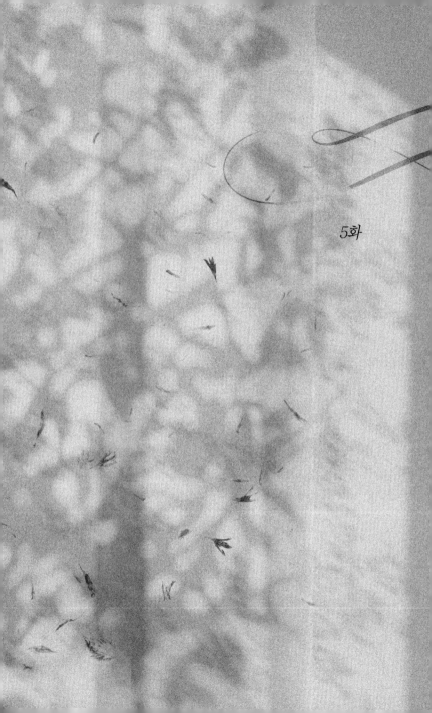

5화

동생 김성국(윤민하)과 문손하(윤손하)가 드디어 다시 만났다.

손하의 하나뿐인 남동생 민하는 기억에 남아 있던 치명적 귀여움과는 전혀 다른 얼굴로 만사 귀찮다는 표정을 한 채 그녀를 바라보았다. 여러 반응들을 기대하고 준비했지만 험한 말과 넌 뭔데 나타나 내 앞길을 막느냐는 막무가내 식 대응에 당황하고 말았다.

"누나? 웃기시네."

"내가 네 누나야."

좆같은 소리였다. 두 번의 파양을 거쳐 세 번째로 입양된 집은 전과 별다른 게 없었다. 다만 입양된 아이가 저만이 아니라는 것이 달랐다.

나라 보조금을 지원받을 목적으로 아이들을 입양한 양부모는 죽지 않을 만큼의 식사를 제공했다. 가끔씩 떠오르는 희미한 기억을 붙드는 것조차 허락되지 않았기에 그저 살고 있었다. 숨이 붙어 있기에.

그런데 이제 와 처음 보는 여자가 나타나 자신이 친누나라며 말도 안 되는 소릴 지껄여 대니 어이 상실이었다. 척 보기에도 귀티가 좔좔 흐르는 폼이 사람 가지고 장난하는 게 틀림없었다.

"꺼져."

"민하야."

"이봐. 김성국이야 내 이름. 그리고 보아하니 살 만한가 본데 다신 찾아오지 마. 네가 내 친누나든 아니든 내게 중요하지 않으니까."

중학생의 나이치고 내뱉는 언어는 거칠고 무례했다. 손하는 어렵게 찾은 동생의 빈곤한 몰골과 생활고에 치여 지친 피로감을 단번에 파악했다.

좀 더 빨리 찾고 싶었지만 돈을 현금화하기까지 시간이 꽤 걸렸다. 그나마 양모가 주식과 채권 외의 현금을 금고에 따로 보관했기에 시간을 앞당길 수 있었다.

"늦어서 미안해. 내가 잘못했어……."

간절한 진심이 죄의식과 뒤섞여 급기야 눈물이 흘러내렸다. 좀 더 빨리 찾기 위해 애썼어야 했다. 그녀가 머뭇거리는 동안 늘어났을 동생의 아픈 시간을 예상했더라면 분명 그랬어야 옳았다.

손하는 자신의 나약함을 후회하며 뜨거운 눈물방울을 떨어뜨렸다.

"울지 마, 씨팔! 여자는 이래서 귀찮아. 울면 다 해결되는 줄 아니까."

가족이 있었다는 설렘, 하지만 이제야 자신을 찾았다는 배신감이 단번에 내민 손을 붙들지 못하게 말렸다. 자존심 때문이라도 거친 말이 나올 수밖에. 둘 다 어렸고 누가 누굴 책임질 수 있었을까. 나이가 많다는 이유만으로 동생을 챙기지 않았다 매도하는 건 억지라는 걸 알지만 그는 생애 처음 까칠함이라는 호사를 누렸다.

사랑이란 게 위에서 아래로 부모가 자식에게로 손위가 손아래로 흐르는 게 인지상정, 성국은 타박을 하면서도 서럽게 울고 있는 여자 눈치를 살피고 있었다. 혈육이라는 게 뭔지 단박에 설명하지 않아도 보기만 해도 가슴이 뜨거워지고 마음이 편안해졌다.

정에 굶주렸고 사랑에 목말랐다. 말은 다 필요 없다 외쳐도 다가와 곁을 지키는 사람 하나 생겼다는 게 이렇게 묵직한 울림을 줄 줄이야. 내일 죽어도 묻어줄 이 하나 없었는데 그래도 울어 줄 한 사람이 드디어 그에게도 생겼다.

"흐흑······."

"울지 마, 그만 울라고! 여기 초상났어?"

교복 셔츠 깃이 꼬질꼬질한 그와 상반된 하얀 면 셔츠, 척 봐도 옷감 재질부터 차이 나는 고급이었다. 순간 그와 달리 누이라도 안정된 집으로 입양되어 다행이란 생각이 들었다. 남자인 그가 그래도 버티기 쉬웠을 테니까. 만약 같은 환경에 여린 여자가 살았더라면 제정신으로 버티기 힘들었을 것이다.

쳇 언제 봤다고 걱정이란 걸 하는가 말이다. 지금껏 모르고 지냈으면서 뭐가 다행이라는 건지 모르겠지만 여하튼 그랬다.

"그래. 이젠 울지 않을게, 민하야."

"성국이라고 불러. 다 울었으면 배고프니까 밥이나 먹으러 가."

"응? 그래. 뭐 먹을래? 누나가 사 줄게."

"많이 먹어."

"응? 뭐라고?"

"나 많이 먹을 거라고. 돈 있어?"

조금은 누그러진 동생의 태도가 반가워 손하는 고개를 끄덕이며 대답했다.

"누나 돈 많아. 카드도 있어. 맘껏 먹어."

"나 보기보다 많이 먹는다. 나중에 딴소리하지 마."

뷔페식당에 들어와 한 시간째 말없이 음식만 먹는 동생을 바라보며 손하는 눈물을 삼켰다. 여덟 접시째 걸신들린 사람처럼 먹어 대는 모습이 가슴 아팠다. 성장기에 얼마나 굶주렸으면 저럴까 싶어 목이 메어 왔다.

"천천히 먹어. 민하…… 아니, 성국아."

물을 벌컥벌컥 들이켜던 성국은 어느 정도 배가 채워졌는지 고개를 들고 트림을 했다.

"끅. 별맛도 아니네. 난 엄청 맛있는 줄 알았지."

입으로 들어가면 똑같은 음식인데 그래도 한 번은 와 보고 싶었던 곳이다. 또래 친구들이 자랑하듯 카톡방에서 이야기하며 만나는 장소로 이름이 오르내릴 때, 그까짓 거 별거 있겠어? 하면서도 부러웠다. 가지고 싶은 것도 생기고 먹고 싶은 별식도 많아지는데 자신에게 처한 상황은 암담하기만 했다.

"앞으로 먹고 싶은 게 있으면 누나한테 연락해. 바로 달려올게."

"……뭐 그렇게 말하면 나야 거절 안 하지."

동생은 거칠고 투박했지만 충분히 원석이 될 가치가 있었다. 더 늦지 않아 다행이라는 안도감이 그녀를 미소 짓게 만들었다.

애정만을 한없이 베푸는 건 독이 되리라 판단한 그녀는 시간이 어느 정도 지난 뒤 그가 이제부터라도 앞으로 가야 할 방향을 제시했다. 물론 친부모와 관련된 일까지도. 최후 결정은 동생에게 맡겼다. 그의 인생이었으므로.

"나는 네가 어떤 결정을 내려도 받아들일 거야."

"누나."

지원을 아끼지 않자 성국은 어느새 정신을 차려 성적도 관리하고, 주변 친구들도 깨끗이 정리해 모범생으로 돌아왔다. 머리가 뛰어난 만큼 성적은 늘 상위권을 유지했다.

손하는 조금씩 동생에 대한 욕심이 생겨 복수로 더러움을 물들이는 건 그녀 하나로 충분하다는 생각도 들었지만, 성국의 선택은 함께하는 것이었다.

"후회할지도 몰라."

"알아. 그래도 함께해."

유일한 취미 생활이었던 음악에 대한 갈증은 밴드 활동으로 풀었고, 문영강 사장의 측근으로 접근할 자질을 갖추기 위해 오랜 시간을 준비해 왔다. 부자들의 속성은 욕심만큼이나 타인에 대한 의심도 많았기 때문이다.

문 사장의 최측근이자 조력자, 등 돌리면 타격이 클 박훈 사장에게 접근하기 위해 운전부터 시작한 성국이었다. 마침 나이가 들어 그만두고 싶어 하던 박 사장의 운전기사 대신 성국이 운전대를 잡자 의심의 눈초리를 거두지 않았지만, 성실과 시간 약속을 철저히 지키는 모습에 신뢰가 쌓이기 시작했다.

"나오지 마십시오. 사장님."

갑작스러운 교통사고가 일어나고 박훈 사장의 외제차를 대상으로 범죄를 계획한 양아치들이 아픈 시늉을 과하게 하며 목 주위를 주무르며 다가오자 성국이 차에서 내려 혼자 그들을 상대했다.

날랜 동작으로 잽을 상대방 급소에 날리는 모습이 박훈 사장의 뇌리에 깊게 남았다. 혼자서 두 명을 상대했지만 깔끔하게 상대를 제압하는 성국이 든든해 흡족해했다. 젊은 사람답지 않게 공손한 태도도.

"다친 것 같은데 병원 가야지."

"아닙니다. 출국하셔야죠. 중요한 미팅이 있잖습니까. 건강이 재산인 몸뚱이라 이깟 상처 금방 낫습니다. 가시죠. 모시겠습니다."

친구를 보면 그 사람을 안다, 라는 말처럼 박훈은 문영강 못지않았다. 비리와 청탁으로 그에게 앙심을 품은 사람들도 꽤 많았다. 이날까진 그러려니 했지만, 신변에 위협을 느껴 그냥 둘 수 없었다. 혹시나 싶어 출장 후 조사해 보니, 역시 의도적인 사고였다.

한 달 전 박 사장이 강제로 인수한 술집의 주 사장이 사주한 패거리였다. 눈에는 눈 이에는 이라지만, 그가 저지른 비리는 당연한 것이고 주 사장이 사주한 일은 극악한 일로 규명 지어졌다.

"내가 당연히 제값 주고 샀는데 어디서 개수작이야."

헐값에 넘긴 술집에서 주 사장은 그 헐값마저 다 받지 못하고 피눈물을 흘리며 쫓겨나야만 했다. CCTV 증거와 경찰 윗선에 연결되어 있으니 좋은 말로 할 때 사라지라는 살벌한 협박 때문이었다. 억울해도 하소연할 곳 없었다.

주 사장은 피눈물을 흘리며 서울을 떠나 지방으로 내려갔다. 가산을 급히 정리하고 보니 남은 건 빚과 늙어 버린 추레한 몸뚱이뿐이었다.

이럴 줄 알았다면 술장사를 말리던 마누라 말을 들을 것을. 돈 좀 만지고 여자에 미쳐 딴살림을 차리자 남에게 쓴소리 한 번 안 하던 아내는 그를 포기했다. 젊을 적 한눈에 반해 쫓아다닌 여자였다.

돈이 궁해지자 미련 없이 돌아선 혜련이라는 술집 계집은 아직까지도 소식이 없었다. 아마 낭비벽을 채워 줄 다른 놈팡이와 붙어 있을 것이 틀림없었지만, 이젠 화도 나지 않았고 기력도 예전 같지 않았다.

여수 촌놈이 서울에 상경해 성공도 해 보고 돈도 벌었으니 대단한 건가? 비록 쫓기듯 내려가야 하지만 목숨 부지한 걸 감사해야 했다.

결국 그가 돌아간 곳은 고향이었다.

부—

부우우—

뱃고동 소리가 울리자 사람들이 분주해졌다.

섬 모양이 마치 오동나무 잎사귀처럼 생겼다 하여 오동도라 부르는 이곳이 그의 고향이었다.

관광객이 많은 걸 보니 동백꽃이 피는 철이었다. 꽃이 언제 피는지도 모르고 살았다. 어두운 지하에서 저녁 술장사를 하다 보니 대낮엔 잠자기 바빴다.

지긋지긋해 떠났던 이곳이 새삼 편안하게 느껴져 오랜만에 관광객 무리에 합류해 산책길에 나섰다. 갯바위, 오동도 등대, 용굴. 이곳 출신이라 수십 번도 보았던 곳인데 새로운 느낌이었다. 묵혔던 감정이 바닷바람에 쓸려 안정감을 주었다.

죽을 작정이 아니라면 다시 시작할 수 있는 곳이 바로 여수였다.

"여보……."

젊을 적 이곳에서 청혼하고 평생을 함께하자 맹세했는데 약속을 저버린 비정한 그의 작태에 한 맺혔을 아내가 떠올랐다.

고등학교를 졸업하자마자 결혼반지 하나 없이 살림부터 차린 건 치기였다. 놓치기 싫어 헤어지기 싫어 빛도 들어오지 않은 곳에서 출발했지만 마음만큼은 부자였다.

조금 더 가지고 싶은 게 많아져 떵떵거리고 싶어 서울로 올라온 순간 모든 것이 변해 버렸다. 이기적이고 가부장적인 남자로 변해 버린 그를 참아 내느라 무던히도 애썼을 텐데 지긋지긋하다며 떨어져 나가라 구박하고 고함치는 남편을 얼마나 원망했을까.

"순희야…… 어디 있어. 잘 살고 있어?"

동갑내기 부부라 서로 이름을 불렀었다. 하지만 답 없는 침묵에 주 사장은 하늘만 멀거니 올려다보았다. 가진 것을 귀히 여기지 않고 새것을 탐하다 잃고 나니 가치를 깨닫는 멍청이가 바로 자신이라 생각되었다. 행복해지려 돈을 벌었는데 돈을 좇다 보니 목적을 잃어버렸다.

"내가 잘못했다. 내가 미안하다. 순희야 내가 정말 잘못했다."

부—

부우우—

갈 길을 재촉하듯 뱃고동 소리의 울림이 깊어졌다. 천지에 흐드러진 동백꽃은 그를 어지럽혔다. 동백꽃의 꽃말은 '그대를 사랑합니다' 라는 약속의 상징이라며 부케 대신 동백꽃 한 다발을 내밀었던 젊은 시절이 기억나 가슴이 아려 왔다.

작은 것에 감동하고 소소한 일에 의미를 부여하던 소녀 같던 내 아내는 어디 갔을까. 심장에 아롱진 추억을 돌아보며 나지막이 노랠 읊조리는 주 사장의 눈에 눈물이 흘러내렸다. 노래방에서 부르는 그의 18번 '내고향 여수항' 이다.

돌아와요 돌아와요
고향 여수항으로

무엇을 위해 살았는가. 사랑을 위해, 사람을 위해, 대의를 위해, 명예를 위해, 돈과 재물을 위해 살았을 것이다. 어느 것 하나 중요하지 않은 것 없지만 처음은 원대했고 결말은 초라했다. 이루었든 이루지 못했든 목표에 도달했든 중도 포기했든 정신적인 삭막함에 제 삶을 뒤돌아볼 날이 언제고 찾아온다.

그제야 주위를 둘러보며 소중한 사람들을 하나하나 떠올린다. 곁에 있어 외로움을 덜어 준 아내, 재잘거리며 짹짹거리기만 해도 예쁘던 자식, 마주하며 커피 한잔, 눈인사 나눠도 마음 통하던 친구.

다시 걸음을 멈추고 손을 내밀어 본다. 거절당할지 모르지만 정성을 다해 뻗는 손을 언젠가 잡아 줄 거라 믿으며.

죽기 전에 응답이 돌아온다면 이렇게 이야기해 주리라.

함께하고 싶다고. 같이 걷고 싶다고.

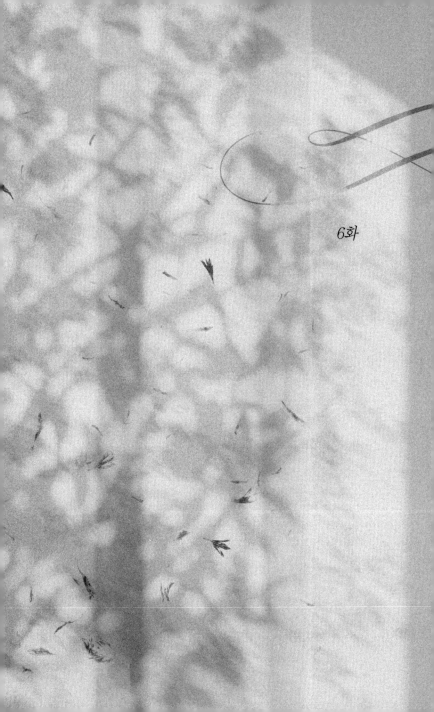

6화

박 사장이 드디어 손을 내밀었다. 여기저기 쑤시며 뒷조사를 하더니 의심을 내려 둔 모양이었다.

"내 일을 도와주는 게 어떤가?"

돈이 궁하다는 걸 알고 있었다. 김성국이라는 인물을 조사했더니 고아 출신, 게다가 근래 도박장을 드나들고 있었다. 그가 이용하고 실컷 부려 먹은 뒤 쉽게 버리기 딱 적당한 인물이었다.

"월급은 지금의 세 배야. 생각해 보게."

미끼를 덥석 물리라는 걸 확신한 박 사장의 행보에 성국은 실소를 머금었다. 누가 누굴 잡아먹는지 두고 봐야 알겠지만 일단은 대성공이었다.

주어진 임무를 깔끔하게 처리하자 대단히 만족한 박 사장이 성국에게 본격적으로 덩치가 큰 일을 맡기기 시작했다. 그게 제 목줄을 죄게 될지도 모르고.

그렇게 성국은 조금씩 박 사장에게 없어선 안 될 사람이 되어 갔다.

그런데…….

인생에도 변수가 반드시 찾아온다.

그의 이상형과 전혀 거리가 먼 여자, 박훈 사장의 딸 박나영.

오며 가며 눈인사 나누는 게 고작이었지만 그녀가 자신에게 관심을 두고 있는 줄은 꿈에도 눈치채지 못하고 있었다. 운전기사와 주인집 딸이라니, 무슨 쌍팔년도 소설도 아니고 성국에겐 이성에게까지 관심을 둘 만한 여유도 없었다.

계획대로 일이 착착 진행되고 있었지만 여전히 두려움은 남아 있었다. 잘못하면 감방 신세를 질 수도 있었고, 죽을 수도 있었다. 모든 경우의 수를 각오했다지만 매일이 살얼음판이었고, 행동 하나하나 실수할까 조마조마했다. 누나 말로는 완벽을 기했으니 걱정하지 말라지만 이런 판을 짠 손하가 새삼 대단하다 느끼는 순간이 많았다.

"김 기사님 운전 좀 부탁해요."

언젠가 박나영이 친구와의 약속이 있다며 성국에게 명동까지 데려다 달라고 했다.

"죄송하지만 사장님 호출이 있을 때까지 대기해야 합니다."

"뭘 그렇게 따져요? 내가 가자면 갈 것이지. 내가 누군지 몰라요?"

버릇없는 말투를 쓰는 그녀가 귀신같이 화장을 떡칠하고 미니스

커트를 입은 채 명동 거리를 활보하든지 말든지 저와 상관없었다.

"죄송합니다."

"뭐예요? 지금 가지 않겠단 말이에요?"

아무런 대꾸를 해 주지 않으면 포기하고 택시를 타러 가든 알아서 할 거라 생각했는데, 운전대만 잡고 있는 성국의 뒤로 간드러지는 목소리가 들려왔다.

"아빠, 나 명동 가야 하는데 차 좀 쓸게요. 딱 한 번만, 응? 늦었단 말이야."

닭살이 돋을 지경이었다. 고슴도치도 제 자식은 예쁘다더니, 박 사장이 흔쾌히 그러라 답한 모양이다.

"아빠가 말 좀 해 줘요. 내 말은 안 듣는단 말예요. 바꿔 줄게요. 자요. 받아 봐요."

거봐, 라는 태도로 거만하게 쑥 내민 분홍 핸드폰을 치미는 화를 겨우 억누르며 받았다. 데려다주라는 말 한마디에 개처럼 움직여야 하는 제 신세가 새삼 초라했다.

"네, 알겠습니다. 사장님."

명동으로 향하는 길이 막혀 나영의 종알거리는 수다를 듣는 시간도 길어지자 성국은 급 피곤해졌다. 그런 성국의 귀찮음을 아는지 모르는지 나영은 쉬지 않고 떠들어 댔다.

젠장, 오늘 일진이 영 사나웠다. 박 사장의 뒤치다꺼리도 기쁜 마음으로 하는 건 아니었지만, 여자의 운전기사 노릇은 훨씬 성가셨다.

"입 좀 다물어라, 제발."

"지금 뭐라 했어요?"

귀는 또 더럽게 밝았다. 작은 목소리로 중얼거렸는데 그걸 또 들었나 보다. 이럴 땐 시치미가 정답이었다. 건드리면 건드리는 대로 반응을 보이는 여자를 상대하는 건 피곤했다.

"무슨 말이요?"

"흐응. 말하지 않으시겠다? 뭐, 좋아요. 앞으로도 자주 이용할 거니까. 미리 예방 주사 맞는다 생각해요."

"사장님 바쁘십니다."

"아무리 바빠도 아빠는 제 부탁 다 들어주시거든요? 이를 어쩌나."

사람 환장하게 만드는 데 도가 튼 여자였다. 야비한 게 박 사장과 딱 닮았다. 그렇기 때문에 더 이상 가까워지길 바라지 않았건만……

그런데 자꾸 눈이 가고 손이 나갔다. 분명 부드럽고 조용한 스타일이 이상형이었는데 정반대인 그녀에게 자꾸만 끌리는 이유가 무엇일까. 끊어 낼 수 있는 인연이라면 가위로 싹둑 오려 버리고 싶었다.

언젠가 술에 취해 데려와 달라 전화가 왔을 때는 장난하는 줄 알았다. 그때가 새벽 1시쯤이었다. 비가 내려 택시가 잡히지 않는다며 울먹이는 전화를 무시했어야 했다. 하지만 만약 여자가 다치거나 잘못되기라도 한다면 박 사장의 원망은 오롯이 자신에게 돌아올 것이 틀림없었다. 제기랄.

"헤헷. 와 줄 줄 알았어요."

펄럭이는 짧은 치마, 비에 젖어 몸의 곡선이 고스란히 드러나는 티셔츠는 말 그대로 날 잡아먹으라고 사내들에게 광고하는 거나 다름없었다.

나영이 뒷좌석에 올라타 쭈그리더니 바로 잠들자 성국은 혀를 찼다. 백미러로 덜덜 떠는 모양이 비에 젖은 병아리 같아 히터를 끝까지 올린 그는 슬슬 치미는 화를 억누르고 있었다.

'저런 옷을 입고 춤을 췄다니, 무슨 생각으로……. 아니, 아니지. 내가 무슨 상관이라고.'

고개를 이리저리 휘저으며 쓸데없는 상념을 지우려 애쓰는 성국이었다.

"우욱. 토할 것 같아. 차 세워요!"

여자는 가지가지 하는 중이었다. 급하게 차를 세운 뒤 등을 토닥여 줬지만, 도리질만 하고 헛구역질만 연속으로 해 댔다. 성국은 짜증이 날 대로 난 뒤였다.

"춥다……. 으으."

몸이 식으니 새벽 공기가 차가운지 몸을 부르르 떠는 품새에 한 톨의 동정심도 가지 않았지만 입고 있는 겉옷을 벗어 주었다. 나중에 감기라도 들면 병원으로 데려다주랄 게 틀림없을 테니까 미연에 방지하는 셈 쳤다. 앞으로 귀찮아질 일에 대비하는 행동일 뿐이다. 분명 그뿐.

"입으십시오."

뭐가 그리 즐거운지 여자는 혼자 울며 웃다가 난리였다. 아, 정신 사나워.

이후로 그녀의 집 안에 들어가 침대 위에 내던지듯 패대기치고 나왔는데, 삼 일 뒤부터는 그녀의 쇼핑 짐꾼 역할까지 맡게 되었다. 사람을 다양하게 부려 먹는 사악한 계집애에게 반항 한마디 하지 못하는 자신이 정말 싫었다.

"한번 입어 봐요."

"필요 없습니다."

술을 먹어 집에 데려다준 날 자신에게 덮어 준 겉옷을 버렸다며 미안해서 새 옷을 사 준다는 철없는 여자를 바라보며 성국은 같은 말을 수차례나 반복하고 있었다.

"냄새나서 버렸다니까요. 미안해서 하나 사 준다는데 뭘 그리 빼요?"

무작정 끌고 간 매장에서 제멋대로 옷을 입히더니 잘 어울린다, 얼굴이 산다, 이렇게 입으니 몇 살은 젊어 보인다며 결론은 본인이 보는 눈이 있다는 말로 자화자찬이었다. 무시하고 나가 버리면 그만인데, 옆에 서 있는 직원까지 눈을 반짝거리며 바라보니 어쩔 도리가 없었다.

박 사장이 부부 동반으로 골프 여행을 떠나자 기대했던 잠깐의 자유는 사라지고 나영의 전용 기사로 전락한 꼴이었다. 호랑이 없는 골에 토끼가 왕 노릇 한다더니.

"뭐야, 이 여자. 사과 안 해!"

포동포동한 인상에 귀금속을 주렁주렁 걸친 여자가 어깨를 부딪치자 나영에게 사과를 요구해 왔다. 직감적으로 괴팍하고 질이 안 좋은 여자란 걸 알 수 있었다.

"자기야. 이 여자가 나한테 와서 부딪쳐 놓고 나 몰라라 하네. 응?"

"뭐라고요?"

"이봐. 내 여자 친구가 다쳤다는데 사과도 안 하고, 어쩔 거야!"

"부딪친 건 저도 마찬가지고, 서로 잘못한 거잖아요."

"뭐야. 내 여자 친구가 지금 일부러 그런다는 거야?"

잘들 놀고 있다. 수표 한 장 던져 주길 바라는 거지 족속들의 출현이었다. 백화점에서 만만한 대상을 물색한 뒤 겁박하는 잡범들이었다.

"그건 아니지만……."

"치료비를 내놔야 할 것 아냐!"

아주 가관이었다. 어깨 조금 부딪친 걸로 치료비를 물라고 하는 꼴이 치졸한 수법처럼 보였다.

"자기야."

갑자기 뭔 개소린가 싶어 나영을 보니 도와 달라는 애절한 눈빛을 발사하고 있었다. 졸지에 박나영의 운전기사에서 애인으로 신분이 상승했다.

"자기, 이 사람들 막 억지 쓴다. 혼내 줘. 응?"

험악하게 얼굴을 구기고 나영에게 겁을 주려던 남자가 성국과 눈이 마주쳤다. 남자는 직감적으로 성국이 만만치 않은 상대임을 알아채고 금방 입을 다물었다. 제 몸을 사리는 듯했다.

"자기는 말로 안 통하면 주먹부터 나가잖아. 여긴 공공장소니까 그러지는 말고 이야기부터 해 봐. 응? 화내지 말고. 그럼 골치 아프니까."

나영은 혼자 북 치고 장구 치며 나불나불 말도 잘했다. 하지만 그녀가 의도한 것이 먹혀들었는지 두 남녀의 안색이 변해 갔다. 여기서 더 나가면 안 된다는 걸 귀신같이 알아챘나 보다. 눈치도 더럽게 빠른 꾼들이었다.

"아유 재수가 없으려니까. 담부턴 조심해요."

성국은 여러 인파를 제치고 후다닥 사라지는 두 남녀를 향해 깔깔대는 나영을 보며 한숨을 내쉬었다. 새삼 느끼는 거지만 이 여자는 알래스카에 떨어뜨려 놔도 살아남을 수 있는 강인한 생존력을 지니고 있었다.

"나 잘했죠? 이게 바로 아무것도 하지 않고 적을 제압하는 고도의 수법이죠. 후훗."

'고도의 수법 두 번 하면 아주 골로 가겠다, 이 미친 여자야.'

욕이 나오려는 걸 혀를 깨물며 참으려니 환장할 노릇이었다. 휘둘렸다. 그녀에게. 사정없이.

그날 이후에도 성국은 아침저녁으로 나영에게 수시로 불려 가고, 나영은 그에게 돈까지 빌려 가더니 돈 대신 갚는다며 억지로 식사 자리까지 만들기도 했다. 졸지에 그는 박 사장이 돌아오기만을 학수고대하게 되었다.

"사장님 언제 돌아오십니까."

— 별일 없지?

"네."

— 잘됐네. 마누라가 좋은지 호주도 가 보자 해서 일정 바꿨어. 삼 일 뒤 귀국할 거야.

"네……? 알겠습니다."

날마다 하루의 일과를 보고하듯 전화를 건 성국이 일정을 물어보자 연장했다 알리는 박훈 사장 때문에 그의 머릿속은 하얗게 물들어 갔다.

책으로만 봐 왔던 사랑이라는 걸 이미 시작하고 있다는 것조차 깨닫지 못했다. 그녀를 외면하지 못했던 이유에 대해 설명하기 점점 어려워지고, 귀찮고 번거롭다는 말로 주절댔지만 관심을 쏟고 애정을 구하는 그녀 모습에서 묘한 감정을 느꼈다.

하지만 그는 목적을 가지고 이곳에 들어왔기에 나영과 멀리하려 최대한 애를 썼다.

복수라는 거 누나의 말처럼 끝이 다가올수록 후련하기보다 조바심이 밀려들었다. 그녀가 알게 된다면 얼마나 상처받을까. 자신을 미워하고 원망하겠지. 성국의 고뇌는 나영에 대한 마음이 복잡해지는 것만큼이나 깊어 갔다.

"잊어. 난 그럴 테니까."

"성국 씨! 아니지? 아닐 거야. 아빠에게 목적이 있어 접근했어도 나는 사랑한 거지? 그렇지? 말 좀 해 봐. 변명이라도…… 제발……."

"미안하다."

정체가 드러나 개 패듯 맞고 갇힌 그를 구해 준 건 나영이었다. 하지만 그녀를 위해 끝까지 사랑한다는 말은 하지 않았다. 모든 걸 내놓고 따라와 달라고 하기엔 자신은 가진 게 없었다. 감정에 취해 끝 모를 암담한 미래를 함께하자 손 내미는 건 이기적이었으니까.

"어서 가. 아빠 돌아오시면 당신을 가만두지 않을 거야. 빨리!"

수면제를 탄 커피를 마신 남자 두 명이 입구에 쓰러져 있었다. 어서 도망가라 절규하는 그녀를 두고 도망치는 성국은 피눈물을 흘렸다. 제 다리와 팔이 제대로 구실을 못 해 걸음이 늦었지만 아슬아슬하게 빠져나와 감시를 피할 수 있었다.

'나영아…… 나영아.'

회복하는 대로 출국하라는 손하의 권유에 고개를 끄덕인 그가 병실에서 눈을 떴다. 혼절해 이틀 만에 깨어났다고 했다.

"수속은 밟아 두었어. 나머진 내게 맡기고 떠나."

"응."

고개 끄덕이는 성국의 얼굴에 나 있는 퍼런 멍 자국이 그녀를 아프게 했다. 얼마나 모질게 맞았는지 몸 상태가 엉망이었다. 회복되는 대로 피신시켜야 했다. 독 오른 박 사장이 성국을 찾고 있었다.

손을 써 박 사장의 집 사정을 알아보니 나영은 머리카락이 잘린 채 집 안에 감금되었다고 한다. 동생 때문이었다.

멍하니 창밖만 바라보는 동생 때문에라도 손하는 용기를 내 연락을 취했다. 철저히 외부와 단절된 그녀에게 편지를 전달하기까지 여러 손을 거쳐야 했다.

다행히 나영의 선택은 사랑하는 사람이었다.

"어서어서 가! 얼른! 도착하면 전화하고. 응?"

비행기가 창공으로 떠오르자 참았던 숨을 뱉고 긴장을 내려 둔 손하는 무거운 발걸음을 돌려 집으로 향했다.

동생이 사랑하는 사람과 함께라서 조금은 아주 조금은 삶의 짐을 내려 둘 수 있게 되었다. 어릴 적 동생을 버린 오래된 죄의식도. 행복을 찾아 떠난 어린 새가 보고 싶겠지만 밝은 미래로 빛날 그들에게 평화가 찾아오길 진심으로 바랐다.

'엄마 아빠 민하를 지켜 주세요. 자신을 버린 나를 용서하고 그늘을 덮어쓴 착한 아이잖아요. 자기 생각이 있을 텐데 오물을 뒤집어쓰길 자청하고, 손가락질과 천대에 푸념 한 번 맘 놓고 부리지 못한 불쌍한 아이잖아요. 그런 아이가 사랑을 하고 있어요. 눈에 핏줄이 설 만큼 꼭 참고 보고 싶다는 말을 하지 않으려고 인내하더라고요. 그게 더 아파 보였어요. 나영의 삶이 지금처럼 풍요롭진 않을 거라는 걸 알면서도 연락해야 했어요. 저에겐 동생이 먼저였으니까. 행복해하는 모습 보셨죠? 웃는 모습 보셨죠? 전…… 후회하지 않아요. 잘 살 거라 믿어요.'

하늘 위 구름 사이로 높이높이 사라지는 비행기를 올려다보다 공항 주차장을 빠져나온 그녀는 가평 집을 향해 달리고 있었다.

아직은 눈물을 흘릴 때가 아니었다. 동생에게 무사히 도착했다는 연락을 받고 난 뒤에야 발 뻗고 잠을 청할 수 있을 것 같았다. 그리고 나면 이제 정말 그녀도 살아야 할 이유를 찾고 어떻게 살아갈지 계획을 세워야 할 것이다.

그리고 나면…… 또 그 사람 생각이…… 바보같이…….

언제부터인가 다정한 음성에 진심이 담기지 않았다는 걸 눈치 챘다. 진실을 가린 채 위장하는 기술은 그녀가 한 수 위였으므로.

그의 본심을 알고 난 뒤에도 내칠 수 없었던 건, 혹시나 하는 기대 때문이었다. 날 사랑하게 되지 않았을까, 상황이 변하지 않았을까, 하는 안타까운 여심이었다.

하지만 어색한 몸짓으로 사랑을 속삭이는 그일지라도 이미 그녀의 마음은 어쩔 도리가 없었다. 복수의 화신이 되어 견뎌 온 시간이건만, 마음의 짐은 가벼워지기는커녕 천 근처럼 무거웠다.

그가 진실을 밝혀 주기를 누구보다 기다렸다. 그녀도 행복해지고 싶었으므로.

'내가 통쾌하지 않은 것처럼 당신도 그럴까?'

부디 당신은 그러지 않기를, 더 이상 잃지 않기를……

또 당신이 생각난다. 나는 당신을 내려 두지 못했다. 아직 은…….

7화

첫 만남부터 운명적이라 두근거리는 마음이 진정되지 않았다.

내게도 이런 날이 오다니. 젠틀한 남자는 그렇게 그녀 인생에 반짝 등장했다. 운명처럼.

힘들고 어려울 때 기대고 싶은 남자, 소태진. 천천히 아주 천천히 마음 주자 다짐해도 만날 때마다 가슴이 울렁거려 어쩔 줄 몰라 했다. 철벽처럼 쳐 놓은 이성이 흐물흐물 녹아 어느 순간 흘러버린 마음을 멈추는 법을 알지 못했다.

솔직해져 보자, 어디까지 흐르는지 흘러가는 대로 맡겨 보자 하면서 당겨진 고삐를 놓은 순간, 마지막 의심 한 자락이 달리는 자동차의 제어 장치를 건드렸다.

그가 방심하며 흘린 말 한마디가 도화선이 되었다.

"한 번 타면 또 타고 싶어지는 중독이지. 오히려 나이 들고 다시 타니까 더 무섭던걸. 어릴 때 탔던 저 기구 속도는 훨씬 **빨랐어**."

반짝, 손하의 눈빛에 살짝 실금이 그어졌지만 빛을 등진 태진은 눈치채지 못했다.

몸이 굳어졌다. 감정을 감추기 위해 아이스크림이 먹고 싶다며 그에게 심부름을 시킨 그녀가 벤치에 앉아 생각을 정리하고 있었다.

어릴 때 탔던 기구, 분명 어릴 때 외국에서 살았다 하지 않았나? 별것 아니지만 이상하게 신경이 쓰였다.

그와 헤어지고 집으로 돌아와서도 그녀는 혼란스러웠다. 예민한 탓일 수도 있지만 돌다리도 두드리며 건너는 신중한 성격 때문이기도 했다.

하지만 그래도 그녀는 그를 믿고 싶었다. 살아오면서 이토록 결정을 오래 미뤘던 적이 있었던가. 모처럼 아름다운 꿈을 꾸다 깨어나지 않기를 바라는 간절함으로 그에 대한 조사를 미뤘다.

사랑했으므로.

이미 그 사람을 사랑하고 있었으므로.

단단했던 이성이 물러지고 의지력은 약해졌다. 사람으로 받은 상처가 깊어 사람으로 치유하려 했던 의도 자체가 불손했던 걸까. 신은 그녀를 다시 시험에 들게 했다.

"인형이 예뻐요."

"사 줄까?"

그와 데이트를 하던 중 발견한 작은 인형은 어릴 적 무척 갖고 싶어 했던 인형과 닮아 있었다. 갈색의 풍부한 머릿결과 통통한 체형, 사람의 손과 발의 모양을 갖춘 특별한 인형이었다.

양어머니의 사랑은 잠시 잠깐이었고, 핍박과 학대로 상처 입었던 어린 시절 감히 뭘 가지고 싶다 말할 수 없었기에 마음속에만 저장해 둔 추억의 인형이었다.

손하는 구구절절 그에게 왜 이 인형을 갖고 싶은지 설명하지 않았지만, 즐거워하는 그녀 얼굴을 바라보며 눈매가 깊어지는 태진이었다.

여자 문손하는 알 듯 모를 듯 보일 듯 말 듯 애를 태웠다. 그를 혼란스럽게 만들었다. 바로 지금처럼. 그에게 마음을 연 건 확실한데 전부를 내비치진 않았다. 밀고 당기기라도 하려는 건가 생각했지만 영악하게 앞뒤를 계산하며 그를 시험할 여자는 아니었다.

"인형 선물 고마워요."

"뭘, 이런 것 하나 가지고."

"상대가 가지고 싶어 하는 걸 사 주는 게 선물이죠. 꼭 값어치가 높아야 선물 대접을 받나요? 정말로 가지고 싶었어요. 내가 사지 않고 선물로 받고 싶었어요."

설명을 덧붙이며 고마워하는 그녀를 100% 이해한 것은 아니었지만 태진은 인형을 감싸 안아 드는 그녀의 동작에 애틋함이 느껴져 한참을 바라보았다.

그동안 그가 선물을 하지 않은 것도 아니었다. 여자가 좋아할 만한 장미꽃, 가방, 시계를 틈틈이 포장을 예쁘게 부탁해 건네기도 했지만 지금처럼 환하게 웃으며 고마워하진 않았다. 부족함 없이 자란 여자라 아쉬운 것 없을 테니 당연하다 생각하면서도 내심 서운하긴 했었다.

시계의 경우 그가 직접 백화점에 가서 골라 몰래 쥐어 본 그녀의 손목 치수에 맞춰 사는 공까지 들였지만 그녀가 시계를 착용한 모습은 한 번도 보지 못했다.

"시계 맘에 들지 않았어?"

"봄이잖아요. 색상이 연해서 초여름쯤 착용하려고 보관했어요. 맘에 들지 않아서 그런 게 아니에요. 혹 오해하고 있었어요?"

"흠흠. 그건 아니고."

"말하지 그랬어요? 당신이 신경 쓰고 있을 줄 몰랐어요."

미소 지을 때마다 오른뺨에 보조개가 쏙 들어가는 게 사랑스러웠다. 부드러운 기운이 두 사람 사이에 불고 있었다.

사랑은 감추지 못하는 모양인지 그녀의 시선에 그를 향한 호의와 열정이 고스란히 드러났다. 가슴이 두근댔다. 설명하지 못할 환희로 가득 찬 그가 사람들이 붐비는 거리에서 그만 그녀를 꼭 안고 말았다. 두 가슴이 만나 심장의 울림이 한 개의 화음으로 맞춰졌다.

"태진 씨?"

"잠시만 이렇게 있자. 잠시만."

민망함에 그의 품에서 빠져나오려던 그녀는 점점 더 옥죄어 오는 팔의 힘에 벗어나기를 포기했다. 주변 사람들은 두 남녀의 모습을 흘깃대기만 할 뿐 각자의 삶이 바빠 그냥 지나쳐 갈 뿐이었다.

불안은 그의 품 안에서 사라지고 사랑만으로 가득해졌다. 의심은 의심만 낳을 뿐 그녀가 처한 상황 때문에 다른 사람을 무턱대고 의심하는 거라고 믿고 싶었다.

부디 당신을 계속 연모할 수 있기를 태어나 처음 기도했는데…… 열렬한 신자의 기도만 귀 기울여 주시나 보다.

반은 확신으로 나머지 반은 희망으로 우왕좌왕하던 그녀는 중대 결심을 했다. 조사 결과는 늦어도 일주일 뒤 받아 볼 수 있었지만 그동안만이라도 앞뒤 재지 않고 그와 온전한 연인이 되고 싶었다.

어쩌면…… 마지막일지도 모를 밤을 함께 보내고 싶었다.

"생일 선물 받고 싶어요."

"뭘 원해?"

"당신."

"……뭐?"

"당신의 여자가 되고 싶어요."

그에 대한 의심을 끝내고 싶었고 사랑을 확인하고 싶었다. 여자로서 남자를 처음으로 원했다.

호텔 객실 문이 닫힌 순간 그녀의 몸이 벽으로 밀쳐졌다. 태진의 숨결이 코앞에 다가와 고스란히 느껴졌다. 하지만 그녀는 단단히 각오했기에 두려워도 시선을 피하지 않았다. 심장이 터질 듯 부풀었지만 기대감이 상승해 얼굴에 홍조가 떠올랐다.

움직임을 자제하려 애쓰는 그를 향해 손하가 먼저 손을 내밀었다. 빳빳이 다려진 셔츠의 네크라인을 손가락으로 부드럽게 쓸어 내리는 동작이 믿기지 않을 정도로 관능적이었다.

"이런 건 어디서 배운 거지?"

"본능이죠. 꼭 배워야 아는 건 아니잖아요."

남자의 몸이 굳어지자 오히려 대담해지는 건 그녀였다. 두 사람은 오늘 첫날밤을 보낼 게 틀림없었고 그렇다면 성스러운 밤보다 화끈한 밤이길 원했다. 하룻밤으로 끝날지 모르기에 더더욱.

부드러운 손길이 그의 셔츠를 따라 천천히 가슴으로 이동하자 무표정이던 태진의 얼굴이 일그러졌다. 넓고 반듯한 그의 단정한 이마가 좋았다. 처음부터. 선이 굵직하고 남자다운 턱선, 여자보다 도톰해 육감적인 입술 모두 좋았다.

가벼운 키스는 받아 봤지만 제대로 된 어른 키스를 받는다면 어떤 느낌일까 상상했었다. 보채기 싫었지만 매번 절제하는 모습을 보이는 그가 야속할 때가 있었다. 지금처럼.

그를 흔들고 싶고 무거운 욕망 앞에 무릎 꿇리고도 싶었다. 여자의 무기가 얼마나 강력한지 알려 주고 싶은 짓궂은 마음에 없던 용기가 불쑥 돋아났다.

"더워. 목마른데 술 없어요?"

가볍게 걸친 재킷을 벗자 훅 하고 숨을 삼키는 소리가 들려왔다.

"풋."

숨죽여 웃음을 삼킨 그녀였다. 그녀의 뒤태, 목선을 따라 남자의 시선이 등줄기를 타고 내려가는 게 느껴졌다. 그녀가 가진 것

중 가장 파격적인 옷으로 등 부분이 절반은 파여 여성스러운 곡선이 고스란히 드러났다. 언젠가 한번 입고 나간 적이 있는데 파티 내내 뜨거운 시선과 구애에 시달려야 했던 화려한 경력을 가진 옷이었다.

"마티니 어때?"

"좋아요."

칵테일을 따른 잔을 부딪치며 그녀를 살피는 그의 눈동자가 출렁이는 술잔의 물결처럼 흔들리며 넘실댔다. 마주 보는 검은 눈동자가 진해지는가 싶더니 그녀의 잔을 빼앗아 테이블에 내려놓는 동작에 힘이 실려 있었다.

태진의 얼굴이 딱딱한 나무처럼 굳어 있었지만 화가 난 게 아니라는 걸 알고 있었기에 느긋하고 나른한 동작으로 우아한 고양이처럼 행동했다.

"지금 뭘 하려는지 알고 있어?"

"물론 알죠. 확실하게."

그녀는 손가락으로 호시탐탐 노렸던 태진의 입술 선을 부드럽게 쓸었다. 그러자 반응이 빠르게 왔다. 꾹 참고 무심한 척하던 남자의 눈 속에 확 불길이 일었다. 도발하던 그녀가 그의 격렬한 반응에 놀라 주춤하자 태진은 그녀의 입술을 찍어 누르듯 삼켰다. 마치 잡아먹을 것처럼 달려드는 통에 휘청이며 균형을 잃자 붙드는 팔의 힘이 그녀를 숨 막히게 죄어 왔다.

"흐읍…… 읍."

뜨겁고 열렬한 몸짓에도 열정으로 화답하는 그녀 때문에 태진은 돌아 버릴 지경이었다. 얌전한 여자는 둘만 있는 자리에서 전혀 다른 얼굴로 변해 버렸다. 순진하기는커녕 어떻게 해야 남자를 미치게 만드는지 본능적으로 알고 있는 듯했다.

원초적 욕망이 그를 지배하기 시작했다. 거칠게 빨아 붉게 흐드러진 여자의 선홍빛 입술과 거친 호흡으로 오르락내리락하는 가슴이 시야에 가득 차 채워지지 않는 욕망 때문에 명치끝에 예리한 통증까지 느껴졌다.

"하아…… 그다음은?"

손하는 그의 목에 팔을 감고 몸을 바짝 밀착시켰다. 이미 이성을 잃은 남자가 무던히도 참고 있었다. 마지막 이성을 놓지 않고자 애쓰는 모습에 그녀는 발칙하게도 도발 수위를 높였다. 한쪽 손으로 가슴을 쓸고 커져 버린 그의 단단한 분신을 쓸어내렸다.

그러자 더 이상 리드하는 그녀를 봐주지 않겠다고 선언하듯 태진은 그녀의 양손을 떼어 내 뒤로 돌리고 꼼짝 못 하게 가둔 뒤 강렬하게 키스를 퍼붓기 시작했다. 나사가 빠져 버린 모양이었다. 입술이 입술을 먹고 타액이 목을 타고 넘어갔다. 지독한 욕망의 밤이 시작되었다.

일시에 터진 욕망이 그를 미치게 만들었다. 어지간한 도발에도 끄떡없을 거라 생각했는데 여자의 유혹은 치명적이었다. 그를 시험하듯 드러낸 뒤태에 넋이 나간 것으로도 부족해 가슴을 쓸어내리는 발칙함에 돌아 버릴 지경이었다.

고삐를 놓아 버리고 여자의 몸에 몰두한 그는 옷 사이로 손을 넣어 가슴을 움켜쥐었다.

"으읏."

손에 딱 맞는 크기였다. 감촉이 미치도록 좋아 강약을 조절하지 못하고 쥐었다 펴니 듣기 좋은 여자의 신음이 흘러나왔다. 브래지어를 하지 않은 가슴의 끝을 엄지손가락으로 누르자 신음 소리는 커져 갔다. 천천히 가야 하는데 이미 그의 손길은 아래로 향해 여자의 속옷 속으로 미끄러져 들어갔다.

"흐읏……."

다리 사이의 까슬한 감촉을 느끼며 살며시 문지르자 몸을 비트는 여자의 몸짓이 지독하게도 자극적이었다. 이대로라면 서서 일을 치를 판이었다.

단단한 팔에 번쩍 들린 여자의 몸이 허공에서 흔들렸다. 하얀 침대에 눕혀진 가녀린 나신이 외설스러웠다.

"밤은 기니까 천천히."

관능의 열기가 두 사람을 감싸며 기대감을 높였다. 실크처럼 매끄러운 연한 살을 쓸어내리며 태진은 뜨거운 열기를 억누르고 있었다. 제 욕심만 채울 순 없었다.

그의 입술이 목선을 따라 길게 핥아 내리자 몸을 떠는 여자가 사랑스러웠다. 순수와 요망함을 동시에 지닌 여자 손하와의 밤은 기대 이상이 되리란 걸 확신했다.

입술은 붉은 젖꼭지를 힘껏 빨고 손은 부지런히 움직여 다리 중심 사이로 파고들었다. 점점 흥분으로 젖어 가는 여자의 반응을 살피며 그는 열심히 움직였다.

"그만……. 나 좀 어떻게 해 줘요."

낮은 조도 때문에 남자의 모습이 더욱 커 보였다. 덮치듯 몸 위에 올라타 제 살갗을 샅샅이 먹어 치우는 야수 같았다. 냉정하고 젠틀한 모습은 어디 갔는지 여자를 취하는 남자의 모습은 야만스러웠다.

찬찬히 남자의 나신을 훑어 내린 그녀는 생각보다 훨씬 큰 크기에 숨을 삼켰다. 도저히 그를 받아들일 수 없을 것 같아 잠시 뒤로 몸을 물리자 입술과 혀가 바로 뒤따랐다. 가슴에서부터 아랫배로 향하는 거침없는 동작에 신음만 흘렸다.

"충분히 젖지 않으면 아플 거야."

"흐응…… 응."

그가 제 몸 어딘가를 채워 주길 바랐다. 기대감이 상승해 여자가 몸을 말며 갈구하는 듯 허릴 비틀자 그의 시선이 어둡게 침잠했다. 길고 굵은 손가락이 길을 따라 여러 번 드나들자 그녀의 샘은 빠르게 젖어 갔다.

"들어갈 거야."

다리를 벌리고 자세를 잡은 그의 이마에 힘줄이 솟았다. 어차피 아플 거라면 단번에 치고 들어가야 했다. 그 이유 때문이 아니더라도 그도 이젠 한계였다.

머뭇거리지 않고 허리를 튕겨 좁은 입구를 꿰뚫자마자 그녀에게서 고통스러운 비명이 흘러나왔다.

"아앗, 아!"

그녀의 안은 좁고 뜨거웠다. 설마 했지만 처음이 분명했다.

태진은 힘겹게 숨을 토해 냈다. 진입이 어려워 잠시 물러났다

다시 허리를 튕겼다.

"흐윽."

여자의 허리가 뒤로 확 꺾여 결합 자세가 깊어졌다. 작은 몸이 커다란 몸을 집어삼키고 있었다. 그만하라는 비명이 터질 것 같았지만 이를 악물고 버티는 여자가 사랑스러웠다.

"괜찮아?"

태진의 속삭임에 잔잔한 물결처럼 흔들리며 손하는 자그마하게 고개를 끄덕였다. 아팠지만 과정이었다. 사랑하는 사람들이 거치는 당연한 과정일 뿐.

그녀는 자유로워진 두 손을 들어 그의 얼굴을 쓸어내렸다. 뭔가를 갈망하는 해바라기처럼. 무언가를 기대하는 것처럼.

원초적이고 은밀한 행위 뒤에 기대했던 짧은 말은 기어이 듣지 못한 채 손하는 까무룩 잠이 들었다. 그사이 태진은 욕실에서 수건에 따뜻한 물을 적셔 와 격렬한 행위로 부어오른 손하의 아래를 정성스럽게 닦아 주었다.

단 하룻밤 인연의 끝은 어디일까.

시작이 아닌 끝이 돼 버린 그날 밤은 끝끝내 서로에게 아무런 약속도 속삭임도 남기지 못했다. 사랑한다는, 사랑하고 있다는.

뜨거운 행위로 서로의 욕망을 채웠지만 마음을 비우게 된 밤은 깊어 갔다.

누군가를 사랑한다는 건 나를 온전히 버려야 가능한 것일까.

사연 안고 머릴 굴리며 재는 한 순수한 사랑은 불가능한 것일까.

비를 맞지 않으려면 우산이 필요하듯 가슴 아파 맘 둘 곳 없을 때 기댈 사람이 필요했다. 돌아서 울더라도 딱 한 번 당신을 욕심냈다.

하지만 당신만 바라보고 당신을 품는 건 오늘로 그만. 사랑은 역시 내게 사치였으니까.

당신을 믿고 모른 척하기엔 난 너무 많은 것을 알아 버렸다. 너무 많은 것을.

홍대의 작고 아담한 카페에 마주한 남녀가 서류를 들추며 대화를 나누고 있었다.

"본명은 강선학, 친부는 강상호입니다."

손하는 전직 형사였던 남자에게 받은 자료를 빠르게 훑어 내렸다.

"이름을 개명하기 쉽지 않았을 텐데요."

"협조자가 있었을 겁니다."

"수고하셨어요. 항상 하던 대로 현금은 지하철역 사물함에 넣어 두었습니다. 여기 열쇠."

"네."

남자가 떠나간 자리에서 손하는 한참을 멍하니 앉아 있었다. 식어 버린 커피처럼 심장도 차갑게 얼어붙는 듯했다.

고개를 숙인 그녀는 손바닥으로 얼굴을 감쌌다. 손바닥 사이로 긴 탄식이 흘러나왔다.

눈물은 사치, 사랑도 그녀에겐 사치였다.

해성그룹의 우 비서는 책상 위에 올린 사진을 놓고 개략 보고를 했다.

"윤민하라는 이름으로 출국한 걸 확인했습니다."

"윤민하라고 했습니까?"

"네."

북경으로 향하는 비행기라……. 사진에 찍힌 남자가 비행기에 탑승하건 말건 그와 상관없는 일이지만 배웅하고 있는 여자가 손하라는 점이 문제였다.

며칠 전 그녀를 만나고 정신 나간 사람처럼 중얼거리던 부친의 모습이 기억나 얼굴에 어두운 그림자가 드리워졌다. 무슨 일이냐 물어봐도 시원한 대답조차 하지 않더니 알아볼 일이 있다며 회사일은 내팽개치고 며칠째 감감무소식이었다.

'이상해……. 대체 뭐지?'

사진 속 남자, 김성국. 낯익은 인물로 중소기업 H제과 박훈 사장의 경호원 겸 운전기사였다. 박 사장의 딸도 경호한다고 들었는데 사랑의 도피라도 하는 모양새였다.

'그런데…… 갑자기 문손하가 왜 여기서 튀어나오는 건지. 도

대체 왜…….'

사진을 유심히 훑던 그의 눈빛이 갑자기 반짝하고 빛이 났다.

뭐지? 두 사람 어딘가 모르게 얼굴형과 분위기가 묘하게 닮은 느낌이랄까…….

"사장님?"

태진은 갑자기 여러 장의 사진 속에서 두 사람이 마주 보며 대화를 나누는 사진 두 장을 각각 양손에 한 장씩 집어 들었다. 묘하게 닮아 보이는 건 그만의 착각일까. 단 한 번도 의심해 본 적 없어 쉽게 지나칠 수 있는 부분이었다.

그는 두근대는 가슴을 진정시키며 우 비서를 향해 질문을 던졌다.

"우 비서, 이 두 사람 닮은 것 같지 않습니까?"

"네? 그게……. 어! 그러고 보니 그런 것 같기도 합니다."

닮았다. 분명!

'가만, 아버지가 그날 뭐라고 하셨지?

이가연, 윤영민…… 윤영민!

그렇다면 김성국, 윤민하…… 문손하…….

……윤손하?

"……!"

드디어 퍼즐이 완성되었다. 그가 그가 아니었듯 문손하 그녀도 그녀가 아니었다. 차가운 땀이 등줄기를 타고 흘러내렸다.

"이럴 수가. 이런 말도 안 되는…….'

"사장님?"

그녀와의 첫 만남에서부터 헤어지기까지 함께한 시간들이 오버랩 되며 머릿속을 부유했다.

분명 그녀는 자신에게 여러 번 힌트를 주었고, 선택할 기회를 주었다. 끝끝내 눈치채지 못했던 자신이 바보였을 뿐.

가끔 이해하지 못할 행동을 보였던 것도, 순진하다 못해 단순함의 끝을 보이는 무지함도 의심했지만, 이미 그녀는 많은 것을 알고 있었던 것이다. 아주 오래전부터.

그가 철두철미하지 않아서가 아니라 그녀가 완벽했기 때문이었다.

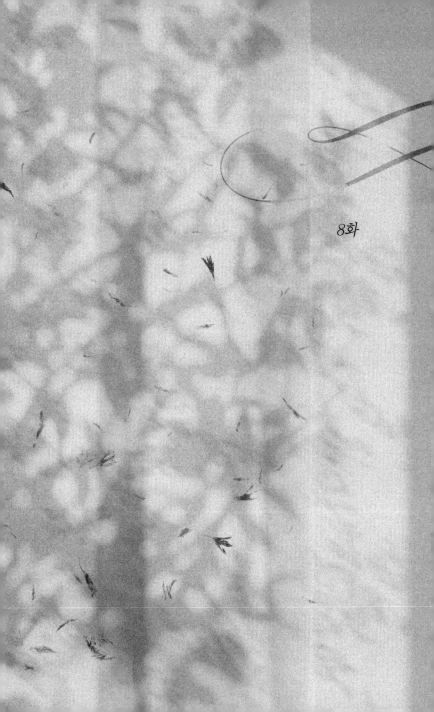

8화

손하의 생모 가연은 부친의 기대를 한 몸에 받고 자라 거침없는 입담과 망설임 없는 추진력을 무기로 인생을 즐기며 자랐다. 뛰어난 영재는 아니지만 하고자 하는 일은 노력으로 성과를 이루었고, 너무 과하다는 모친의 걱정에도 불구하고 꿋꿋이 남동생보다 부친이 주는 사랑에 우위를 선점했다.

예술학과를 선택한 건 오기와 반감 때문이었다. 모친은 남동생이 하려는 일엔 지원을 아끼지 않으면서 그녀가 뭔가 하고 싶다 하면 오래가지 못할 거라며 타박만 했다. 모친의 말 물론 절반은 사실이었지만, 서운하고 속이 상한 가연은 고집을 부려 원하던 대학에 턱걸이로 입학할 수 있었다.

피아노과를 막상 들어가니 천재성이 돋보이는 아이들 틈에서 적응하지 못해 절로 한숨이 흘러나왔다. 그녀가 피아노를 좋아하는 건 틀림없는 사실이지만 매번 수없이 절망감을 느껴야 했다.

"거기에서 반음, 그리고 화음을 넣어야 하는데……."

작곡 수업 중 강의실에서 끙끙대는 그녀가 안타까웠던지 지켜보고 있던 남자가 소심한 코치를 했다.

"작곡할 줄 아세요?"

"조금은요."

심봤다. 속으로 환호성을 지른 가연이 몸을 아예 남자 쪽으로 틀자 갑자기 중심을 잃어 다리가 꼬인 그가 그녀 쪽으로 몸이 확 쏠리고 말았다.

"어…… 어어!"

"악."

여자가 남자를 품에 안은 끔찍한 상황 앞에 어이가 상실한 그녀와 얼굴이 벌게진 그가 허우적대며 서로에게서 벗어나기 위해 애썼다. 하지만 중심을 못 잡고 급기야 의자까지 바닥으로 넘어져 두 사람이 벌러덩 자빠지는 19금 자세가 완성되고 말았다.

그렇게 가연과 영민의 우스꽝스러운 첫 만남이 인연이 되었고, 사랑에 흠뻑 빠지는 계기가 되었다.

가연과 영민은 작곡 과목의 학점을 채우기 위해 고군분투하던 두 남자 문영강과 강상호를 만났다.

네 명이 조가 되어 곡을 완성시키면 최소 A학점을 부여한다는 파격적인 임용 교수의 제안에 생면부지인 가연, 영민, 영강, 상호가 의기투합해 뭉쳐 무사히 학점을 따냈다. 물론 절반은 작곡에 재능이 탁월한 영민 때문이었다.

찬란했다. 아름다웠다. 네 사람의 사랑도 우정도 아무런 탈 없이 이어져 가고 있었다. 네 사람의 시간이 밝게 물들어 갔다.

하지만…… 그때는 몰랐다. 친해지면 없던 감정이 생기고 서운한 마음도 드는 게 사람이라는 걸, 인생이라는 걸. 젊다는 치기가 어떠한 일도 가능하다 밀어붙일 만큼 열정을 부여하기도 하지만, 기대만큼 충족되지 못하면 상대를 해하는 악으로 바뀔 수도 있다는 걸.

"가연아 널 좋아해."

문영강의 마음을 어느 정도 눈치채고 있었지만 이미 그녀는 영민을 깊이 사랑하고 있었기에 조금의 여지도 남기지 않기 위해 모질게 거절했다.

"난 이미 사랑하는 사람이 있고, 그와 함께하기로 결심했어. 미안하다는 말은 하지 않을 거야."

제 고백을 조금의 망설임도 없이 거절하고 자신이 사랑하는 사람에 대해 당당히 이야기하는 그녀가 아름다워 보였다. 그래서 더 갖고 싶었다. 빼앗고 싶었다.

영민, 가연의 사랑을 받는 그 자식은 대체 못하는 게 뭔지. 다방면으로 해박한 머리와 뛰어난 외모 덕분에 여자들에게 인기도 많았다. 고아 출신이라는 치명적인 흠을 빼고는 완벽한 남자였다.

그녀 때문이 아니더라도 영강이 영민에게 가지는 자격지심은 상당했다. 음대 교수뿐 아니라 다른 과의 학생들까지 그놈을 알고 있을 정도였으니까. 자료 조사를 도와줘 신세를 졌다나 뭐라나. 도서관 사서 보조 아르바이트를 하는 그놈 덕분에 골칫거리였던 논문을 통과하게 되었다며 입에 침이 마르도록 칭찬 일색이었다.

듣기 좋은 소리도 한두 번이지 이곳저곳에서 그를 칭송하는 말이 들릴 때마다 그의 곁에 장식용으로 서 있는 자신이 못나고 초라해 보여 미칠 것 같았다.

'내가 저놈보다 못한 게 뭔데?'

종교는 없었지만 영강이 형체 없는 신에게 반감을 가지기 시작한 무렵도 그즈음이었다. 어떻게 해서든 그녀를 빼앗아 보고자 했지만, 가연과 영민의 자퇴와 증발로 모든 게 무위로 돌아갔다.

"영민아 네 이기심 때문에 가연이가 앞으로 얼마나 힘들지 생각해 봤어?"

흔들고 싶었기에 있는 소리 없는 소리 해 가며 포기를 종용했지만 찰떡처럼 붙어 떨어지지 않는 거머리 같은 영민은 그녀를 데리고 그렇게 눈앞에서 사라져 버렸다.

문영강, 그가 가연의 집안에 몰래 그들의 교제 사실을 흘린 이유로 그녀는 휴학을 종용받았기 때문이었다. 쉽게 포기하리라 생각한 그의 오판이 부른 비극이었다.

꽁꽁 숨어 버린 그들을 찾기 포기할 무렵, 두 사람의 소식을 듣게 된 영강은 이미 한 집안의 가장이었고 한 아이의 아버지였다.

부친의 뜻에 따라 정략결혼을 하여 돌아가신 부친의 사업을 승계한 그는 가정을 등한시한 채 일에만 미친 듯 몰두하고 있었다. 사는 낙은 오로지 부의 축적, 그리고 일뿐이었다.

사업으로 묶인 정략혼의 대상인 현인화는 하얗고 동그란 얼굴이 배꽃처럼 어여뻤지만 가연의 잔상이 그녀를 외면하게 만들었다. 당당히 자기주장을 펼치던 동그란 눈동자의 여인과 상반된 이미지의 여자였다.

다소곳이 눈을 아래로 내리깔고 묻는 말에만 입을 여는 그녀에게 영강은 한 톨의 관심도 가지 않았지만, 양측이 만족스러워하는 혼사는 세 번의 만남을 끝으로 마무리되어 두 사람은 부부의 연을 맺게 되었다.

'살다 보면 정이란 게 생길지도 모르지.'

하지만 바람은 바람일 뿐 함께하는 시간은 지루했고 가슴은 더 차가워졌다. 어쩌다 보니 생긴 아이도 누굴 닮았는지 태어나면서부터 약체로 병원을 자주 드나드는 터라 외면해 버렸다.

그렇게 정을 못 붙이고 살아가는데 딸아이는 아내 가슴에 대못을 박고 멋대로 세상을 등져 버렸다. 정신을 놓은 아내, 짧게 살다 간 딸, 텅 비어 버린 커다란 집, 채워지지 않는 빈자리는 갈수록 커져 갔고 이루지 못한 갈망은 목을 조일 뿐이었다.

"네. 서울에 거주하더라고요 염창동에서 작은 봉제 공장을 운영 중입니다."

한걸음에 달려간 그곳에 가연과 영민 그리고 그들의 딸과 아들이 단란하게 살고 있었다. 말이 단란이지 저런 허름한 곳에서 가연을 고생시키다니. 영민의 이기심으로 그녀가 하지 않아도 될 고생을 하고 있었다. 초췌해진 그녀의 얼굴이 자꾸만 눈에 밟혔다.

그래도 영강은 그때 돌아서야 했다. 그때······.

하지만 아무리 돌아서려 해도 잊히지 않던 하얀 가연의 미소가 그를 어둠 속으로 자꾸 끌고 들어갔다. 감춰진 야비한 욕망이 고개를 쳐들었다.

'그놈만 없어진다면······. 그놈만······.'

단골 가게를 늘려 가던 봉제 공장은 사장의 성실한 경영에도 불구하고 하락세를 타기 시작했다. 누군가의 의도적인 방해, 즉 문영강 때문이었다.

저러다 곧 망하겠지, 그럼 생활고로 두 사람은 자연히 헤어질 것이고. 그게 그의 계획이었다. 하지만 칡덩굴보다 질긴 영민은 포기란 걸 모르는 듯했다.

영강은 아무리 노력해도 손에 넣을 수 없는 가연을 가지고 싶어 미칠 것 같았다. 남의 아내를 탐내지 말라던 누군가의 충고도 무시할 정도였다.

"난 내 아내와 딸을 책임질 거야. 사랑하니까."

"그 사랑이 가연이를 힘들게 하잖아!"

"영강아, 너도 나도 이젠 학생 신분이 아니야. 너도 가정이라는 게 있잖아. 이러지 말고 돌아가."

개자식이 감히 누구에게 훈계인가, 잘난 척하며 기고만장한 꼴이라니 분노가 치밀었다. 영강은 손에 잡히는 대로 내던지며 악을 질러 댔다.

"영강아 이러지 마! 안 돼!"

영세한 공장 안에 봉제 인형들이 여기저기 널려 있는데 추위를 피하기 위해 설치해 둔 난로가 옆으로 쓰러지며 인형에 옮겨붙었다. 그러자 영민이 미친 듯이 불길 속으로 달려들었다. 불길이 적어 충분히 끌 수 있는 상황이었다.

하지만 영강의 귓속으로 악마가 속삭였다.

'기회야. 이번 기회가 마지막이야. 가질 수 있어. 넌 그럴 자격이 있다니까.'

악마의 권유였지만 선택은 그의 몫이었다. 그리고 그는 기꺼이 악마의 손을 잡고 친구가 되었다.

불이 번진 상황을 확인한 그가 영민이 정신없어하는 틈을 타밖으로 나간 뒤 문을 걸어 잠갔다. 밖에서 문을 열지 않으면 나올수 없는 구조였다.

"영강아 문 열어! 문 좀……."

목재 건물에 불이 붙는 건 순식간이라 불타오르는 붉은 불길처럼 영강의 눈도 붉게 충혈되었다. 그런데 그녀가 갑자기 달려올 줄이야.

"그이는? 그 사람은?"

"늦었어. 들어가면 너도 죽어."

"비켜!"

어디서 그런 기운이 뻗치는지 한 치 망설임도 없이 붉은 혀를 날름거리는 화염 속으로 뛰어드는 그녀를 말리기엔 그는 비겁한 겁쟁이였다. 무너지는 자재 더미가 그를 덮치려 하자 덜컥 겁이 났다. 튀듯이 밖으로 몸을 날려 영강은 겨우 살아남았다.

이런 결과를 원한 건 아니었는데, 그는 두 명을 죽인 살인자가 되고 말았다.

그렇게 두 사람은 영원 속으로 잠겨 들었다.

"으아아악! 가연아!"

그가 사랑했던 여자, 이가연.

미운 놈을 치워 버렸다. 눈앞에서. 시원해야 하는데 그 속은 추악함과 더러움으로 가득했다.

사람들이 바삐 오가는 것도 해가 뜨고 지는 것도 평소와 다를 게 없는데 그의 삶은 송두리째 바뀌었고, 악귀에 쫓기며 편한 잠을 이루지 못하는 병자가 되어 버렸다.

잊기 위해 살기 위해 내가 사람이 아니었다는 걸 감추기 위해 내달렸다. 미친 듯이.

널 원했던 내 마음은 순수했는데, 결국 추한 욕망이 돼 버렸다. 용서받지 못할 놈, 천인공노할 짓을 저지른 금수만도 못한 놈이었다. 사랑하고 미워하고 그리워하는 마음은 이제 사치가 되어 버렸다. 슬픈 그리움만 남긴 채.

9화

고속 도로를 달리는 동안 여러 일들이 휙휙 빠르게 재생되었다.

끝이라면 끝을 맺은 연극인데 아직도 끝나지 않은 이야기들이 그녀의 목줄을 죄어 왔다. 버리고 싶은데 버릴 수 없는 이유가 성격 탓도 있지만 결국 마음의 문제였다.

앞을 보고 달리면서도 그녀의 생각은 여전히 다른 나라로 떠난 동생에게 머물러 있었다. 그 아이를 생각하면 죄의식부터 들었다. 어렸다고는 하나 그녀의 자의로 한 번 이별했기에 그래서 더 애달프고 괴로웠다.

가족은 항상 함께하는 거라며 동생이 태어나고 누나니까 지켜주라던 엄마의 목소리가 아직도 선연한데 사탕발림과 따뜻한 손에 이끌려 동생과의 이별을 택했었다. 그 이별이 후에 어떤 결과를 초래하게 될지 그땐 알지 못했기에…….

라라라라—

클래식 핸드폰 벨소리가 상념을 깨자 흘깃 액정을 내려다본 그녀의 얼굴이 굳어졌다.

소태진, 그였다. 이름만 봐도 가슴이 덜컥하니 이 정도면 중병이다.

만약 그녀가 조금 둔하고 평범했더라면 상황은 달라졌을지도 모른다. 이상하다 눈치챈 순간, 밀려든 기시감을 뭐라 설명해야 할까.

천재는 아니었지만, 부친의 피를 고스란히 이어받은 그녀는 뛰어난 영재였다. 음악가였던 친부모를 닮아 음악 쪽으로도 천부적인 재능을 보였다. 음악에도 조예가 깊어 예명으로 작사, 작곡 활동도 하고, 드라마 OST 작업에도 참여할 정도였다. 더군다나 꽤 유명한 가수의 타이틀 곡 제작에도 참여한 바 있다.

음악 프로듀서 최재진은 당시 데뷔를 앞둔 아티스트의 앨범 콘셉트를 잡기 위해 손하가 다니던 사립 고등학교를 방문했고, 우연찮게 손하가 끄적여 둔 곡들을 발견했다. 그게 두 사람 인연의 시작이었다.

손하는 음악 공부를 극렬히 반대하는 문 사장 때문에 취미 생활인 척해 왔다. 그래서 최재진 프로듀서에게도 비밀을 지켜 달라 조건을 걸었었고, 그의 전폭적인 지지로 그녀는 음악 공부를 하는 데 있어 많은 도움을 받았다.

손하는 우선 밀려드는 잡념을 뒤로하고 갓길에 차를 세워 전화를 받았다.

"여보세요."

— 어디지?

그의 말투가 거슬렸다. 이제 더는 연인 사이가 아님에도 자신이 여전히 고분고분할 거라 착각하는 걸까.

"용건을 말하세요."

— 한번 만나. 내가 그쪽으로 가지.

"바빠요. 용건 있음 전화로 하세요. 갓길에 차를 세워서 통화는 오래 못 해요."

— ……

그가 침묵하는 동안 그녀는 그가 왜 자신을 만나려고 하는지 유추해 보았다. 무슨 말을 들은 것일까. 이제 와 정체가 탄로 나도 잃을 것은 없었지만, 그에게 지금까지의 일들을 착실하게 설명해 줄 의무 또한 없었다.

아니, 사실 그런 이유보다 그를 만나기 겁이 났다. 감정이 넘칠까 봐, 아직 그를 잊지 못한 티가 날까 두려웠다. 아무렇지 않은 척하기가 너무 힘이 들었다. 정신적인 소모가 큰 만큼 되도록 피하고 싶은 맘이 우세했기에 그녀 목소리에는 예민하고 날카로운 감정이 깔려 있었다.

— 물어보고 싶은 게 있어.

역시 그거였나? 그의 뜻대로 흘러가지 않은 상황에 대한 의문을 해소하기 위해?

이미 예상했던 대답임에도 손하는 실망감을 느끼는 자신이 우

습고 초라했다.

"그 문제라면 내가 아니어도 설명해 줄 사람이 있잖아요. 해성 그룹 실질 소유주이자 당신의 생부 강상호 씨."

— 너……

"미안한데 이만 끊을게요. 바빠서."

손하는 더는 미련을 두지 않고 거침없이 통화 종료 버튼을 눌렀다.

사귀는 1년 동안 한 번도 없었던 일, 그녀가 먼저 전화를 끊는 발칙함에 태진은 끊긴 신호음을 들으면서도 도무지 지금의 상황이 믿기지 않았다. 음전하고 조용한 여자, 자신의 의사를 또렷이 나타내기보다는 상대방에게 맞추려 애쓰는 순종적인 스타일이었다. 그런데…….

'전부 연기이자 목적을 위한 위장이었나?'

결국 부친이 등장해야 전말을 알 수 있을 것 같아 다시 전화하려다 한동안 끊었던 담배를 집어 든 그는 찬찬히 그녀를 만났던 과거를 되짚기 시작했다.

의도적으로 그녀에게 접근해 환심을 샀고, 철저히 신분 세탁을 해 소태진이라는 이름도 얻었다. 강씨 집안 남자와 이혼하고 미국인과 재혼해 집안에서 방출되다시피 한 당숙모의 호적상 아들로.

부잣집 외동딸의 전형적인 모습을 따르던 문손하였다. 그랬다고 생각했다. 그런데 미리 계산된 행동이었다면? 세상 물정 모르고 순진하다 못해 우둔한 척 포장한 거라면?

되짚어 보면 이상하리만큼 매끄러웠던 1년 동안의 연애 기간. 그녀를 통해 쉽게 입수했던 문 사장의 비리와 증거들. 사실 그건 그가 정보를 캐낸 게 아니라 그녀가 정보를 부러 흘렸던 것이다.

'대체 언제 눈치챈 거야? 완벽하다 생각했는데.'

귀신이 곡할 노릇이었다. 눈치챘더라면 이상한 낌새를 느꼈어야 했을 텐데, 전혀 알아채지 못했다. 그만큼 그녀는 완벽하게 자신을 감추고 컨트롤한 것이다.

아름답고 조용한 그녀에게 속절없이 끌리는 탓에 계획을 서둘러 진행했지만 어느새 감정이라는 굴레에 갇혀 허덕이고 있었다. 사람을 농락하고 기만한다는 게 기쁘고 통쾌하지 않았지만 도리어 그가 당하는 입장이 되어 보니 썩 유쾌하지만은 않았다.

'그녀가 정보를 흘릴 때 어땠더라? 쓰러진 문 사장을 찾아갔을 때 병원에서 보인 이상한 행동과 말은? 간혹 날카로운 질문으로 그를 당황시켰던 모습이 진짜였던 건가?'

태진은 부친의 위치를 파악하라 다시 지시를 내렸다. 모든 의문의 열쇠를 쥐고 있는 인물이 그였으므로.

"엄마! 엄마!"

유약하지만 다정했던 어머니가 돌아가신 날 강선학, 그의 평안했던 유년기는 끝이 났다.

다정하진 않았지만 정신을 놓아 버린 부친과 장례를 치르며 깨달은 게 하나 있었다. 표현하는 데 서툴렀을 뿐 아버지는 어머니를 사랑하고 있었다.

비가 추적추적 내리는 날 삼일장을 치르고 잠들 수 없던 새벽, 선학의 굵은 눈물이 액자를 흠뻑 적시고 있었다. 믿었던 친구에게 배신당한 건 부친인데 왜 어머니가 충격을 받아 쓰러져야 했는지 이해되지 않는 상황에 던져진 선학은 이때까지만 해도 복잡한 어른들의 세계를 이해하지 못했다.

"아빠!"

세상 참 무섭고 야박했다. 주변 사람들 모두 하나둘씩 연락을 끊어 어려운 상황에 도움 청할 곳 하나 없었다. 상호는 그래도 해결해 보겠다며 어린 아들 선학과 여관방에 장기 투숙을 하며 자금을 구걸하고 살기 위해 발버둥 쳤다.

하지만 그럼에도 불행은 줄이어 발생했다. 상호마저 교통사고를 당해 한쪽 다리를 못 쓰게 된 것이다. 그렇게 선학은 쫓기듯 어른이 되어야만 했다.

복수.

선학은 그 하나만을 위해 달렸고 거의 이루었다 생각했는데 행복하지 않았다. 가슴이 졸아들었고 이상하게 아릿했다.

치밀한 계획을 세워 우연을 가장해 원수의 딸 문손하를 만났고, 차근차근 계획을 실행에 옮겼다. 문영강 그가 가장 소중하게 여기는 것을 박살 내는 게 그의 목표였다. 빌어먹을 재물과 금지옥엽 키운 딸자식.

그런데, 그런데 이 여자는 왜 문 사장을 닮지 않았을까. 왜 여느 잘사는 집 여자들처럼 허영심 많고 저밖에 모르지 않는 걸까. 지금이라도 그만둘까?

만날수록 깊어 가는 정에 속수무책 빠져들어 원수의 딸과 인연을 맺은 것 자체가 잘못이었다.

"날 사랑해요?"

"……."

여자가 원하는 대답을 끝까지 해 줄 수 없었다. 그깟 사랑이 뭐 대수라고. 하지만 사랑을 갈구하는 여자의 얼굴이 그렇게 예뻐 보일 수 없었다.

두 사람이 보낸 첫날밤은 그렇게 짧은 순간처럼 그를 그녀에게 영속시켰다. 속된 말로 그녀와 밤을 보내면 흥미가 떨어지리라 기대했지만, 서로의 접촉에 민감해지는 건 그녀가 아니라 그였다. 애달파하는 쪽도 그가 되고 보니 갑과 을의 위치가 확연해졌다. 하지만 그때부터 문손한 그녀는 거리를 두기 시작했다.

그날 이후부터…… 이상했다. 뭔가 틀어지고 있었다. 딱히 짚어 낼 만한 사건은 없었지만 점점 더 거리감이 느껴졌다. 그녀를 유심히 살폈지만 별다른 징후를 보이지 않아 안도하는 자신이 낯설었다.

하지만 그때 알아챘어야 했다. 이상했던 건 그녀가 아니라 그였다는 것을. 자신의 감정을 돌아봐야 했었다는 것을.

"인사드리러 가야 하지 않을까?"

"정말 그러고 싶어요?"

"당연하지. 아직 인사드리러 가기엔 이르다고 생각하는 거야?"

기다리다 못해 그가 먼저 운을 떼자 기뻐하는 여자의 표정이 그를 기분 좋게 만들었다. 그녀도 기다리고 있었다 생각하니 머리가 일순 가벼워졌다.

"아버지가 질문을 많이 할지도 몰라요. 절 걱정해서 그러는 거니까 잘 참아 줘요."

문영강 사장에게 인사하러 간 날, 욕심 많은 영감은 딸을 앞세워 그를 시험했고 떠보기를 수차례였다. 첫 만남임에도 그가 운영하는 회사 자금 상황까지 캐물으며 그를 몰아세웠다. 예상했던 것만큼 약아빠진 인간이었다.

"잠시 내려가서 과일 좀 내올게요. 둘러보고 있어요."

손하의 방은 차분한 파스텔 톤의 아담한 크기였다. 상상했던 이미지과 정확히 일치했다.

하지만 그는 방 구경보다 그녀가 켜 둔 노트북 화면에 정신이 쏠려 있었다. 그녀 말대로 부친이 운영하는 사업에는 관심이 없다면서 왜 사업 관련 문서가 바탕 화면에 깔려 있는 것일까.

의구심도 잠시, 그는 익숙한 손놀림으로 재빠르게 자료를 복사해 자신의 USB에 저장했다. 나중에 열어 보니 매우 중요한 기밀 자료였다. 들킬 위험을 감수해야 할 정도로 아주 중요한 내용이 담겨 있었다.

그때 단 한 번이라도 의심을 해 봤어야 했다. 그녀 성격에 그를 방에 혼자 두고 나가 버렸다는 것 자체도 이해하기 힘들었는데,

그럼에도 의심 한 번을 안 해 보다니. 단단히 미쳤었나 보다. 아니면 그녀의 연기력이 매우 뛰어났던 건지도.

"우리 집 어땠어요?"

"부친과 사이가 좋던데."

"……네. 회사 들어가야 해요?"

"응. 일이 밀려 있어서. 내일 점심 같이 먹을까?"

배웅을 핑계로 운전석에 앉아 말없이 그를 바라보는 그녀의 눈빛엔 알 수 없는 긴장감이 느껴졌다.

"내게 할 말 없어요?"

또 사랑 타령인가 싶어 잠깐 짜증이 솟구쳤지만 애써 화를 억누르고 미소를 띤 채 그녀를 응시했다. 저장해 둔 자료를 분석해야 한다는 조바심 때문에 마음이 바쁜데 듣고 싶은 말이 있는 건지 질문에 대한 답을 요구하는 손하였다.

"미안. 오늘 긴장했나 봐. 내가 잘했는지 모르겠어."

그는 손하의 질문에 대한 대답을 회피했다. 언제나처럼 그렇게 모르는 척 대화의 주제를 바꿔 버렸다.

몇 초간 정적이 흐르고, 손하는 긴 속눈썹을 파르르 떨며 눈을 지그시 감았다 떴다.

"잘했어요. 준비한 각본대로."

"뭐?"

"잘했다고요. 실수한 거 없었어요. 당신 완벽했어요. 아버지도 당신이 맘에 드셨나 봐요."

"……그래?"

그즈음 그는 투자금 회수에 대한 막바지 작업으로 바쁜 상황이었다. 문영강 그 새끼를 끌어내리는 일이었다. 그에게 당한 만큼 두 배로 갚아 주리라 외치던 어린 사내아이는 본심을 감추고 그의 딸을 이용 할 만큼 성장한 승냥이가 되었다.

거의 다 됐어. 이제 곧…….

모든 계획이 성공적으로 마무리된 이후 문영강 사장이 쓰러져 수술을 목전에 두게 되자 그녀가 자연스럽게 그를 의지해 왔다. 그녀가 파리한 그에게 얼굴로 안겼다. 작고 여린 몸을 얼결에 안았지만 파르르 떠는 것이 온기를 잃어 얼음같이 차가웠다.

"수술해야 한대요. 각오하고 있으라고……. 무서워요."

"괜찮으실 거야. 강한 분이시잖아."

"……그렇죠?"

파르르 떠는 가녀린 어깨가 안쓰러워 가슴 가까이 끌어안자 깨끗하고 시원한 향내가 코끝으로 스몄다. 청아한 그녀에게 딱 어울리는 향이었다. 좋아하는 향수라며 해사하게 웃던 손하의 모습이 아른거려 잠 못 이루던 날도 있었다.

"함께 있어 주면 안 돼요?"

"회사 일이 바빠서……. 다음에 또 들를게."

"약속해요?"

"……뭐?"

"약속하는 거예요?"

"일이 다 그렇지, 뭐. 내일 갑자기 출장 갈 수도 있고. 확답은 못 하겠지만 시간 내도록 해 볼게."

쥐어짜 내는 자신의 목소리가 스스로가 듣기에도 낯설었다. 그녀에게 붙들린 팔을 어렵게 뿌리치고 매정히 굴었지만 따라오는 따가운 시선에 걸음은 쉬이 앞으로 나아가지 못했다. 검은 눈동자에 담긴 많은 감정들을 애써 외면했다.

"그래요……. 그렇죠."

눈동자에 실린 절박한 뜨거움이 하얀 거품처럼 스러져 가는 모습에 쿵, 하고 가슴이 내려앉는 이유가 무언지 몰랐다. 아마도 그건 그녀의 눈에 비친 야속함, 미움, 그리고 체념 때문일 것이다.

그녀가 자신을 가장 필요로 할 때, 그는 냉정하게 돌아서면서 그녀에게 대못을 박았다. 돌아올 일 없으니 더는 기다리지 말라는 말보다 더욱 잔인하게 그녀를 짓밟았다.

'원수의 딸이라는 것만 생각하자. 정신 차리자 소태진.'

회사로 돌아와서도 종일 아무것도 할 수 없어 아득한 심정이었다. 당장이라도 그녀에게 돌아가고 싶었지만 채권 매입이 당장 내일이었다. 상대가 정신없어 할 때 치고 들어가야 이득을 챙길 수 있다는 걸 문영강 사장에게 몸소 배웠으니 실행해야 하지 않겠는가.

문 사장이 중환자실에서 목숨은 붙어 있지만 의식 없이 누워 있다는 보고가 올라올 때만 해도 그녀와의 관계가 완전히 끝날 거란 생각은 하지 않았다. 처음엔 오히려 연락이 올까 봐 일부러 피하기도 했다. 어차피 사업에 문외한인 그녀가 그를 제 발로 찾아오리라 믿었기 때문이다.

그런데…… 그녀와는 연락이 두절되었다. 거기다 문 사장이 입원한 병원과 병실은 철저히 비밀에 부쳐졌다. 반신불수 판정을 받았다는 소식에 마냥 통쾌해하고 시원해야 하는데, 문 사장의 곁을 밤낮으로 지키고 있을 한 사람이 떠올라 걱정되어 미칠 지경이었다.

더 이상 참지 못한 그가 문손하를 찾기 위해 병원을 이 잡듯 뒤졌지만, 그땐 이미 그녀가 문 사장의 병원을 먼 곳으로 옮기고 난 뒤였다.

그는 답답한 미로에 갇힌 듯한 기분이었다. 당장에 출구를 찾지 못해 헤매는데, 발마저 진득한 구덩이에 빠져 이러지도 저러지도 못하는 상태였다.

[문 사장님은 괜찮아?]

[몸 생각해.]

[병문안 가려고 하는데 병실은 몇 호실이지?]

[어디 간 거야? 병원을 옮겼다는데.]

[수술하던 날, 내가 먼저 가서 화난 건가?]

하루에 수십 번씩 전화와 문자를 보냈지만 답장은 받지 못했다. 계획이 어디서부터 틀어졌는지 아무리 생각해 봐도 답을 찾을 수 없었다.

다만 한 가지 분명한 건 그녀가 그의 정체를 눈치챘다는 것이다. 그렇지 않다면 하루아침에 말도 없이 자취를 감췄을 리는 없을 테니까.

분명 그녀는 그를 사랑하고 있었다. 몸짓이나 표정 하나하나에서 분명하게 드러났다.

하지만 그는 그 또한 진심을 다해 그녀를 가슴에 들였다는 것을 깨닫지 못했다. 그녀가 준 세 번의 기회를 모두 저버려 그녀가 희망을 버리고 돌아섰다는 사실도.

짧은 인연이고 버릴 사람이기에 미래를 생각하지 않았지만, 미치도록 그리운 마음이 당황스러워 결국 균형을 잃고 비틀거렸다. 여자가 머물다 간 빈자리는 생각보다 훨씬 컸다.

또한 훨씬 깊고 아득했다.

횡단보도 앞, 신호가 바뀌었지만 노란 서류 봉투를 붙잡고 서서 한참을 움직이지 못하고 서 있는 사람은 강상호였다.

웬만한 관공서는 모두 방문했고, 보호소나 입양 기관도 사람을 사 이 잡듯 뒤졌다. 그리고 마침내 손에 쥔 사진을 보고 다리가 후들거려 급기야 바닥에 주저앉았다.

그가 미친 사람처럼 여기저기 들쑤시는 동안 일주일이라는 시간이 훌쩍 지나갔다.

이미 죽은 사람이 된 윤영민, 이가연 그리고 그들의 딸과 아들인 윤손하, 윤민하. 사고 후 윤손하는 실종 처리, 윤민하는 세 번의 입양 후 두 번의 파양을 거쳐 이름이 바뀐 사실까지 알아냈다. 막연한 추측이 사실이 되자 말도 안 되는 시나리오에 할 말을 잃은 상호였다.

"미친놈, 미친 새끼, 개 상놈의 자식! 사람을 죽여 놓고 딸까지……. 쳐죽일 놈."

분노였다. 그의 인생으로도 부족해서 예쁘게 살아가던 가난한 부부의 인생까지 말살시킨 문영강에 대한 분노가 사그라들지 않았다.

한때 그래도 친구라 부르던 놈이었다. 그런 놈이 질투에 눈이 멀어 미치광이가 되었고, 미친놈 한 명 때문에 박살 난 가정과 가여운 영혼이 도대체 몇이란 말인가. 문영강이 반신불수가 되었다는 소식을 들었을 때 맘이 편치만은 않았었는데 지금 생각하면 그것이 그나마 그에게 자비고 축복이었다.

"얼마나 고통스러웠을까. 얼마나 억울했을까. 영민아, 가연아……."

대학 동창이었던 그들은 학창 시절 내내 붙어 다녔다.

아름다운 이가연.

총명한 윤영민.

젠틀한 강상호.

활기 넘치고 늘 자신감에 차 있던 문영강.

어쩌다 넷이서 뭉치게 된 그들은 그렇게 둘도 없는 친구 사이로 지냈다. 하지만 영원할 것 같았던 우정에 금이 가기 시작했고, 아무것도 없는 가난한 장학생 영민을 택한 가연을 영강은 끝까지 받아들이지 못했다. 하지만 아무리 그렇다고 하더라도…….

사실이 아닐지도 모르겠지만 그가 추측한 사건의 전말이 얼추 맞으리란 걸 확신한 상호는 톱니가 맞물린 것처럼 하나하나 맞춰져 가는 정황들에 소름이 와락 끼쳤다.

인간의 탐욕의 끝은 어디일까. 질투와 오기에 휩싸인 작은 인간이 욕망을 탐하다 결국엔 자신과 타인의 삶까지 파괴하고 파멸로 이끌었다.

자신과 아들이 분노하고 슬퍼했던 것 이상으로 고통 속에서 몸부림친 또 다른 이는, 문손하 아니, 윤손하 그녀였다.

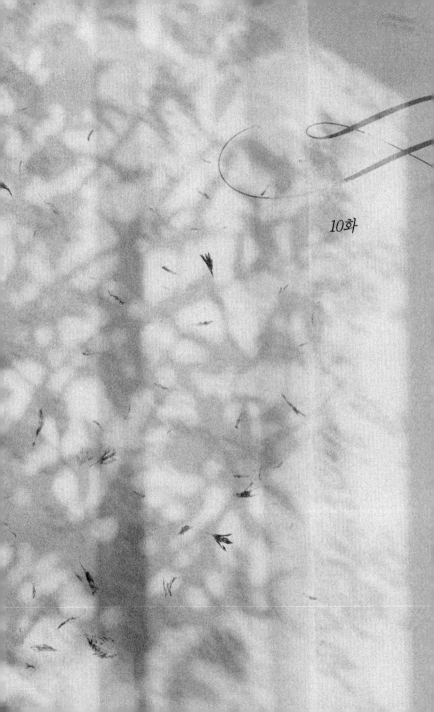

10화

집 안으로 들어선 손하는 누군가를 달래는 목소리에 가던 발걸음을 멈췄다.

　"이러지 마세요. 입맛이 없으셔도 조금이라도 드세요, 네?"

　요양사 신 씨가 애를 먹고 있었다. 급여만큼은 아니더라도 환자가 안쓰럽고 도와주고 싶어 열심히 끓인 잣죽인데 문 사장은 거들떠보지도 않았다. 공을 알아 달라는 것은 아닌데 사람 기분 상하게 만드는 데 도가 튼 노인이었다. 급여만큼만 일하고 시간 채우고 가면 그만이겠지만 그런 건 그녀 성격에 맞지 않았다.

　돌아가신 시어머니 병시중 때문에 따 놓았던 요양사 자격증이지만 나이 들고서도 아들딸에게 손 벌리지 않아도 될 만큼 수입이 꽤 쏠쏠했다.

　일을 하면서 이런 사람 저런 사람 만나고 산전수전 다 겪은 터라 어지간한 진상 병자들을 상대하는 덴 도가 튼 그녀였다. 세상과의 단절을 온몸으로 표현하는 이런 환자들에겐 스스로 마음을 열 때까지 기다려 주는 방법 외엔 별도리가 없었다. 듣자 하니 사업이 망하고 졸지에 반신불수가 되었다던데⋯⋯. 인생이란 참⋯⋯.

"무슨 일이에요?"

한숨을 푹 내쉬고 잣죽을 내려 두려던 신 씨는 방문 입구에 서 있는 손하를 보고 반색을 했다.

"어이구, 마침 잘 오셨어요. 식사를 도통 안 하세요. 답답하신가 해서 휠체어 태워 한 바퀴 돌고 왔는데도요."

손하의 눈길이 침대에 누워 눈을 꽉 감은 문 사장에게 머물렀다. 따끈한 잣죽은 고소한 냄새를 풍기며 후각을 자극했다.

"주세요. 제가 할게요."

"그러시겠어요?"

귀찮고 번거로울 텐데 딸이 먹여 준다니 참으로 다행이라는 신 씨의 말에 손하는 마음이 편치 않았다. 문 사장을 저렇게 만든 원흉이자 남보다도 못한 원수지간이라는 걸 안다면 독한 게 사람이냐며 욕을 들었을 텐데, 지금의 상황이 참 아이러니했다.

"오늘은 이만 퇴근하세요."

"네? 그렇지만 아직 시간이⋯⋯."

"그동안 일이 바빠 소홀했어요. 오늘은 제가 돌볼게요."

"⋯⋯네."

남은 잣죽과 냉장고에 넣어 둔 밑반찬으로 저녁 챙겨 먹으라는 신 씨의 말을 대충 흘려들으며 손하는 윗옷을 벗어 의자에 대충 걸쳐 두었다. 눈을 감고 있어서인지 작은 소리에도 민감해진 문 사장이 잠들지 않았다는 걸 알고 있었다.

죽으라는 법은 없는지 신은 항상 마지막 선택지를 남겨 두셨다. 반신불수가 된 그는 죽음을 피해 갔으며, 그것은 끝이 아닌 새로운 시작을 의미하기도 했다.

편한 옷으로 갈아입고 나온 손하가 다시 문 사장의 방으로 들어섰다. 그는 여전히 화석이 되어 움직이지 못했다. 의자를 끌어당겨 침대 옆으로 앉은 그녀가 나직한 음성으로 이야기를 시작했다.

"억울하세요? 당장 일어나 복수하고 싶으세요? 그럼 드셔야죠. 먹고 힘을 내야 뭐라도 할 거 아녜요."

모르는 이가 듣는다면 위로처럼 들릴 테지만, 가시가 박힌 말이었다.

문 사장은 이런 꼴로 누워 있으니 딸까지 자신을 무시하나 싶어 순간 눈을 번쩍 떴다. 그러자 손하와 시선이 정면으로 마주쳤다. 낯선 눈빛과 낯선 얼굴을 한 손하가 바로 제 앞에 있었다.

제 손으로 키워 자신의 말이라면 무조건 맹신하며 순종적으로 따르던 딸인데, 왜 저런 눈빛으로 바라보는 건지 의구심이 들었다. 더군다나 제 딸에게 푹 빠져 정신 못 차리던 소태진 그놈이 회사를 인수해 버렸다니, 도무지 믿기지 않았다.

'대체 그놈의 정체는 뭐지. 배신한 건가? 그렇다면 왜? 돈 때문에?'

뱉고 싶은 말은 입안에서만 맴돌 뿐 언어가 되어 나오질 않았다. 자신이 들어도 무슨 말인지 알아듣지 못할 어눌한 말투가 끔찍했고 창피해 죽고만 싶었다.

손하는 지금이 바로 문 사장에게 모든 걸 시원스레 알려 줄 때임을 직감했다. 숨을 거둘 때쯤 비로소 네게 복수한 거라 속삭이며 극적인 효과를 만끽하고 싶었다. 거기다 동생도 안전하게 타국으로 보낸 뒤라 마음의 여유가 생겼는지도 모른다.

"궁금한 게 많으실 거예요. 문영강 사장님."

놀라 동그래진 두 눈이 파고들듯 그녀를 응시했다. 몸이 불편해도 눈빛만은 형형히 살아 있었다.

"어디서부터 이야기해 드릴까요. 제가 당신의 친딸이 아니라는 것부터? 아님 친부모가 당신 때문에 돌아가셨다는 것부터?"

검은 눈동자가 그녀의 폭탄선언으로 크게 흔들렸다.

"어…… 어버…… 어따……."

"어떻게 알게 되었느냐고 물어보시는 거죠? 절 키워 주신 어머니가 유산과 함께 유언을 남기셨어요."

"내…… 너도 알고……."

"전 당신이 알고 있는 것보다 훨씬 많은 걸 기억해요. 그날, 화재가 있던 날 전 집에서 크리스마스트리를 만드는 중이었거든요. 다급한 아빠의 전화를 받고 서둘러 나가시던 엄마는 저에게 당부했어요. 동생 잘 보고 있으라고, 금방 돌아오겠다고."

불길한 예감이라도 들었는지 현관에서 연신 어린 딸과 아들을 돌아보며 남겼던 엄마의 마지막 말을 기억했다.

'손하야, 아빠가 문이 열리지 않아 안에 갇혀 계신대. 엄마가 얼른 가 봐야 해. 그러니까…… 동생 잘 보고 있어.'

"결국 두 분은 돌아오지 못하셨고 동생과 난 졸지에 고아가 되어 보육원으로 보내졌어요. 그리고 거긴 끔찍한 곳이었어요. 배고 픔과 추위에 지쳐 갈 무렵 등장한 두 분 때문에 전 동생의 가슴에 대못을 박았어요. 그곳을 탈출하고 싶어서 동생을 외면했어요. 난, 나만 살겠다고……."

"어…… 어버……."

"엄마를 닮은 절 보며 어떤 생각을 하셨나요? 좋으셨어요?"

"어억…… 억."

문 사장이 헛기침하듯 발작적으로 헛숨을 토해 냈다. 하지만 손하의 눈빛엔 차가운 기운만 감돌았다.

"양모의 학대는 심하지 않았어요. 왜 제게 그날의 진실에 대해 알려 주셨는지 모르겠지만 결국 제가 직접 판도라의 상자를 열었 죠. 당신이 밖에서 문을 잠근 건 사실이죠? 그게 아니라면 그렇게 전소되었을 리 없어요. 절반이라도 건졌을 거예요. 죽지 않았을 거라고요. 두 사람 다. 두 사람 모두 다!"

건조한 말투에 담긴 조용한 분노가 느껴져 문 사장은 몸을 떨 었다.

"손……하야."

"소태진 씨의 본명은 강선학이에요. 강상호 씨의 친자죠."

"뭐, 뭐……."

"일부러 루머를 퍼뜨려 주가 폭락을 유도해 망하게 만든 강상호 씨 아들이라고요. 충격으로 그의 어머닌 돌아가시고 아버진 만회하려 사방팔방 뛰어다니다 교통사고를 당해 의족을 매달고 평생 살아야 하는 불구가 되셨죠. 그가 이름을 바꾸고 제게 접근한 진짜 이유예요."

정신을 차릴 수가 없었다. 영강은 그가 알아 온 모든 것들이 거짓으로 위장해 포장되었단 사실에 사고가 멈춰 버렸다. 무엇보다 뭐가 어떻게 된 건지 잔인할 정도로 차근차근 설명해 주는 저 아이가 제 딸이 맞나?

"아직도 모르시겠어요? 회사를 합병하게 한 일등 공신이 바로 저라는 걸. 중요 문서는 일부러 흘렸어요. 어떻게 손에 쥘 수 있었느냐고요? 아무도 믿지 못하는 아버지의 성격을 알기에 가능했죠. 금고 비밀번호를 알아내는 건 생각보다 쉬워요. 소형 카메라를 달아 두면 되니까. 그리고 책상 서랍을 여는 것도 매우 간단해요. 초를 녹여 열쇠 모양을 본뜨면 5분이면 완성돼요. 참 쉽죠?"

"윤……여……미."

윤영민. 손하의 친부 이름 석 자를 말하는 게 분명했다.

천재 바이올리니스트라 촉망받던 재인인 그는 대학 입학금도 후원을 받아야 할 정도로 가난했지만, 그의 미래는 창창했다. 어쩌면 가연과 사랑의 도피만 하지 않았어도 그의 인생은 달라졌을지도 모른다.

하지만 그런 모든 것들을 버리고 택한 사랑으로 인해 그에 따른 책임감의 무게가 상당했고, 부부가 된 두 사람은 막막한 현실에 적응하기 위해 부단히도 노력했다. 그들의 노력을 신만은 알아줄 것이다.

어린 손하의 눈에도 부모님의 사랑은 아름다웠고, 작은 지하 월세방에서 생활해도 넷이 함께하기에 행복했다.

그렇게 유난히도 춥던 겨울을 보내던 날, 크리스마스트리를 만들던 아름다운 추억은 한 인간의 치졸하고도 어리석은 질투심으로 인해 거품처럼 사라져 버렸다.

"주…… 죽……."

"아뇨, 죽지 마세요. 오래오래 사셔야죠. 그래야 당신이 죄를 저질렀던 모든 사람에게 진실되게 사죄할 수 있을 테니까."

들썩이는 가슴이 그가 흥분 상태라는 걸 쉽게 짐작할 수 있게 했다. 심박동이 빨라지는지 부자연스러운 움직임으로 오른팔이 가슴을 향했다.

급격히 소진되는 기력에 손하는 자리를 털고 일어났다. 차갑고 세찬 바람에 창문이 들썩거렸다. 감기가 오래가려는지 한기가 피부에 스며들어 몸이 떨려 왔다.

더 이상 할 이야기가 없어 자신의 방으로 돌아온 손하는 시간을 확인하고 민하에게 전화를 걸었다. 미리 준비해 둔 대포폰이었다.

"도착했어? 그래……. 잘 살아. 그리고 내가 연락할 때까지 절대 먼저 연락하지 말고, 급한 일 생기면 알려 준 대로 해. 알았지?"

민화와의 통화를 끝낸 후에야 손하는 잠들 수 있었다.

동생은 두 번의 입양과 두 번의 파양을 경험했다. 처음 입양된 곳에선 차갑게 버림받았고, 두 번째 집에선 구타를 당하는 게 일상이었다.

자신이 조금만 더 빨리 동생을 찾았더라면……. 미안함과 후회가 밀려들었다. 동생마저 이 일에 끌어들이고 싶지 않았지만 혼자 움직이는 데는 한계가 있었다.

늦긴 했지만 손하의 아낌없는 원조로 민하는 미래를 대비해 둘 수 있었다. 배울 수 있는 것, 할 수 있는 것, 하고 싶은 것을 다 할 수 있도록.

외조부를 닮아 손재주가 남달랐던 민하는 미국에 건너가서도 제 앞길 잘 찾아 나갈 거라 믿었다.

가장 걱정되는 건 나영의 부친 박훈 사장이었다. 그의 집요함과 노기가 가라앉으려면 시간이 필요했다. 10년까진 아니더라도 5년은 죽은 듯 살아야 딸을 포기하리라 판단했다. 당장은 도망친 딸을 쫓을 여력이 없을 것이다.

AD캐피탈과 긴밀한 관계를 유지하던 H제과가 근래 본사의 갑질 논란과 무리한 확장으로 자금 압박에 시달리다 사업을 축소하고 있다 알려졌기 때문이었다.

'부디 탈 없이 잘 살아 주기를…….'

동생을 위해 그녀가 할 수 있는 건 모두 다 했다. 하지만 혹시라도 박 사장과 친분이 있는 도박 사장 측에서 그녀를 감시할지 모르기에 당분간 동생과 연락을 끊고 쥐 죽은 듯 살아야 했다.

손하의 양모였던 현인화는 문영강이란 남자와 정략결혼을 맺고부터 그녀에게 전혀 관심도 애정도 없는 남편의 태도에 지쳐 갔다. 그런 결혼 생활을 이어 가다 기적적으로 아이를 낳았지만, 저체중에 병약했던 아이는 태어나자마자 폐렴으로 세상을 등졌다.

그 작은 아이가 미숙하게 태어난 게 전부 자신의 탓인 것 같아 그녀는 항상 죄의식을 품고 살아갔다.

그러던 어느 날 무작정 가 볼 곳이 있다며 끌고 나가는 남편을 따라 방문한 곳이 보육원이었다. 남편은 그곳에서 손하라는 여자아이를 입양했다. 그는 돈 몇 푼으로 감쪽같이 그 아이를 자신의 친자로 호적에 올려놓았다.

아마 몰랐더라면 인화는 자신도 손하를 친딸처럼 끝까지 사랑해 줄 수 있었을 거라 생각했다.

그가 손하에게 쏟는 애정과 관심은 도가 지나칠 정도였다. 갓 태어나 폐렴으로 세상을 등진 제 친딸에게도 보이지 않던 모습이었다.

그리고 그녀는 손하가 남편 문영강이 잊지 못하는 여자, 죽은 이가연의 딸이라는 사실을 알게 된다.

배신감과 허탈감 그리고 분노가 그녀로 하여금 이상 행동을 하게 했다. 뒤돌아서면 내가 왜 그랬을까 후회도 했지만, 막상 아이의 얼굴을 보면 그 여자의 얼굴이 겹쳐져 저도 모르게 가학적인 행동을 보였다.

일부러 새하얀 옷을 입혀 작은 얼룩이라도 묻혀 오면 누굴 닮아 칠칠맞냐며 구박하고 밥을 굶겼다. 피아노를 치는 모습이 대견하다가도 이가연이란 여자의 모습이 떠올라 자그마한 열 손가락 위에 30cm 자를 내리쳤다.

아이가 제 이상 행동으로 혼란에 빠져 검은 눈망울에 눈물이 맺히면 그녀는 스스로를 용서할 수 없어 괴로웠다.

하루에도 열두 번씩 지옥과 천국을 오간 그녀는 오랜 마음의 병을 끝내 치유하지 못하고, 췌장암으로 눈을 감았다. 발견이 늦었던 탓도 있었지만 그녀는 수술을 받지 않겠다며 이상한 고집을 부렸다.

그녀는 손하에게 마지막 말만 남긴 채 미련 없이 떠났다.

"내 명의의 재산은 네게 상속한다. 그리고…… 메모장을 한 권 남겨 두었다. 그것을 읽는 건 네 선택이겠지만."

파리한 안색 때문에 일부러 붉은색 옷을 입고 나왔지만 앞에 앉은 남자는 그녀에게 관심을 보이지 않았다. 양가 어른들이 나서서 마련한 맞선 자리는 불편하지 않았지만, 표정 없이 앉아 있는 남자가 그녀를 불안하게 만들었다.

어려서부터 보수적인 집안 분위기 때문에 그녀는 대학 생활 내내 그 흔한 미팅 한 번 해 본 적 없었고, 축제에도 참석하지 못했다. 그저 학교, 도서관, 집만 오갈 뿐이었다.

"네 배우자는 아비가 잘 고를 테니 아무 남자나 만나면 안 된다. 알겠지?"

맞선 상대의 사진 한 장과 대략적인 신상 정보에 대해 듣고 나온 자리라 그런지 별다른 거부감은 없었다.

"즐거워 보이지 않네요. 혹 애인이라도 있으세요?"

당돌해 보일 수도 있지만, 묻고 싶은 말이었다.

"아닙니다."

"그런데 표정이 왜 그래요? 도살장에 끌려 나온 사람처럼."

"불쾌했다면 미안합니다."

인화의 질문이 의외였는지 그가 반응을 보였다. 남자는 어느새 자세를 고쳐 앉고 그녀의 말소리에 귀를 기울였다.

인화는 맞선 상대로 나온 문영강, 그의 고집스러워 보이는 턱선과 큰 코, 건장한 어깨가 나쁘지 않다고 생각했다. 처음엔 자신에게 무관심하긴 했지만, 말이 없어 그렇지 경우가 있어 보여 마음에 들었다.

부친이 골라 준 남자였지만, 인화는 그녀 나름대로 남자를 판단하고 싶었다. 그녀 또한 사업가의 딸로 태어나 보고 자란 게 그러한 것들뿐이라 사람을 판단하는 데 있어 어느 정도 안목을 갖추게 되었다.

"솔직하게 말해 주니 고마워요. 그렇다면 다음 수순 진행했으면 해요."

"다음 수순이요?"

"네. 코스 요리처럼 맞선도 코스라는 게 정해져 있거든요."

"아, 네……."

떨떠름해하는 남자의 태도에도 인화는 흥미란 게 생겨 버렸다.

제 미모와 몸매는 타고난 게 아니라 오랜 시간 공들여 가꾼 노력의 결과였다. 그렇기 때문에 남자의 마음을 얻는 데 있어 자신감으로 충만했다.

그와의 결혼이 결정되고 나서부터는 사업가의 아내 역할에 충실해야겠다고 생각했지만, 제 어머니처럼 남편만 바라보는 미련한 해바라기는 되지 않겠다고 다짐했다.

하지만 인생은 그녀 뜻대로 흘러가지 않았다. 남편은 늘 그녀를 방치했고 무관심했으며 바쁘다는 핑계로 서로 얼굴 보기도 힘들었다. 출장도 잦아 집에도 안 들어오는 날이 많았다.

인화는 취업이라도 하고 싶었지만 아이 낳기를 강요하는 친정 부모 때문에 이러지도 저러지도 못하는 상황이 되었다. 모친의 손에 붙들려 한의원과 산부인과를 다니며 임신에 좋다는 약은 모조리 구해 먹어야 했다.

그리고 이상한 게 사람 마음이라 남편이 그녀를 외면하면 할수록 그녀는 그에게 집착했다.

그렇게 갖은 노력 끝에 기적적으로 얻게 된 작은 아이는 태어나면서부터 우여곡절이 많았다. 저체중으로 태어나 인큐베이터 신세를 지더니 하루가 멀다 하고 입원과 퇴원을 반복하며 인화의 애를 끓게 했다.

아이가 태어나면 무관심하던 남편도 조금은 달라질 거라 기대했지만, 그는 변하지 않았다. 하지만 그래도 인화는 제 살 깎아 낳은 자식이라 아이가 마냥 어여쁘고 애틋하여 바라만 보아도 가슴이 울렁거렸다.

어렵게 출산한 이후로 아이를 더 이상 가질 수 없는 몸이 되어 버렸지만, 제 품 안에서 색색거리는 숨결을 내뱉는 어린 영혼이 있어 행복했다.

하지만 그 작은 아이는 얼마 지나지 않아 조용히 그녀 곁을 떠나 버렸다.

"기운 차려. 아이는 다시 가지면 돼."

영혼 없는 위로인 줄 알지만 자신이 그를 더 사랑하기에 비밀을 함구해야 했다. 우리 사이에 아이는 생기지 않을 거라는 걸 그에게 알리지 못했다. 버림받을까 봐. 헤어지자고 할까 봐 무서웠다.

"입양 어때?"

설마, 자신의 몸이 시원찮다는 걸 알아 버렸나?

인화는 내심 긴장했지만 눈치로 보아하니 그건 아닌 듯했다.

아이를 잃고 난 뒤 우울증과 신경 쇠약으로 말라 가는 그녀를 위해 처음으로 그가 손을 내밀어 준 것에 인화는 감동했다. 표현이 서툰 것뿐이지 그도 자신을 생각하고 있다는 사실에 위안받는 느낌이었다.

아이가 단정하고 예의 발라 맘에 쏙 들었기에 당장 입양 절차를 밟고 싶었지만 웬일인지 입양 절차가 진행되지 않아 궁금해졌다.

"여보. 아이 입양하는 거 맞아요? 이렇게 시간만 보내다 친부모라도 나타나면 어떡해요?"

"그럴 일 없어. 혹시 몰라 내가 손을 써 두었어."

손을 써 두다니⋯⋯. 뭘? 어떻게?

돈으로 살 수 없는 것이 없는 세상이었다. 어느 날, 감쪽같이 손하가 인화와 영강의 친자로 둔갑한 것이다.

죽은 아이의 사망 신고를 차일피일 미룬 건 그녀의 뜻이었다. 사망 신고를 하면 아이의 존재가 세상에서 지워지기에, 정말로 끝이라고 생각되어 망설일 수밖에 없었다.

"이름은 어떻게 바꾼 거예요? 불가피한 사유가 없으면 어렵다던데."

"내가 알아서 했어. 기분 나쁘지 않지?"

아이의 이름을 지운 흔적을 말하는 거였다. 사실 인화는 화나고 속상했지만, 살아 있는 사람이 먼저였다. 가족이 된 손하를 위해서라도 이 편이 훨씬 나았다. 그렇게 그녀는 마음을 비우고 두 팔 벌려 아이를 안아 들었다.

그런데⋯⋯.

"형님! 손하가 아주버님이 죽고 못 살던 여자의 딸이래요!"

어느 날 동서가 투하한 폭탄 발언에 온몸이 얼어붙고 손발이 떨렸다. 넘칠 듯 흐르던 애정은 분노로 변했고 아이를 갖지 못해 미안했던 죄스러움은 복수심으로 들끓었다. 사람을 얼마나 바보로 여겼으면 이렇게 기만할 수 있을까.

인화는 어렵게 구한 사진으로 손하가 이가연의 딸임을 한눈에 알아챌 수 있었다. 그 여자의 핏줄임이 틀림없었다.

'으으…… 으…… 아냐! 영민아 일부러…….'

'용서해. 아니다. 아냐, 가연아.'

매번 똑같은 악몽을 꾸는 남편의 비명은 심상치 않았다. 뭔가 숨기고 있었다. 아이를 데려온 건 그녀 딸이기 때문일까, 아니면 다른 이유가 있는 것일까.

하루에도 수십 번씩 아이에게 화풀이하지 말자 다짐하면서도 문득 치솟는 화를 누그러뜨리지 못할 때 그녀는 악마가 되었다. 아이를 구박하는 계모가 되었다.

소리라도 질러 주면 시원하련만, 아이는 비명을 꾹 참으며 어떻게든 버티려 했다. 아이의 그런 인내심이 그녀를 더욱 잔인하게 만들었다. 아이를 구박하는 강도가 세질수록 가슴을 짓누르는 죄의식의 부피 또한 커져 갔다.

"엄마…… 엄마!"

그래도 엄마라며 작은 몸으로 낑낑대며 아픈 인화의 곁을 지켜 준 손하였다.

조사한 바에 의하면 손하의 친부모는 남편에 의해 사고를 당한 게 틀림없었다. 어찌 보면 손하가 최대 피해자였다.

손하는 감정의 기복이 심한 인화를 무서워했지만 잘 견뎠다. 부친인 문영강은 인화와 달리 손하에게 사랑을 많이 주었기 때문이다. 퇴근하고 피곤할 텐데도 늘 손하를 찾아 머리를 쓰다듬어 주면서 애정을 표했다.

물론 그다음 날 영강이 출근한 뒤에는 전날보다 더 혹독한 학대에 시달렸다. 어렸던 손하는 엄마가 저를 미워하는 이유를 짐작조차 할 수 없었다.

인화는 남편이 손하를 예뻐할 때마다 아이에게서 그 여자의 그림자를 찾고 있다는 걸 눈치챘다.

"넌 애가 왜 이리 칠칠맞니?"

"똑바로 건반 보고 치라고 했어, 안 했어!"

인화는 날이 갈수록 온갖 트집을 잡으며 아이의 자존감을 뭉개고 끊임없이 몰아쳤다. 그러나 그럴수록 정작 본인이 정신적으로 피폐해져 병들어 가고 있다는 사실을 알지 못했다.

"손하야, 이 편지를 열어 보는 건 네가 결정해라. 그동안 네게 미안했다. 이렇게 쉽게 끝날 것을 난 왜 미련하게 붙들고 있었을까……."

현인화, 그녀는 잔인했다. 그녀는 결국 죽을 때까지도 남편을 용서하지 않았고, 그가 영원히 고통받기를 희망했던 것이다.

죽은 여자의 그림자에서 벗어나지 못해 자신을 단 한 번도 진심으로 사랑해 주지 않은 남자였다. 그녀는 지독한 외로움에 시달렸지만, 그때까지도 그의 다정한 위로를 기다렸다. 그러다 결국 남은 건 체념뿐이었다.

자신을 사랑해 달라는 소리 없는 아우성이 그에게 닿지 않아 고통스러웠지만, 그래도 한 번쯤은, 단 한 번이라도 좋으니 여자로서 사랑받고 싶었다. 당신에게…….

여보…….

죽음을 앞둔 인화는 손하가 아직 어린아이지만 자신의 말을 전부 이해하고 있다는 걸 알고 있었다. 그만큼 눈치가 **빠른** 아이였다. 어쩌면 남편에 대한 소심한 복수였을지도 모른다. 단 한 번도 제게 따스한 눈길을 허락하지 않은 냉정한 남자였기에.

인화의 부친은 상당한 자산가로 정략혼 당시 영강의 뒷배를 든든히 봐 주었고, 돌아가셨을 때 딸아들 구분 없이 유산을 상속하신 바른 분이셨다. 그래서 그녀 명의의 재산이 상당했다.

또한 군이 손하를 입양한 이유가 단순히 이가연의 아이이기 때문이라고 하기엔 이상한 점이 한둘이 아니었다. 그녀가 아이를 학대하며 느끼는 죄의식이라는 이율배반적인 감정이 정신병의 일종인 것처럼 아이에게 이상할 정도로 집요하게 집착하는 남편의 행동은 분명 정상이 아니었다.

그는 언젠가부터 계속되는 악몽으로 괴로움에 잠을 이루지 못했고, 스스로를 통제하지 못하고 튀어나오는 잠꼬대로 그의 죄를 확신했다.

'아니야! 내가 일부러…….'

'네가, 네가 먼저 날 자극한 거야!'

'살려 줘. 살려…….'

'가지 마. 들어가면 안 돼, 가연아!'

'불, 불이야! 불…….'

'네깟 게 가연이를 이런 꼴로 살게 하려고, 이런 식…….'

여러 사람을 통해 알아본 의문투성이 화재 사건.

염창동의 작은 목조 건물이었던 인형 봉제 공장에서 난로가 뒤집혀 화재가 발생했다. 이 사건의 의문점은 시간 차로 두 명의 사상자가 발생했다는 점이었다.

화재 당시 공장 안에 갇혀 질식한 사장 윤영민, 뒤늦게 연락을 받고 달려와 불 속으로 뛰어든 영민의 부인 이가연.

공장의 문은 밖에서 빗장을 걸어 잠그는 구조였고, 화재에 대비해 공장 문밖에 소화기도 비치해 두었다.

화재 당시 사건 현장에 있었던 남편이 수상했다. 또한 공장의 문을 누군가 밖에서 걸어 잠갔다고 했다. 누군가 의도적으로……

인화는 남편의 의도적인 행동이었을 거라는 확신이 들었다. 그는 그러고도 남을 인간이었으니까.

그리고 연이어 터진 갑작스러운 부고 소식.

남편의 대학 친구였던 강상호의 아내 신미영이 심장 마비로 세상을 등졌다. 안타까운 소식에 상갓집에 다녀오려 했는데 웬일인지 자신을 극구 만류하는 남편이 수상했다.

탄탄한 반도체 사업이 악성 루머로 주가가 폭락한 데다 기술 유출까지 겹쳐 빚더미에 올라앉았다고 한다. 당시 대표는 물론 강상호였다.

남의 불행은 그의 행복이 되었고, 친구의 위기는 본인의 기회인지 알짜 반도체 사업을 헐값에 인수한 남편은 승승장구해 그해 우수 기업인에 선정되었다.

그녀도 귀가 있고 생각이 있고 눈이 있었다. 구설을 흘리는 졸렬한 수법으로 친구의 기업을 날름 삼킨 그는 비열하고 비정한 기업 사냥꾼이었다. 자신의 일에 방해되는 장애물은 수단과 방법을 가리지 않고 제거했다.

쌓여 가는 부만큼 그의 죄목도 점점 늘어 갔다. 그녀가 남편에게 갖는 반감도.

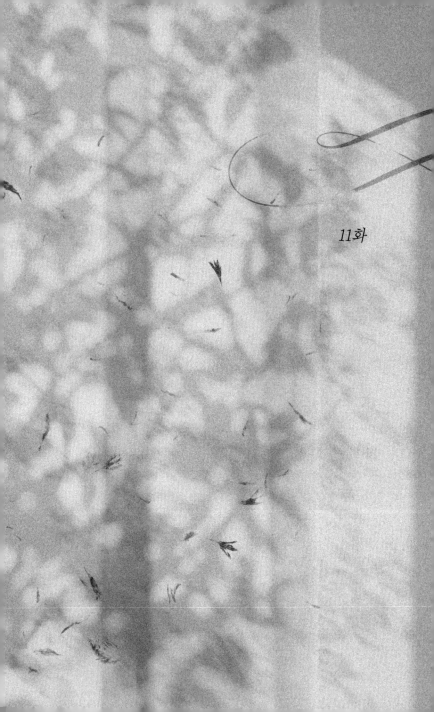

11화

강상호, 그는 철학적 사고를 가졌고 나름 객관적이며 세상에 악한 이 없다 믿었다. 하지만 인생이 작은 바람에도 단박에 무너져 버릴 정도로 얇고 약한 줄 알았다면 조심 또 조심했을 텐데.

나는 아니겠지, 나에게는 저런 일이 없겠지 안도하며 방심한 틈을 타 인생의 전부였던 여자를 잃어버렸다. 속이 텅 비어 사는 게 사는 게 아니었다. 토끼 같은 자식이 있지만 집에 돌아오면 따스한 온기로 절 반기던 아내의 빈자리를 채우기엔 턱없이 부족했다.

전부 잘되리라 믿었던 허울 좋은 망상은 실체 없는 희망이었나. 짧았던 행복이기에 아쉽고 안타깝고 억울했다.

풍족하진 않았지만 소탈했고 사랑하는 사람들이 있기에 밤낮으로 부지런히 일을 했다. 조금 부족하더라도 열심히 노력하면 뭐든 이룰 수 있을 거라는 마음가짐으로 목표를 향해 달려가던 참이었다.

"미영아!"

"엄마, 엄마!"

인천 공장에서 연락을 받고 부리나케 올라왔지만 아내는 이미 숨을 거둔 뒤였다. 어린 아들이 시신을 부여잡고 대성통곡하는데 현실인지 아닌지 분간할 수 없었다.

탄탄했던 반도체 사업이 악성 루머로 주가가 폭락했고, 기술 유출까지 겹쳐 연 매출 중소기업 1위를 달리며 흑자를 기록하던 회사는 순식간에 빚더미에 올라앉았다.

아들의 교육 문제와 직접 일군 회사를 되살려야 했으므로 어쩔 수 없이 기침을 하는 몸 약한 아내에게 아이를 부탁하고 공장에 내려왔다. 그곳에서 숙식을 하며 연일 피로에 시달리던 그는 한 달에 한 번 정도 서울에 있는 집에 올라왔다.

그런데…… 심장 마비라니. 왜, 왜…….

군 제대 후 첫 미팅 때 만난 눈빛 선한 여자가 자신의 아내였다. 군소리 한 번 하지 않고, 힘들 때마다 옆에서 다독여 주며 힘내자고 응원해 주는 착한 여자였다.

묵은 술처럼 오늘보다 내일 더 사랑했다. 다른 어떤 여자가 다가와 유혹해도 끄떡없을 만큼.

술에 취해 셔츠에 다른 여자의 립스틱을 묻혀 와 눈치를 보는 그에게 그녀는 이렇게 말하기도 했다.

"일부러 여자가 묻혔나 봐요."

"그러니까 이게 어떻게 된 거냐면……."

식은땀이 났다. 거래처 사장을 접대하기 위해 들어간 술집에서 팁만 주려던 그에게 바싹 붙어 오빠라고 부르며 허벅지를 밀착하던 발칙한 어린 여자가 묻혀 놓은 게 틀림없었다. 제 딴엔 2차를 거절한 그가 괘씸했던 것일까.

'오빠 그러지 말고 화끈하게 즐겨요. 2차 오빠라면 나갈 생각 있는데.'

교태가 몸에 밴 탓으로 온몸을 뱀처럼 비비 꼬는데 그는 피해야겠다는 생각뿐이었다. 술에 취하긴 했어도 술집 여자와 하룻밤의 유흥을 즐기는 타입은 아니었다.

'네가 신경 써야 할 분은 저기 계신 염 사장님이야.'
'아이, 좋은 게 좋은 건데 뭘 그래요?'

기다란 손가락이 허벅지를 스쳐 중심으로 향하자 여자의 손목을 붙든 그가 낮게 경고했다.

'까불지 말고 돈 받았으면 시키는 대로 해. 아니면 나가.'

그녀는 당시 꽤 자존심이 상한 모양이었다. 이런 식으로 복수한 걸 보면.

"변명 아냐. 아무 일도 없었어."

"뭐라 했어요? 내가?"

"……당신이 오해하는 것 같아서."

"여보, 내가 아직도 대학생처럼 보여요? 이래 봬도 이제 나도 어엿한 학부형이라고요."

나이보다 앳된 얼굴 덕에 아직도 20대로 보이는 아내였다. 그녀가 순진한 얼굴로 자신을 빤히 올려다보자 상호는 죄가 없음에도 가슴이 조여 왔다.

"내가 당신을 몰라요? 만약…… 만약에 당신이 정말 그랬다면 집에 들어오지 않았을 거예요. 당신은 뻔뻔한 사람이 아니니까. 내 말 틀려요?"

아내의 말 그대로였다. 술김에 실수를 저질렀다 하더라도 어떻게 제 낯짝을 뻔뻔하게 들고 집에 들어오겠는가. 그에겐 그럴 만한 배짱이 없었다. 아내 앞에선 한없이 약하고 작아지기만 하는 그였다.

아내는 음전한 교육자 집안의 장녀로 태어났다. 교장직을 은퇴한 장인어른은 아내의 성품과 똑 닮아 그에게 싫은 소리 한 번 꺼내 본 적 없었다. 마음 편하게 두 사람이 서로를 위해 잘 살면 더 바랄 게 없다는 말을 버릇처럼 하셨다.

그러다 오랜 지병으로 돌아가실 때 옆에서 서럽게 펑펑 울던 큰딸을 걱정하며 남겨 두신 유언이 아직까지도 그의 가슴을 때렸다.

"우리 딸 부탁하네. 저 아이가 심지는 강하지만 체력이 따라 주질 못해 좋아하는 테니스도 맘껏 하지 못했어. 아들 낳고 오순도순 사는 거 오래 보고 싶었는데 하늘이 부르니 가야지 어쩌겠나. 딸애에게 많이 슬퍼하지 말라고 다독여 주게. 날 가장 많이 닮은 자식이라 그런지 유독 챙기게 되는구먼. 부탁하네, 강 서방."

"걱정 마십시오. 장인어른."

하지만 봉분에 흙이 채 마르기도 전에 그녀마저 떠나보냈으니 얼마나 그를 원망하겠는가.

하늘이 야속하고 억장이 무너져 내렸다. 의욕이 사라지자 예전 같지 않은 허탈함이 그를 위축시켰다. 사업이 다 무슨 소용이란 말인가. 아내가 없는데 돈은 벌어 무엇에 쓰겠는가.

그렇게 그는 점점 삶의 의욕을 잃어 갔다.

부도 처리로 회사는 넘어갔고 그는 무일푼으로 거리를 떠돌았다. 정신을 차리고 보니 병원이었다. 알코올 중독 때문에 술을 찾는 그의 손발이 묶여 있었다. 누가 다릴 묶어 둔 거냐며 고래고래 소릴 쳤지만, 수군대기만 할 뿐 누구 하나 곁으로 다가와 주는 이 없었다.

"당장 풀지 못해!"

"강상호 씨."

"누가 묶은 거야! 이거 인권 침해야. 고소할 테니 각오하라고!"

"묶은 게 아닙니다."

교통사고가 있었다고 했다. 차에 치였단다. 트럭 바퀴에 깔려 다리뼈가 으스러졌단다. 수술 후 장애 등급 판정을 받았다. 다리 한쪽을 잃은 현실을 받아들이기까지 꽤 오랜 시간이 걸렸다.

자신이 장애인이라는 걸 받아들일 수 있을 때까지 수없이 후회를 곱씹었다. 죽어 버릴까, 모진 생각도 해 봤지만 곁에서 불안에 떠는 아들의 얼굴에서 아내의 흔적이 보여 차마 외면할 수 없었다.

"아빠 내가 잘할게요. 그러니까 죽지 마요. 죽지 마……."

아들 선학도 제 아빠의 행동이 불안했는지 수시로 방 안에 들어와 상호가 숨을 쉬고 있는지 확인하고 또 확인했다. 아들의 불안 증세는 날로 심해져 등교도 안 하는 날이 많아져 담임이 집으로 찾아올 정도였다.

저만 죽으면 모든 게 끝일 거라 생각했지만, 자신에겐 책임져야 할 어린 아들이 있었다. 상호는 그런 생각으로 버티며 재활에 힘을 쏟기 시작했고, 곧 목발을 짚고 일어설 수 있었다.

"아버지 유학 다녀올게요."

나라 제도 덕에 장애인임에도 소규모 포장 업체에 고용된 그가 벌이란 걸 하고 있을 때 아들은 유학을 준비했다. 또한 개명까지 했다. 소태진으로.

그는 생각을 정리했다며 아비의 말도 듣지 않고 제멋대로 세운 계획을 실행 중이었다. 고집불통인 제 아들은 사랑하는 아내, 미영이 남기고 간 유일한 혈육이었다.

상호는 자식을 앞세워 뒤로 물러나 관망만 하는 자신이 초라했다. 아무것도 하지 않고 세월만 흘러가길 바랐는데, 그건 힘든 일을 하지 않으려는 회피였고, 도피였다.

그것을 깨달은 그는 다시 힘을 내기로 결심했다. 누구든 찾아가 고개를 조아렸다. 상대가 누구든 청탁을 하는 사람 입장에선 자존심을 내려 두어야 했다. 때론 멸시의 눈길을, 때론 불쌍한 거지로 취급받아야 했지만 마지막이라는 생각으로 이를 악물었다.

그리고 세상은 그에게 완전히 등 돌린 게 아니었던 모양인지 차츰 벌이가 괜찮아졌다.

"하하."

참치회로 꽤 유명한 일식집에 수금할 일이 있어 들른 상호는 익숙한 목소리를 듣고 멈춰 섰다. 룸 안을 엿보니 익숙한 얼굴이 있었다. 문영강 바로 그였다. 그는 척 봐도 여유가 넘쳐흘렀다.

후에 알게 된 진실 앞에 눈멀었던 자신을 얼마나 탓했는지 모를 것이다. 가장 가깝다고 생각했던 친구가 자신을 배신해 사업체를 헐값에 빼앗았다. 양심이고 뭐고 돈에 눈이 멀어 인의를 배반한 새끼가 뭐가 그리 즐거운지 호탕하게 웃음을 날리고 있었다. 당장 뛰어들어 죽이고 싶었지만 주먹을 꽉 쥐고 등을 돌렸다.

누구 좋으라고 그리 쉽게 죽이겠는가.

"문영강 기다려. 내가 널 쉽게 죽이진 않을 테니. 죽고 싶어도 죽지 못했던 내 심정을 너도 고스란히 느끼게 해 줄 테니까."

그는 아내의 무덤 앞에서 맹세했었다. 당신을 잃게 만든 원흉을 가만두지 않겠다고. 법은 멀고 죄는 미우니 반드시 자신의 손으로 응징을 해야겠다고. 언제나처럼 못난 남편 말리지 말라고. 그의 전부였던 여자 미영의 무덤 앞에 서서 그는 재차 굳은 다짐을 반복했다.

이른 아침에 걸려 온 전화 한 통. 꼬인 매듭을 풀어 줄 한 사람이었다.

"해성그룹 대표 강상호입니다. 나 좀 만나요. 손하 양."

목소리에 담긴 초조함에서 그가 모든 걸 알아 버렸다는 걸 짐작한 그녀는 순순히 약속 시간을 정했다. 그리고 그 자리엔 소태진, 그도 나와 있었다.

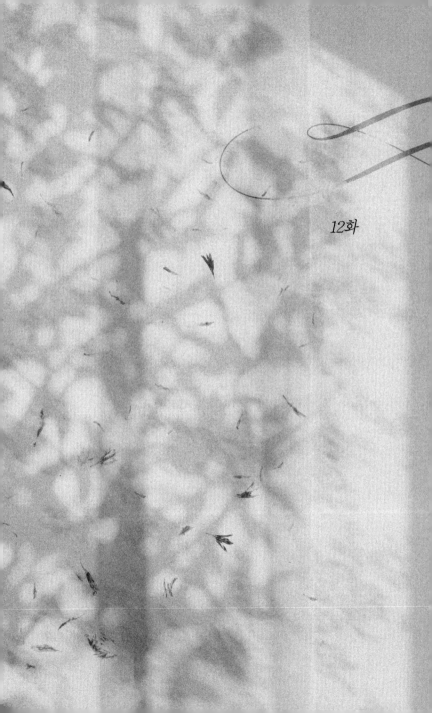

12화

상대가 어떤 패를 가지고 있는지 알고 상대하는 건 지루했다. 김빠진 맥주처럼 아무 맛도 나지 않았다.

조용한 일식집 룸에서 만난 상호는 눈앞에 놓인 화려한 음식에 손댈 생각도 하지 않고 다소곳이 앉아 회를 먹는 손하의 움직임만 눈으로 좇고 있었다.

'어떻게 모를 수 있었을까. 저렇게 닮은 것을.'

몇 번의 만남을 가졌을 때 눈에 뭐가 쓰여 있었던 게 분명하다. 아름답고 총명한 가연을 복제라도 해 놓은 것처럼 그녀는 그렇게 어머니를 빼닮아 있었다.

"천천히 먹어요. 손하 양."

맛있어서가 아니라 빤히 바라보는 시선을 피하고자 음식에만 집중했던 젓가락질이 허공에서 멈췄다.

"정말 많이 닮았어. 가연이를."

상호의 눈빛이 추억을 더듬는 듯해 손하는 음식을 입안에 꾸역꾸역 집어넣던 동작을 멈췄다. 예상하긴 했지만, 그가 대동하고 나타난 이는 그의 아들 강선학 아니, 소태진 그였다.

"두 분도 많이 닮으셨어요."

세 사람은 문영강이라는 한 사람으로 인해 불행의 나락으로 떨어져 아픈 인생을 살아왔다는 공통점이 있었다. 고통의 크기를 비교할 순 없겠지만, 그랬기에 서로를 더 잘 이해했다. 왜 이런 길을 택했는지, 왜 이럴 수밖에 없었는지.

"내가 알아본 바로, 아마 내 짐작이 맞겠지만…… 손하 양이 많이 힘들었겠네."

짧은 위로 한마디가 참았던 눈물샘을 울컥하고 자극했지만 그녀는 이를 악물고 버텨 냈다. 길다면 길었던 나날, 힘겹고 버겁고 외로워도 어디 하나 기댈 곳이 없었다. 그걸 누군가 알아주었단 사실이 눈물겨워지는 순간이었다.

"강 대표님도 많이 힘드셨을 거라 생각합니다."

태진은 주거니 받거니 허심탄회하게 대화하는 그녀와 부친을 지켜보며 형용할 수 없는 기분에 섣불리 말을 꺼낼 수 없었다. 핼쑥하게 야윈 하얀 얼굴이 그동안 받은 심적 타격과 스트레스를 고스란히 증명해 주고 있었다.

부친을 따라 자리에 참석하기로 결정하고서도 혹 그녀가 그를 보자마자 벌떡 일어나 나가 버리지 않을까 걱정했지만, 의외로 그녀는 이런 상황을 예상하고 있었다는 듯 아무렇지 않게 행동했다.

다행이라 생각했지만 어딘가 모르게 서운하고 섭섭하기도 했다.

"동생은 어디로 보냈나?"

"본인이 가야 할 길로 갔습니다. 이제는 그 아이도 제 삶을 살아야 하니까요."

강 대표는 끝내 입을 다물고 동생의 거취를 말하지 않는 고집불통 손하를 보며 내심 혀를 내둘렀다. 영악하고 재능 많던 가연의 유전자를 이어받은 게 분명했다.

영민을 만나는 것에도 주저하지 않았던 그녀는 혹시나 부모가 자신을 찾아 나설까 싶어 아예 없는 딸이라 생각하라며 못 박고 부모에게서 등을 졌다. 앞가림할 줄 아는 성인이라며 편지 한 장 달랑 남기고 주변을 말끔히 정리 후 사라졌다.

똑 부러진 성격으로 대학 동아리 모임의 부회장을 맡았고, 축제 때에는 주막이나 풍선 다트 게임을 주도해 알뜰살뜰하게 돈도 벌었던 똑순이였다.

그런 그녀를 시기하고 질투한 동기들도 많았지만 그녀는 늘 인기가 많았다.

"앞으로 어떻게 할 건가?"

"생각 중입니다."

"내가…… 도와줄 일은 없을까?"

"없습니다."

이상한 상황이었다. 손하는 진지한 와중에도 헛웃음이 나왔다. 지금이 현실일까, 아님 꿈일까. 그녀가 문 사장의 친딸이 아니라는 이유만으로 동정하고 안쓰러워 어쩔 줄 모르는 강 대표의 마음은 진심일까.

짐작한 대로 아들이 부러 그녀에게 접근한 것도 알고 있었을 거라는 데 생각이 미치자 묻어 둔 마음이 짓궂음을 부추겼다.

"대표님이 아니라 소 사장님이 해 주셔야 할 것 같은데요. 상장 주식이라도 주실 건가요?"

"원한다면."

하지만 망설임 없이 맞받아치는 그가 얄미웠다. 자신만만한 저 모습에 흠뻑 빠졌던 바보 같은 사람이 바로 자신이었다.

우연을 가장한 만남, 그리고 이상한 이끌림. 사랑에 빠지는 법칙 그대로 빠져들 수밖에 없는 사람이 그였다.

소태진, 그를 처음 만난 건 대학 졸업반이었던 여름이었다.

교수님이 부탁한 자료를 구해 급히 정문으로 들어설 때였다. 시야를 아슬아슬하게 가리던 서류 더미 때문에 가벼운 접촉 사고가 났다.

차량에서 내린 말쑥한 차림의 남자는 손하의 괜찮다는 말에도 굳이 그녀를 병원까지 데리고 갔다.

당시 그녀는 애타게 찾게 된 동생으로 인해 희망에 부풀어 있었다. 진실을 알고 난 뒤 차근차근 계획을 세웠지만 시행은 이런저런 핑계를 대며 미루고 있었다. 두려움, 그리고 나 하나 잊고 살면 모두가 편하지 않을까란 현실적인 생각들이 발목을 붙들었다.

계획의 구체적인 밑그림이 나오지 않아 우선 동생 민하가 배우고자 하는 욕망을 충족할 수 있도록 원조를 아끼지 않았다. 그런데…….

젠틀하고 다정하고 완벽한 그가 이상하다는 느낌이 들기 시작한 건 놀이공원 데이트를 한 날부터였다. 주위는 황금빛으로 물들고 세상에 처음부터 악한 사람은 없다고 환경이 그렇게 만드는 거라고 믿고 싶어지던 때였다.

"바이킹까지는 타겠는데 청룡열차는 용기가 나질 않아요. 한 번 더 타라고 하면 돈 준다 해도 못 타겠어요."

"하하하, 한번 타 보면 또 타고 싶어져서 중독되지. 오히려 나이 들고 다시 타 보니 더 무섭던걸. 어릴 때 탔던 저 기구 속도는 훨씬 빨랐어."

"그래도……."

"여기 있어. 내가 시원한 물 사 올게."

유난히 더운 여름이었다. 푹푹 찌는 더위에 손부채질을 하던 그녀는 순간 멈칫했다.

어릴 때라고 했었나? 분명 네 살 때 미국으로 들어가 성인이 되어 돌아왔다고 했는데?

놀이공원의 청룡열차는 나이와 키 제한이 엄격했다. 그가 아무리 또래보다 키가 컸을지라도 네 살짜리가 탑승하기는 불가능했다.

그녀가 기억하기로 2년 전, 기계 고장으로 사상자가 발생한 떠들썩한 사건으로 모든 놀이기구의 속도가 조정되었다. 불과 2년 전이었다…….

한번 이상하다는 생각이 들면 모든 게 의심스러워진다는 법칙이 적용된다. 왜 하필 나였을까. 굳이 그런 행동을 할 필요가 있었을까.

의문이 의혹을 낳고 의혹은 순식간에 눈덩이처럼 부피를 키워 갔다. 이건 아닌 것 같다고 하면서도 믿음이 의심으로 둔갑한 상황 앞에 고민하던 그녀는 결국 손을 써서 그를 뒷조사했다.

그리고 결과는 참담했다. 한 달이 채 걸리지 않아 소태진의 민낯이 드러났다. 그의 본명까지도. 돈의 위력을 절감하는 순간이었다.

"계속 조사 부탁해요. 눈치채지 않게 따라붙고 접촉하며 자주 만나는 사람 조사도 병행하세요. 비용은 충분히 지불하도록 하죠."

"네."

전직 형사였던 남자는 함께 퇴직한 몇몇 형사들과 심부름센터를 차렸고, 비밀리에 일을 처리하기로 정평이 나 있었다. 그렇다고 해서 무력이나 위협을 가하는 일은 하지 않았다. 받는 보수가 일반인보다 센 편이었지만 입 무겁고 확실히 비밀을 보장하기에 그를 선택했다.

처음 그녀가 동생을 찾아 달라는 의뢰를 했을 때 어린 나이에 당황했지만 깔끔한 일 처리와 현금 지불 약속을 지켜 신뢰가 쌓인 관계였다.

그리고 소태진은 해성그룹 강상호의 친자였다. 그녀에게 접근한 목적은 뻔하고 단순했다.

검은 눈동자가 그녀를 직시하고 있었다. 상념에 젖었던 그녀는 현실로 빠르게 돌아왔다.

"내가 어떻게 알게 된 건지 궁금하나요?"

"……설명하지 않아도 알 것 같아. 나도 인간이니까 어느 부분에서 실수했을 거야."

"그래요. 너무 완벽해서 이상하다고 생각하게 만든 실수 아닌 실수."

"내게 친부가 아니라고 말이라도 해 줬더라면……."

"그럼 상황이 달라졌을까요?"

누구도 쉬이 답을 낼 수 없는 질문이었다. 특별한 사이라 믿었던 연인들은 사실 서로를 속고 속이며 물어뜯고 상처 내기 바빴다.

두 남녀의 대화를 듣고 있던 강 대표는 어디서부터 잘못된 건지 알 수 없기에 마음이 무거웠다. 돈도 명예도 되찾았건만 잃어버린 청춘과 불쌍한 아내와 복수심에 희생된 아들의 인생을 어디에서 보상받아야 할지 참으로 막막했다.

숨이 꽉 막혀 답답증이 도진 그가 자리에서 일어났다.

"잠시 바람 좀 쐬고 들어오마."

문이 닫혔지만 두 사람 사이엔 정적만이 흘렀다.

"공평하지 않았다고 생각해. 내게 적어도 기회는 주었어야 옳아."

"기회라면 세 번 주었죠. 그걸 차 버린 건 그쪽이고."

"세 번이라고?"

"네."

처음 사랑한 사람이었고 믿고 싶고 의지하고 싶은 남자였다. 그 사랑에 취해 복수도 접고 싶을 만큼.

본인은 알아차리지 못했겠지만 그녀는 음전하고 말 잘 듣는 문 사장의 딸로 그를 세 번 시험했다. 그녀에게 진실을 알릴 기회를 주었다.

"당신과 내가 처음 함께 지낸 밤, 인사드린다고 집에 방문한 날, 수술하고 병원에 입원했을 때. 총 세 번."

놀라 숨을 삼키는 태진을 보며 손하는 이상한 쾌감을 느끼는 자신이 이상했다. 저 눈빛이 보고 싶었다. 생각하지 못했던 상대에게 뒤통수를 맞는 기가 막힌 심정이 고스란히 담긴 표정도 생동감 있게 다가왔다.

눈치채지 못했던 것일까. 그녀의 꿈이 현모양처라고 했던 말을 믿었던 것일까. 메뉴 선택에서부터 장소 선택까지 모든 걸 그에게 맡긴 생각도 없는 멍청이라 여겼던 걸까. 조금도 의심해 보지 않았던 걸까?

정말…… 정말 단 한 번도 그녀를 진심으로 대하지 않았던 걸까?

결국 사랑을 나눴던 그날 밤도, 다음 날도, 그다음 날도 남자는 정체를 밝히지 않았다.

"인사드리러 갔던 그날, 일부러 정보를 흘린 거야?"

"타이밍을 맞추느라 엄청 힘들었어요. 기밀에 해당되는 서류가 USB에 허술하게 담겨 있을 리 없잖아요? 바탕 화면에 깔아 두었는데 역시 당신의 시선이 단박에 향하더군요. 후후. 다음은 쉬웠어요. 내린 커피를 가져온다는 핑계로 내가 자발적으로 자리를 피해 줬으니까."

그가 조금이라도 갈등하는 모습을 보이길 바랐다. 그녀 방으로 올라와 호기심에 두리번거리던 그에게 컴퓨터에 저장된 사진을 보여 주고 싶다 제안한 건 그녀였다. 미끼를 던진 것이다.

"정보는 꽤 도움이 되었을 거예요. 고생해서 복사한 기밀 사항이었거든요. 알차게 쓰였다니 기쁘더라고요."

"……."

남자의 흔들리는 눈동자를 바라보며 손하는 더 이상 쾌감도 즐거움도 느끼지 못했다. 자존심 싸움은 이 정도로 끝냈으면 싶었다. 그도 자신도 피해자라면 피해자였으니까.

"그날, 병원에서는……."

그녀가 그에게 부여한 마지막 기회. 문 사장이 쓰러져 수술실에 들어갔던 상황을 이야기하고 있었다.

덜덜 떨리는 손으로 수술 동의서에 서명했지만 두려움과 공포가 밀려들었다.

과연 그녀에게 원수인 그를 단죄할 자격이 있을까. 정말 문 사장이 이대로 눈을 감는다면 어떻게 해야 하나.

뒤죽박죽된 머리로 혼란스러워하다 달려온 태진에게 달려가 안긴 그녀는 잠시 안정을 찾았었다. 급히 뛰는 그의 심장 고동 소리가 그녀로 하여금 안정을 찾게 해 주었다.

"수술이 잘되어도 전처럼 움직이진 못하실 거래요."

"……."

"오늘은 내 곁에 있을 거죠? 어디 가지 않을 거죠? 태진 씨."

뛰던 심장 소리가 고요해지고 그녀를 안은 팔의 힘도 스르르 풀렸다. 온기가 사라지자 그녀는 부르르 몸을 떨었다.

"일하다 급히 온 거야. 마무리 지을 일도 있고 다시 들어가 봐야 해."

누군가 죽고 사는 문제였다. 더구나 사랑하는 여자의 일이었다.

사랑하는 여자라면, 사랑하고 있는 게 맞는다면…….

"바쁜 거예요? 무서워요. 꼭 무슨 일이 일어날 것만 같아요. 오늘은 함께 있어 줬으면 좋겠는데……. 안 돼요?"

목소리에 애절함이 절절하게 묻어났다. 그만큼 그녀는 절박했다.

"다시 올게."

그는 단칼에 그녀의 부탁을 거절했다. 민망해서라도 죽을 듯 붙들고 있던 그의 팔을 놓은 그녀는 망연히 서서 그를 바라보았다.

"수술은 대략 여덟 시간 걸린다니까……. 그래요, 그럼."

뒤돌아 멀어져 가는 태진의 모습을 보며 수술 시간 동안 꼼짝 앉고 대기실 복도에서 자릴 지켰지만, 문 사장이 중환자실로 옮겨질 때까지 그의 모습은 보이지 않았다.

회상을 끝낸 태진의 입가가 한일자로 꾸욱 다물어졌다. 그때의 상황이 또렷이 떠올랐다 사라졌다.

이해되지 않을 정도로 쉬웠던 접근, 가끔 이상하게 느껴지는 앞뒤 맞지 않던 말과 행동, 하루가 멀다 하고 울려 대던 전화가 제 기능을 상실한 건 문 사장이 수술대에 오른 그날 이후부터였다.

도와 달라, 와 달라 애걸할 줄 알았는데 여자는 병원을 옮기고 그를 포함한 외부와의 접촉을 끊었다.

"내가 만난 문손하는 누구지?"

"소태진이 껍데기였다는 걸 내가 이해하고 받아들였던 것처럼 당신도 수긍하고 인정하면 되지 않을까요?"

자세를 고쳐 앉은 태진이 몸을 스윽 앞으로 내밀었다.

"제대로 다시 시작하자."

여자의 눈에 그를 향한 미움과 독이 남아 있었다. 아이러니하게도 그녀가 그를 편하게 상대하지 못한다는 사실이 작은 희망을 품게 했다. 뻔뻔스럽게 그녀 앞에 나타난 이유는 다시 그녀를 만나고 싶었기 때문이었다.

거리를 두려던 상대였지만 어느새 그의 마음에 그녀가 자라 있었다. 자리를 내어 주고도 알지 못한 제 진심, 복수에 성공하고도 마냥 기쁘지 않던 이유.

명청하게도 답은 나와 있었다. 소태진, 그는 문손하, 그녀를 사랑하고 있었다. 언제부터 시작된 감정인지는 모르겠지만.

마음은 아직 지옥인데 봄을 기다리는 희망에 힘을 내고 싶다. 얼어붙은 가슴에도 봄은 찾아와 꽁꽁 언 눈덩이가 스르르 녹아 흘렀다. 애증과 미움이라는 굴레를 벗어던지고 움튼 새순을 보며 새로운 꿈을 꾸고 싶었다.

생각할 줄 아는 인간이기에 세월을 건너 인연이라는 쇠사슬을 끊지 못했지만 핏빛처럼 붉어 노쇠한 목숨 앞에 은원도 바래졌다. 지친 상대의 남루함과 한숨 뱉는 짐승의 몸짓에 먼지가 돼 버린 자잘한 잔재.

미움으로 더 이상 시간을 낭비하고 싶지 않았다. 그것이야말로 최고로 명청한 짓일 테니까.

"난 새로운 시작을 원해요. 하얀 도화지에 그림을 그리고 싶어요. 수정은 어려우니까."

나는 너 따위 이제 필요 없고 깨끗이 잊어 줄 거라는 투명한 눈빛에 태진의 얼굴이 급격히 어두워졌다.

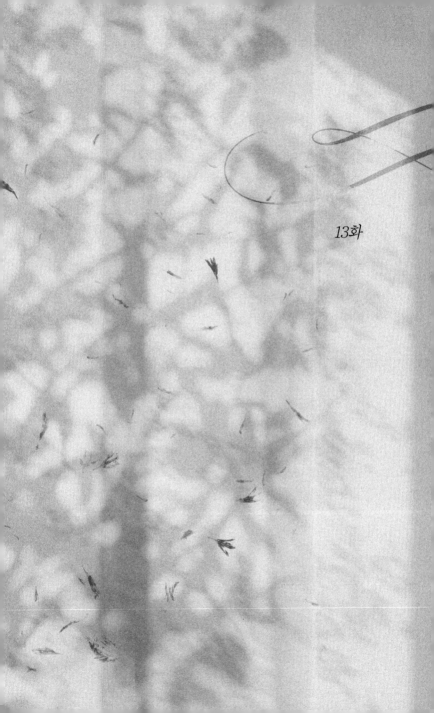

13화

힘겹던 시간도 지나면 추억이듯 흐르는 시간에 아픔이 무뎌지길 기대했다.

그렇게 매듭이 하나 풀렸다고 생각했는데 미진한 구석이 남아버렸다. 태진의 다시 시작하자는 말에 흔들리는 자아를 붙드느라 힘겨웠다.

'그렇게 당하고도 정신 못 차렸어? 너 바보 아냐?'

또 다른 자아가 그녀를 타박해도 그의 말이 진심일 거라 믿고 싶었다. 내가 그렇게 싫진 않았구나, 그도 후회하고 있구나, 어쩌면 다시 시작할 수도 있지 않을까? 라는 미련 아닌 미련이 남았다.

하지만 내 의식의 또렷한 방향을 찾기 위해서라도 정신줄을 붙잡아야 옳았다.

자리가 파하고 각자의 길로 돌아서도 송곳처럼 뚫는 그의 시선을 피해 손하는 차를 몰고 있었다. 쉽게 물러설 눈빛은 아니었다. 그의 집착과 집요함은 익히 알고 있었으니까. 그렇지 않다면 긴 세월 버티지 못했을 거라는 것까지도.

어쩌면 닮았던 두 사람. 목표를 향해 혼신을 다해 연기했고 나름 성공했다. 실수라면 사람이기에 감정이라는 변수가 존재한다는 걸 깜박했을 뿐.

그녀 또한 완전 바보는 아니기에 그가 보여 준 호의와 애정이 그저 연기라 치부하기엔 넘치는 면이 많았다. 그래서 세 번의 기회를 주었고 결과는 낙제였다. 상대가 조건을 알지 못한 상황이므로 무효라 주장할지 모르겠지만 이제 각자의 길로 떠나야 맞는다고 생각했다.

그도 자신도 행복해지기 위해 과거를 떨쳐 버리고 새로운 인연을 만나야 했다.

흘러 버린 여정 길모퉁이에 서서 스쳐 지나간 인연 곱씹기엔 그녀에게 여유가 없었고 애모라는 씨앗 하나 붙들고 새롭게 시작하기엔 지칠 대로 지쳐 기진맥진한 상태였다. 100미터 달리기를 완주하고 찾아든 공허함, 목표를 이루고도 통쾌하지 않은 답답함이 그녀를 옥죄고 있었다.

문 사장, 키워 준 아비라는 사람이 반신불수가 되어 누워 있는데 복수를 계획하고 잔인한 말을 읊조린 그녀가 과연 용서받을 수 있을까. 원죄 때문에 자행한 복수극 연출자가 그녀라는 걸 알고 난 후 문 사장은 시체처럼 조용히 누워 있었다.

"후우."

늙은이처럼 하루에도 여러 번 한숨이 흘렀다.

사랑하는 동안 붉었던 설렘, 그에게 내리쬐는 햇살마저 따사로 웠다. 그가 없이도 살았는데 없으면 못 살 것 같은 존재가 돼 버 리고 난 후에야 알게 된 진실 앞에 통곡할 수 없던 배신이란 술맛 은 첫 경험도 아닌데 더 쓰고 더 고통스러웠다.

외면하고 싶었지만 결국 양어머니가 의도한 대로 판도라의 상 자를 열고 알게 된 사실은 충격 그 자체였다. 믿었고 의지했던 가 족이기에. 어찌 되었든 그녀에게만은 살가웠고 다정했고 애정이 유난스러웠던 문영강 사장이었다. 물론 그녀가 아닌 어머니를 향 한 연심의 발로였고 죄의식 때문이었겠지만.

따르르르—

핸드폰 벨소리가 유난히 크게 들려 화들짝 놀란 손하는 그제야 그녀가 고속 도로를 생각 없이 질주하고 있음을 깨닫고 속도를 줄였다. 계기판 숫자가 125를 가리키고 있었다.

갓길에 차를 세운 뒤 통화 버튼을 누르자 익숙한 목소리가 들 려 왔다. 최재진 PD였다.

— 손하 씨, 지금 통화 가능해요?

"네, 말씀하세요."

— 다름이 아니라 저번에 제안한 거 생각해 봤어요? 이거 엄 청 기회예요. 신인들은 너도나도 맡겨만 달라 애원하는 일이라고 요.

고등학교 때 만난 음악 PD 최재진은 현재 방송국 국장으로 승

진해 영향력 있는 인물이었다. 그런 그가 대하드라마 OST로 제작해 만들어 넘긴 손하의 음원이 너무 맘에 든다며 음원만 넘기지 말고 정식으로 데뷔해 보지 않겠느냐고 제안해 왔다.

예전 같았으면 가볍게 무시했겠지만, 이젠 사정이 달라졌다. 평생 동화 속 공주님으로 살 순 없기에 가장이 된 입장으로 현실과 타협해야 했다. 돈이라는 문제도 있지만 더불어 뭔가에 몰두할 일이 필요하기도 했다.

"생각해 볼게요."

— 정말? 정말이죠? 와아, 손하 씨 입에서 그런 말이 나올 정도면 반은 승낙인 거네. 그렇죠?

"그게……."

— 알았어요, 알았어. 하하하, 더 재촉 안 할게요. 여하튼 긍정적인 검토가 맞는 겁니다.

"네."

OST 작업 제의는 신인에겐 파격적인 제안이었다. 물론 얼굴이 알려지지 않은 그녀였지만 실력으로 인정받고 있기에 가능한 일이었다.

중국을 포함하여 해외 촬영이 절반인 대작이었다. 방송국의 야심작으로 특이하게 기존 유명 배우를 쓰지 않고 신인 배우를 비롯하여 연출자, PD 등 관계자들이 비밀스레 접촉하고 있었다. 투자자와 원작자 또한 베일에 가려졌다.

솔깃한 제안이라 그녀 또한 관심이 갔지만 영원한 비밀은 없기에 그녀의 이름과 얼굴이 알려질 각오는 해야 했다. 명예욕은 딱히 없었지만 뭔가를 붙잡고 몰두할 전문적인 일이 필요한 시기였다.

태진은 돌아선 그녀가 차를 몰고 사라지는 모습을 보며 한참 동안 같은 자리에 서 있었다.

이런 기분인가? 굳이 그녀에게 느끼는 감정을 무엇이라 정의 내리지 않아도 그녀는 특별한 사람이었다. 그렇지 않다면 이렇게 가슴이 아프지는 않을 테니까. 안쓰럽고 미안하고 애잔해 꼭 안고 싶었다.

아니라고 하면서도 부정한 감정은 알몸이 되어 홀딱 벗겨지고 자존심이라는 쓸데없는 나부랭이를 거둬 내고 나서야 바로 현실을 직시할 수 있었다.

"저렇게 운전하면 위험한데……."

평소답지 않게 거칠게 차를 모는 그녀를 걱정하다 핸드폰을 들려던 그는 부친의 목소리에 고개를 돌렸다.

"운전 중일 테니 방해 말아라. 물론 받지 않을 테지만."

상호는 아들과 손하 사이를 얼추 짐작하고 있었다. 저렇게 예쁘고 아름다운 여자인데 남자로서 마음 가지 않는다면 거짓말일 것이다.

감정에 휘둘리지 않고 페이스를 유지하던 잘난 아들은 결국 제 감정을 감추지 못하고 우왕좌왕하고 있었다. 졸지에 어미를 잃고 선보다 악을 먼저 배워 버린 그가 손하를 대상으로 분풀이를 했으니.

어쩐지 무리다 싶을 정도로 행보를 빨리하며 서둘렀던 이유가 바로 저 아이 때문이었다. 원수의 딸에게 끌리고 있다는 사실을 인정하고 싶지 않았던 아들의 무의식적인 발작.

"어떻게 해야 할지 모르겠습니다. 제가……."

"방법을 찾아보자. 찾으면 길이 보일 테니."

인연이 억지로 맺어지지 않음을 이젠 터득할 나이였다. 악업의 연이 여기서 절연되기를 모두가 바라는 일일 테지만 끊고 맺음은 태진의 늦은 자각으로 새로운 국면을 맞이하고 있었다.

무엇이든 하나에 꽂히면 무서울 정도로 집착하고 소유욕을 가진 아들의 집요한 성격을 아는 그로서는 하지 마라, 안 된다는 말로 자극하기보다는 방법을 찾아보자고 설득하는 게 현명하다 판단했다.

손하가 아들을 외면하며 상심한 눈빛을 보였던 걸 떠올린 강 대표의 마음은 착잡했다. 새롭게 시작하고 싶다는 희망, 그녀의 바람은 아무래도 제 아들로 인해 이뤄지지 않을 듯싶었다.

그의 시선이 핸드폰을 들고 심각한 얼굴로 누군가에게 지시를 내리는 아들에게 머물렀다.

"안 되면 되게 하세요. 드라마 제작 투자금 늘리겠다고 말입니다. 대신 이쪽 요구 사항 이행하라 하세요."

아들은 이미 여기저기서 그녀를 옭아맬 준비를 하고 있었다.

'그럼 그렇지. 제 마음이 향하는 곳을 알아챈 저놈이 가만히

앉아 있진 않겠지.'

아들의 **빠른** 판단과 행보에 강 대표는 입을 떡 벌리고 말았다.

"벌써부터 무슨 꿍꿍이냐. 어떻게 해야 할지 모르겠다며?"

"그녀를 어떻게 대해야 할지 모르겠단 말이었습니다."

영악한 놈. 제 자식이지만 밀어붙이는 **뻔뻔함**에 놀랄 때가 많았다. 정신없이 일을 지시하고 재촉하는 아들놈은 가끔씩 잊고 싶은 얼굴을 떠올리게 했다.

문영강, 한때는 그의 친구였고 지기였던, 자신감 넘치던 그와 겹쳐 보였다. 집착과 광기를 드러내는 야수였던 그와.

"태진아, 손하 양 그냥 두면 안 되겠니?"

"아버지."

"힘들었던 모양이더라. 안쓰러워서."

태진은 부친의 걱정을 모르는 바 아니었다. 누구보다 아들에 대해 잘 알기에 집착을 드러낸 자신을 경계하는 말일 테지만, 그에겐 문손하만 보였다.

막혔던 둑이 무너지자 흐르는 감정의 강은 출렁출렁 넘실댔다. 여자의 거부에 애도 탔지만 숨기지 못한 감정의 잔재를 눈치채고 있었다. 아직은 그녀가 자신을 사랑한다는 사실을.

어머니가 세상을 놓아 버린 날, 그의 유년기는 끝이 났다. 복수심으로 흠뻑 젖어 평생을 바쳤고, 변명 같지만 원수의 딸에게 흔들린다는 사실이 끔찍했다. 흠 없는 사랑을 꿈꾸기엔 늦었을지라도 작고 여린 고운 영혼이 그의 운명임을 알기에 이기적일지라도 포기가 불가능했다.

'미안하지만 나 너 포기 못 한다. 나도 행복해지고 싶어. 오늘이 지나면 내일이 오는 의미 없는 하루가 아니라, 마음에 담은 너를 내 사람으로 만드는 충실한 하루를 살고 싶다. 과거가 우리의 발목을 붙잡는 거라면 문손하와 소태진이 아니라, 윤손하와 강선학으로 마주하면 가능하지 않을까. 할퀴고 상처 주던 남자가 아니라, 이제는 너를 보듬고 치유해 주고 싶다. 이대로 버림받고 싶지 않다. 너에게 잊히고 싶지 않다. 손하야…….'

평소보다 그녀의 언성이 절로 높아졌다.

계약서에 서명한 지 얼마 되지 않았는데 납득하지 못할 요구를 했다. 꼼꼼히 계약서를 읽고 사인했는데 변호사를 대동했어야 했는지 뒤늦게 후회되었다.

계약금을 받은 지금 만약 일방적으로 파기를 요구할 시 위약금 20배를 물어야 한다고 명시되었을 때부터 이상하다 생각했는데.

"뭐라고요? 제가 촬영하는 동안 함께 움직여야 한다고요? 굳이 그럴 필요가 없잖아요?"

— 그게…… 작가님이 꼭 그래 주었으면 한다고 해서……. 현장 분위기도 파악하면 곡 쓰는 데 참고도 되고, 더 좋은 곡이 나온다고 하시더라고요. 대신 절대 작업물에 대해 이래라저래라 관여하지 않겠답니다. 그게 어딥니까? 물론 경비 또한 일체 이쪽에

서 부담한다는 조건입니다.

"저기⋯⋯."

외출한 뒤 집으로 들어서자마자 기다렸다는 듯 다가와 어렵게 말을 꺼내는 신 씨였다. 손하는 통화를 마무리하고 신 씨를 돌아봤다.

"말씀하세요."

"식사를 도통 못 하세요. 오늘도 억지로 드시긴 했지만⋯⋯."

그녀의 시선이 방문 쪽을 향했다. 그도 사람이라면 밥이 목구멍 안에 들어가진 않으리라 짐작하면서도 맘은 편치 않았다.

하지만 그녀의 입에선 날카로운 말이 불쑥 튀어나왔다.

"놔두세요. 먹기 싫으면 먹지 않음 되죠. 누워만 있는 사람이 세끼 챙겨 먹을 필요 없잖아요."

"네?"

외양과 달리 냉정하고 야멸찬 대답에 어지간히 놀랐나 보다. 신 씨가 뭐라 대꾸하기도 전에 손하는 등을 돌려 그곳을 벗어났다.

책망하는 시선은 아니겠지만 스스로에게 실망스럽고 짜증이 솟구쳤다. 도돌이표처럼 되풀이되는 후회와 연민, 그리고 복수심. 하루에도 몇 번씩 문 사장 방으로 뛰어가 소릴 지르며 잃어버린 가족과 내 삶을 되돌려 놓으라고, 보상하라고 흔들고 싶었다.

하지만 반대로 문 사장의 약한 모습과 초췌해진 팔다리 그리고 넋 빠진 얼굴을 보고 싶지 않았다. 차라리 그가 형형한 눈빛으로 내가 뭘 어쨌느냐고, 그래도 넌 구제받지 않았냐고, 배부르게 호의호식하며 누구 덕에 잘 크지 않았냐고 뻔뻔하게 주장했으면 좋겠다.

세상 다 산 사람처럼 산송장 모양으로 시위하지 말고, 네가 어찌 아비에게 이럴 수 있냐고, 이래서 머리 검은 짐승은 거두는 거 아니라고 욕을 바가지로 퍼부었으면 좋겠다.

왜, 왜 저 사람은 반신불수가 되어 그녀를 괴롭히는가.

동생을 떠나보낼 때 당차게 각오한 일이었지만 점점 자신 없어지고 예민해졌다.

'일을 해야 잡념도 없애고……. 그게 바른 일일 거야.'

대하드라마 OST 작업을 위해 현장에 나와 달라는 제안을 굳이 거절할 이유가 없다 판단했다. 커리어도 쌓고, 또한 언제까지고 얼굴 없는 작곡가로 머물 수 없음을 잘 알고 있었다. 외국 촬영도 따라가야 한다는 부담감은 있지만 차라리 일을 핑계 삼아서라도 잠시 도피하고 싶었다.

"아! 또……."

팔다리가 퍼렇게 멍든 곳에 살짝만 손이 닿아도 송곳처럼 찔리듯 그리 아팠다.

병의 원인을 정확히 모른다는 섬유근육통을 앓은 지 꽤 되었지만, 어느 누구도 그녀의 고통을 눈치챈 사람은 없었다. 의사의 말로는 수면 부족과 스트레스 그리고 근육량이 떨어지는 체력에 선천적으로 약한 피부 때문이라는데, 책상 모서리를 잡고 차라리 막대기로 아픈 곳을 수없이 때리고 싶을 정도로 통증은 오늘따라 유난히 심했다.

문지르고 주무르고 찜질팩을 얹고 한참이 지난 후에야 고통은 점점 사그라들었다.

　살려 달라는 말이 절로 나올 정도로 깊은 아픔에 눈가에 눈물 방울이 맺혀 있었다. 계속되는 피로에 엎친 데 덮친 격으로 오늘 태진과의 만남이 정신을 극한으로 내몰았나 보다. 가슴의 통증 또한 심각한 피로감을 유발했다.

　소태진 그가 다시 시작하자고 한다. 잊고 새롭게 시작하자고. 그녀를 잡아먹을 듯 응시하는 시선엔 간절함과 진심이 배어 있었지만 외면해야 옳았다.

　지지부진하게 끌어 뭘 하자고? 엎질러진 물을 주워 담는 게 가능한가? 돌이키기 쉽다 생각하는 건가?

　지쳐 쓰러지기 직전인 그녀의 솔직한 마음이었다.

　기대고 의지하고 도와주길 바랐던 상대는 철저히 외면했던 그때를 잊자 했지만, 가장 절박했던 순간 그녀를 등졌던 그에게 다시 믿음이 생길 리 없었다.

　상황이 달라졌다고 내민 손을 덥석 붙잡는 멍청이가 되고 싶지 않았다. 그건 미련한 고집도 아니고 얄팍한 복수심도 아니었다.

　혼자 헤쳐 가는 외로움에 익숙해져 버린 그녀는 다가오는 그가 부담스러웠다. 사랑인지 집착인지 이름 모를 감정에 갇혀 다시 허덕이고 싶지 않았다.

　나아가기 위한 시작점에 선 그녀는 철저히 혼자가 되고 싶었다.

새벽 3시. 문 사장의 방문이 조용히 열렸다 닫혔다.

어둠 속에서 규칙적인 숨소리를 뱉는 남자의 호흡을 확인하고 몸을 일으키자 살짝 내려온 이불이 신경에 거슬렸다. 아직은 쌀쌀한 새벽 공기 때문에 손을 내밀어 문 사장의 몸 위로 이불을 덮으려던 손길이 허공에서 멈추고, 훌쩍 사라졌다.

문 사장은 침묵을 유지한 채 떠나가는 그림자를 묵묵히 바라보았다.

"손하야……."

몸이 병들면 마음에도 병이 드는지 하루에도 몇 번이나 쓰디쓴 눈물을 흘리는 노인네로 전락한 문 사장은 새벽녘 소리 없이 문을 열고 들어와 그를 내려다보다 나가는 손하의 방문을 알고 있었다.

어디서부터 잘못되었을까. 죽고 싶다는 모진 생각조차 사치였고, 앞만 보고 달려온 그의 인생에 후회라는 단어는 없었다. 그런데 졸지에 누워 있는 신세가 되고 보니……. 과거에 그가 저지른 과오, 질투, 시기, 아름답던 가연을 향한 연심이 그를 야차로 만들었다.

불길 속에서 문을 열던 절규, 달려온 가연과의 마주침, 기어이 불구덩이 속으로 영민을 구하러 들어가는 그녀를 붙잡지 못했다. 못나게도 그제야 그는 두 사람의 사랑을 인정했다. 그날에서야.

혼란과 배고픔으로 범벅된 어린 영혼, 아픈 아이를 잃고 방황하는 아내를 끌고 간 보육원에서 가연을 빼닮은 손하를 본 순간 데려와 키워야 했다. 가여운 영혼이라는 그럴듯한 포장으로 덧씌워 그렇게 그는 세 사람, 아니 네 사람의 인생을 휘저어 버렸다.

사실 죄의식의 발로는 아녔을까. 인정하면 살인자가 되기 때문에 일부러라도 당당하고 아무렇지 않은 것처럼 그렇게 살아야 했다.

하지만 무의식의 세계에서 이성이란 한낱 휴지 조각일 뿐. 거듭되는 흉몽에 혹시나 싶어 아내와 각방 생활을 했건만, 아내는 이미 많은 걸 눈치채고 있었다. 결과적으로 가장 잔인한 방법으로 그에게 복수를 했다. 손하의 손을 빌어.

여자가 한을 품으면 오뉴월에도 서리가 내린다더니 정이고 사랑이고 주지 않았던 무뇌만 아내인 그녀는 사랑을 얻지 못하자 그를 포기하고 아이에게 몰두했었다. 그런데 그런 아이가 몸이 약해 세상을 등졌으니……. 따스한 위로 한마디조차 흘리지 않았던 남편이 얼마나 야속하고 미웠을까.

그땐…… 죽은 친자보다 상심한 아내보다 제 일신이 더 중하고 다급했다. 누구보다 빨리 부자가 되고 싶었고 꼭대기에서 군림하고 싶었던 야망에 눈이 뒤집혀 외길만 바라보고 뛰던 시기였었다.

죄, 업보, 죽음, 복수, 후회.

그런 단어들을 곱씹으며 그는 오늘도 치열하게 머릴 굴리고 있었다. 요양사 신 씨의 강압으로 곡기를 입에 댔지만 소태처럼 쓰기만 했다.

눈을 감아도 떠도 환영처럼 보이는 얼굴들. 윤영민, 이가연, 강상호, 아내……. 그리고 손하. 변명하기엔 지은 죄의 무게가 가볍지 않았다. 이제야 이 지경이 되고 나서야 자신의 죄가 보였다. 지금에야.

.

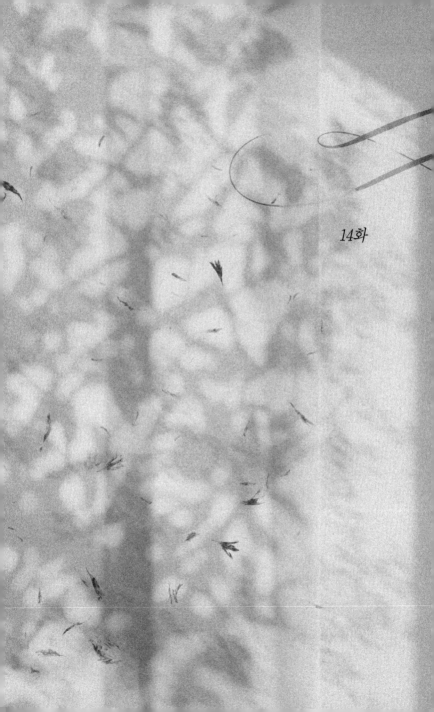

14화

드라마 첫 촬영을 앞두고 가상 세트가 마련된 민속촌에서 첫 미팅이 있다며 참석해 달라는 연락이 오자 손하는 약속 시간에 맞춰 움직였다. 초행, 초심, 첫 촬영, 처음이라는 단어는 새로웠지만 두려움을 동반했다.

익숙하지 않아 실수할까 봐 복장에도 신경 쓴 그녀가 세트장으로 들어섰다.

"어, 어, 이봐요! 거기 조심해요!"

갑자기 큰 소리를 내며 쓰러지는 무언가를 등으로 받친 낯선 남자가 그녀의 팔을 붙잡아 냅다 품 안으로 당겼다.

"뭐……."

"다치지 않았어요? 아슬아슬하더니 결국 사고 치네."

세트장의 지지대가 균형을 잃고 순간 무너져 내렸던 모양이다.

"허술하게 만들지 말라고 했는데, 거참 말 안 듣더니. 이렇게 사고가 나 봐야 정신 차리지, 쯧."

"괜찮아요. 고맙습니다."

깍듯이 인사하는 그녀를 전체적으로 밝은 기운이 넘치는 호남형의 남자가 호의를 가득 담아 바라보고 있었다.

"장갑 벗고 정식으로 인사할게요. 스태프로 오신 분 맞죠? 전 이번 대하드라마에서 음향을 담당한 엔지니어 최재우라고 합니다."

스스럼없이 통성명을 하자는 낯선 남자의 호의가 거북했지만, 어쨌든 그녀를 위험에서 구해 준 고마움이 껄끄러움을 상쇄시켰다.

"전 문손하라고 합니다. OST 음악을 담당하게 되었어요."

"와 작곡가시네. 만나 뵙게 되어 영광입니다. 하하."

손하는 얼굴이 화끈거렸다. 아직 애송이인데, 영광이라니. 사람 기분 좋게 만드는 그의 유쾌함이 긴장감을 풀어 주었다. 두근대는 마음으로 참석한 자리인데 어쩌면 새롭고 좋은 인연을 만날지도 모른다는 생각에 무거웠던 마음은 봄바람처럼 살랑살랑 가슴을 간질였다. 남자에 대한 호감도가 급상승하는 순간이었다.

하지만……

스쳐 간 인연이 남긴 후유증이 떠올랐다. 머릿속에서 잠시 멀리해 두었다지만, 꿈틀대는 잔상이 자꾸만 그녀를 괴롭혔다. 그에게 미련을 두고 싶지 않은데 견디기 힘든 섬유근육통처럼 그가 지워지지 않았다. 소태진, 그는 그녀에게 처음이었고 전부였던 남자다.

평심을 유지하기 힘들었다. 쓰디쓴 인생의 맛을 알아 버린 애늙은이가 바로 저였다. 목표가 사라진 지금 그녀는 이리저리 갈대처럼 흔들리고 있었다. 중심을 잡기 위해선 인내가 필요했다.

누군가 곁에 있어 주었으면. 누구라도 손을 잡아 주었으면. 지나가는 말이라도 괜찮다 다독여 주었으면. 하지만 그것은 쉽게 이룰 수 없는 바람일 뿐이었다. 그렇게 그녀는 또다시 고통을 안으로 삭이고 삭여 가며 스스로를 억누르고 있었다.

따르르르—

정적을 깨며 울리는 벨소리에 액정으로 눈길을 주었지만 선뜻 버튼을 누를 수 없었다. 저장이 안 되어 있는 번호라 선뜻 통화 버튼을 누르기가 망설여졌다.

"여보세요."

— 나야.

태진의 중저음 목소리였다. 싫어한다는 사실을 번히 알면서도 전화를 해 안부를 묻는 그가 미치도록 싫었다. 지겨웠다. 짜증 나고 화가 났다.

"지금 뭐 하자는 거예요? 당신 스토커예요?"

— 손하야.

달래며 어르는 목소리가 손하의 화를 더 부추겼다.

"그렇게 내 이름 부르지 말아요! 내가 아직도 당신을……. 관둬요."

울컥 솟는 분기를 애써 억누르며 그녀는 숨을 들이켰다 내쉬었다.

"내 전화번호 어떻게 안 거예요?"

3년 동안 사용한 핸드폰 배터리에 문제가 생기자 대리점에서 교체를 권해 새 모델로 바꾼 지 만 하루도 지나지 않았다. 그런데 그가 어떻게 새 번호를 알아냈는지 모르겠다. 마치 이런 일쯤 대수롭지 않다는 듯 전화해 오는데 미칠 지경이었다.

— 다 아는 수가 있어.

"그러시겠죠."

목소리에서부터 그를 향한 꼬인 심사가 고스란히 드러났다. 안 그래도 머릿속이 복잡한데 더한 두통을 안겨 주는 그가 미워 답답한 마음은 체증이 되어 내려가질 않았다.

— 한번 만나.

"바빠요."

— 언제까지 피할 작정이야? 가볍게 식사한다고 생각하면…….

"이봐요 소태진 씨. 우린 이미 끝났다구요. 각자 갈 길이 다르다고 말했잖아요. 대체 왜 이래요?"

뒷머리가 당겼다. 두근대는 박동이 속도를 더해 혈관이 울근불근 도드라졌다. 뒷머리에서 시작된 두근거림은 관자놀이를 거쳐 이마, 볼, 그리고 입술까지 바르르 떨게 만들었다. 망치로 머릴 때리고 싶을 만큼 두통이 심해지자 절로 입에서 욕이 흘러나왔다.

"제길…… 읏."

— 손하야! 왜 그래? 또 두통이야?

정체를 감추고 만나는 동안에도 손하가 잦은 두통에 시달리는 모습을 보았던 터라 태진은 그녀가 어떤 모습으로 주저앉아 머릴 감싸고 있을지 훤히 보였다. 두통약은 항상 가방에 넣고 다닌다는 사실도 알고 있었다.

— 따스한 물수건 머리에 얹어 놓고 일단 쉬어. 응?

병 주고 약 주나, 이 남자가 정말 그녀를 피 말려 죽이려 작정한 게 틀림없었다.

"제발 나 좀 놔둬요."

— 일단 약 챙겨 먹어. 도움 필요하면 바로 전화하고. 알았지?

30분 동안 지압하면서 깡으로 버티자 증세가 호전된 그녀는 그제야 가방 속에 넣어 둔 약을 물로 삼켰다. 견딜 수 있을 만큼 견디고 버틴 후에 약에 의존해야 중독을 막을 수 있었다. 최근 들어 약효가 늦게 나타나고 빠르게 재발되지 않았던가.

고통이 사라지자 새삼 무뎌진 감정에 헛웃음이 나왔다. 칼같이 잘라 내었건만 상대는 끊임없이 연락을 해 왔다. 답답함이야 그도 못지않겠지만 이미 떠나 버린 마음 잡으려 한다고 붙잡힐까. 사랑한 만큼 실망감도 컸고, 이제는 따뜻한 눈물 닦아 줄 가슴이 필요하기에 그는 아니라 판단했다.

두 사람이 믿음으로 이어져 살아간다면 세상에 무서울 것이 무엇이고 못 할 것이 무엇일까. 둘이라면. 하지만 그녀는 그를 믿을 수 없었다. 사랑한다는 말도 체감되지 않았다.

안동 하회마을 촬영지.

TV에서만 보았던 배우들을 가까이에서 보는 건 꽤 흥미로웠다. 시간이 어떻게 지나가는지 모를 정도로 현장은 북적댔고 지문이 닳아 없어질 즈음에야 통성명이 끝났다.

사람 구경이 피곤하긴 하지만 생각보다 흥미로웠다. 나름 현장에서 주목받은 손하는 여러 질문 공세에 시달려야 했다. 때론 날카로운 질문에 당황하기도 했지만, 대체로 모두가 호의적이었다.

"힘들었죠?"

배려가 몸에 밴 최재우였다. 휴식 시간, 홀로 앉아 있는 그녀에게 시원한 생수를 내밀며 싱긋 웃는 남자는 나름 잘생겼고 키도 훤칠했다. 이번에 새로이 자각한 사실 하나, 그녀도 외모를 중시하는 사람이었나 보다.

일주일 동안 마주하다 보니 낯선 환경이나 사람들도 꽤 익숙해졌다. 이제는 현장에 그가 안 보이면 오히려 궁금할 정도였다.

"아니요. 생각보단 좋았어요. 이젠 긴장이 좀 풀렸는지 엄청 졸았었거든요."

"하하하. 난 손하 씨 대담한 성격인 줄 알았는데."

"설마요."

공기를 가르는 맑은 음색이 마음을 편안하게 만들었다. 저렇게 웃어 본 적이 언제였는지 생각이 나질 않았다. 그는 그녀와 다르게 밝은 햇살을 안고 살아온 듯 하얀 목화솜처럼 따스했다. 훈남이라는 말이 딱 어울리는 그런 남자였다.

손하는 재우에 대한 호감도가 상승했다. 욕심과 조급함을 내려놓고 긍정적으로 바라보면 여유가 생기나 보다. 뿌린 죄악의 씨앗을 거두고 초록의 꿈을 꾸고 싶은 그녀이기에 사람으로 인해 다친 마음은 사람으로 치유해야 했다.

하지만……

태진은 손하와 재우의 모습을 멀리서 관찰하고 있었다. 그의 짙은 눈썹이 가늘게 떨리고 있다는 걸 아무도 눈치채지 못하고 있었다.

달래기도 하고 애원도 해 보았지만 그녀는 요지부동으로 그를 만나 주지 않았다. 그래서 그가 그녀를 만나기 위해 할 수 있는 건 직접 찾아가는 것뿐이었다.

하지만 말도 안 되는 이유를 만들어 찾아온 촬영지에서 마주한 뜻밖의 광경에 그는 말문을 잃고 말았다. 그녀가 누군가를 상대로 희미하게 미소를 짓고 있었다. 그것도 남자를 상대로.

여자만 촉이 발달한 게 아니다. 그의 모든 감각이 이상하다 막아야 한다 아우성을 쳤다.

"여기, 이쪽입니다. 사장님."

"……."

험악해진 그의 눈치를 보며 드라마 관계자는 안절부절못하고 있었다. 현장에 갑자기 내려온다는 연락을 받고 동분서주했건만 투자자 태진의 표정이 심상찮았다.

산전수전 다 겪은 그라 혹시나 이상한 요구를 해 올지 몰라 조마조마했다. 막강한 파워를 가진 투자자들의 무리한 요구로 마찰이 빈번하게 발생하는 걸 요령 있게 잘 막아야 하는 게 그의 주된 업무였다.

"현장에서 지켜보고 싶은데요."

"저…… 오늘은 엑스트라 촬영 신만 남았습니다."

그는 열화가 들끓었다. 질투라는 거대한 괴물이 그를 집어삼켰지만 숨기느라 애써야만 했다.

태진은 그녀가 다른 남자에게 눈길을 돌리는 일이 있으리라곤 꿈에서도 생각해 본 적 없었다. 사귀는 중에도 그녀의 마음을 여는 데 많은 시간과 공을 들이지 않았던가.

안개 낀 것처럼 흐릿한 관계였다. 제 맘은 저기 있는데 태진은 그녀에게 다가가려던 발걸음을 멈추어야 했다. 제 여자의 마음을 어떻게 돌려야 할지 몰라 한없이 나락으로 떨어지는 암담함이 그를 옥죄어 왔다.

'손하야.'

손 놓고 눈앞에서 그녀를 잃을 순 없었다. 설레발인지 모르겠지만 조짐이 심상찮았다. 라이벌이 될지도 모를 미지의 남자를 향한 그의 시선이 날카롭게 빛을 발했다.

최재우.

나이 32세. 음향 엔지니어. 방송국 국장 최재진의 친척으로 영국에서 실용 음악을 전공, 밴드 활동 후 귀국. 몇몇 공연 무대 음향과 영상 음향(사운드 믹스) 작업에 참여. 현재 대하드라마 입체 음향 작업을 맡음.

남자의 신상 보고서를 읽은 태진의 마음은 더욱 복잡해졌다.

'하필 음향 쪽이라니.'

그녀와 일로 엮일 수밖에 없는 상황이었다. 남녀가 오래 만나다 보면 정이 쌓이고, 그러다 보면……

사진 속 남자는 같은 남자가 보기에도 호남형이었다. 소탈한 성격으로 여자들에게도 인기가 많을 것 같았다.

그와는 반대로 태진은 성격이 까칠하고 깔끔해 대부분의 여자들이 그를 어려워했다. 정체를 감추고 손하를 만나는 동안에도 한결같았기 때문에 태진은 조금씩 자신감이 떨어지는 듯했다.

하지만 억지로 죄었던 고삐가 한번 풀리고 나니 마음이 내달리는 속도를 몸이 따라 주지 못할 지경이었다. 제 어디에 이런 집요함과 집착 그리고 소유욕이 내재되어 있었는지, 놀라울 정도였다.

안동 촬영장을 떠나 서울에 올라와서도 마치 정지된 화면처럼 그의 시간은 멈춰 있었다.

사랑도 타이밍이 중요했다.

한번 기회를 잃어버린 그이기에 지푸라기라도 잡는 심정으로 기회를 엿보고 있었지만, 이대로 지켜보기만 하다가는 그녀를 빼앗길지도 모른다는 절박함이 그를 움직이게 만들었다.

"일정 조정해서 일주일 중 하루는 무조건 비워요. 지방에 다녀와야 하니까."

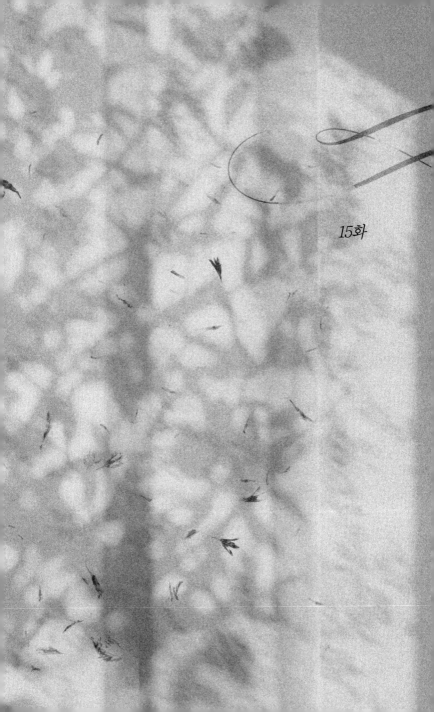

15화

산과 마을이 한눈에 펼쳐진 곳, 저 멀리 산등성이가 보이고 골짜기를 찾는 재미가 있는, 자연 속에서 살아가고 싶다는 생각이 절로 들게 하는 풍경이었다. 그녀는 안동에 오면 꼭 가 봐야 한다는 월영교에 서 있었다. 야경이 멋진 곳이라고 알려졌지만 손하는 사정상 대낮에 이곳을 찾았다.

부부의 아름답고 숭고한 사랑의 사연이 간직된 나무다리로 먼저 간 남편을 그리워하고 사랑하는 지어미의 사랑을 기념하고자 지은 다리였다. 살아서도 죽어서도 한결같은 그들의 사랑 이야기를 듣고 손하는 한없는 부러움을 느꼈다.

"정말 혼자 갈 거예요?"

"네."

안동에서 가 볼 만한 곳을 묻기에 알려 주었는데 설마 혼자 갈

줄이야. 재우는 고개를 끄덕이는 여자를 가만히 바라보았다.

뭐랄까. 여자는 보호 본능을 자극한다고 해야 할까? 도움의 손길도 호의도 유난스레 거북해하는 이상한 여자, 그게 손하의 첫인상이었다. 눈길을 끄는 미모에 가녀린 체구가 이목을 끌어당기는데 정작 본인은 의식하지 못하는 것 같았다.

"친구나 애인 불러 같이 가요."

"없어요."

거짓말은 아닌 것 같았다. 낯을 가리는 편이고 말수가 적은 그녀는 폐쇄적인 삶을 살고 있는 듯했다.

"그래도……."

"괜찮아요. 혼자가 편해요."

"그거 위험한 발언인 거 알죠?"

갑자기 진지해진 말투에 손하가 그를 빤히 쳐다보았다. 유머러스하고 밝은 사람이지만 가끔 이렇게 훅 치고 들어올 때가 있었다. 바로 지금처럼.

"알아요. 무슨 뜻인지."

혼자가 익숙하다는 말, 편하다는 말, 어쩌면 그건 자기 위안이자 변명일지도 모른다.

아무도 없는 방에 갇혀 무서울 때도, 빗소리가 유난히 귓가에 크게 울릴 때도, 울고 싶을 때도 도움을 요청할 사람이 없어 늘 혼자였다. 텅 빈 마음은 무엇으로도 채워지지 않아 불안했고, 누구도 믿어선 안 된다는 강박 관념 때문에 갈수록 성격이 예민해졌다.

겁쟁이였으니까. 더 이상 상처받고 휘청이고 싶지 않았으니까.

하지만 식사를 할 때 누군가 앞에 앉아 주었으면, 쇼핑할 때 주거니 받거니 수다를 떨 친구가 있었으면, 사랑하는 사람에게 아무 생각 없이 투정 부려 보았으면 하는 작은 소망을 품고 있었다.

소태진…… 그는 무슨 생각인지 바쁠 텐데도 일주일마다 안동에 내려와 촬영장을 방문했다. 그가 이 드라마의 투자자 중 한 사람이라는 걸 알게 되었지만 손하는 자신의 계약과 연결 짓지 못하고 있었다.

철저히 외면하고 싶었지만 맘과는 달리 촉각은 곤두서 일에 집중하기 어려웠다. 출연진 중 특히 여배우들이 그에게 지대한 관심을 표하고 반기는 상황을 묵묵히 바라보는 건 사실 더 괴로웠다. 가슴이 따끔따끔 찌르듯 아플 때마다 지우지 못한 사랑의 정도를 실감해야 했다.

멀리서 바라보다 돌아갈 때도 있었고, 회식 자리를 마련해 참석하게 하는 정성도 보이는 그에게 그녀는 어떤 말도 할 수 없었다. 구석에 조용히 앉아 있어도 고개를 들면 날아드는 뜨거운 시선이 그녀를 옭아맸다.

지난날들을 잊을 수 있다고 생각하는 걸까. 그처럼 그녀도 단순한 사고 회로를 가졌으면 좋겠다고 생각했지만, 저러다 지쳐 나가떨어지리라는 생각은 변함없었다.

순수함, 지고지순함과는 거리가 멀었던 아둔한 사랑의 잔재를 떨치지 못하는 그에게서 멀리 떨어져 있다 보면 시간이 해결해 주리라 믿고 싶었다.

"다녀올게요."

재우는 은근 고집쟁이인 손하를 말리지 못해 안타까웠다. 요 며칠 밤샘 작업을 같이하면서 조금은 가까워졌다 생각했는데 그 만의 착각이었나 보다.

며칠 전 갑자기 작가가 대본을 수정해 난리가 났다. 여배우는 촬영을 못 하겠다며 버텼고 작가와 배우 사이에서 촬영팀과 스태 프들은 안절부절못하고 우왕좌왕하다 이틀을 허비했다.

결국 대본을 다시 수정하여 작가와 배우가 조금씩 양보해 타협 점을 찾았지만 나머지 사람들이 해야 할 일은 산더미였다. 손하 또한 수정 대본과 음악이 어울리지 않아 수정 작업을 반복하다 결국 15회 차 신에 삽입할 배경 음악을 두 가지 버전으로 만들었 다.

"하 감독님이 하루 쉬라고 했으니 알차게 사용해야죠."

하진관 감독은 3년 만에 복귀한 작품이라 메가폰까지 잡고 열 성이었다. 상대가 누구든 직언하기로 유명한 그는 여배우에게 막 말 아닌 질타를 퍼부어 처음엔 많이 놀랐었다. 그것도 연기냐, 차 라리 발연기가 낫겠다, 지금 키스라고 한 거 맞냐, 드라마가 학예 회인 줄 아냐, 그따위로 연기하면 신인으로 갈아 치워 버리겠다 등등 사람 무안하게 하는 데 기가 막히게 재주 있는 사람이었다.

안동 촬영이 마무리되고 현재 이혼 소송 중인 하 감독의 사생 활이 정리되는 대로 해외 로케 일정이 잡혀 있었다.

택시를 타고 이동해 도착한 곳, 낙동강을 바라보는 손하의 시선이 저 멀리 어딘가를 더듬고 있었다.

여전히 잘 먹지 않는다는 문 사장의 소식. 신 씨가 재활 훈련을 시작해야 한다 설득해도 문 사장이 요지부동이라 전했다. 예상했던 일인데도 마음은 한없이 무거웠다.

그녀의 마음을 무겁게 하는 또 다른 존재 소태진, 그를 떠올리자 절로 한숨이 터져 나왔다.

"후우."

수려한 풍광을 끼고 목교의 끝 월영정에 도착해 기둥을 붙잡고 선 그녀의 뒤로 그림자가 졌다.

"예쁜 아가씨, 사진 한 장 찍어 드릴까요?"

"네? 아뇨. 아니…… 어머."

익숙한 목소리에 놀라 돌아보니 재우가 해를 등지고 선 채 환한 웃음을 짓고 있었다.

"여긴 언제 왔어요? 오늘까지 작업 마무리 지어야 한다면서요?"

"졸병 두었다 뭐에 씁니까, 이럴 때 쓰지."

그녀보다 업무량이 치명적일 정도로 많은 그였다. 그가 다른 이에게 일을 넘기고 이곳에 나타나다니, 동행이 생겨 기뻤지만 얼떨떨했다.

"안동, 이제부터 제대로 구경해 보실까요? 가시죠."

퇴계 이황의 도산 서원, 안동 찜닭 맛집도 찾아가 두 사람은 즐거운 하루를 보냈다.

두 사람 사이의 어색함은 시원한 바람과 함께 고요한 도산 서원을 구경하면서 사그라들었다. 함께 웃고 이야기하고 별 이야기도 아닌데 마냥 웃음이 나왔다. 상대가 편하게끔 배려해 주는 그가 손하는 무척 고마웠다. 복잡한 고민들을 잠시 잊고 나니 한결 표정이 편안해졌다.

그런 그녀를 눈에 담은 재우의 표정에 알 듯 말 듯 한 희미한 그림자가 드리워졌다.

사람을 쉽게 믿지 않는 그녀지만 오늘 하루 재우와 함께여서 행복했다는 것을 인정했다. 상대에게 기대하는 게 없기에 가능한 일이었다. 사람을 알아 가는 즐거움이 이런 거구나 싶었다.

사실 그가 그녀를 걱정해 시간을 내 주었다는 사실만으로도 고마웠다. 부디 그와는 짧은 만남이었지만 좋은 인연이 되길 바랐다.

그런데…….

태진은 그녀에게 미행을 붙이지 않은 것을 후회하고 있었다. 늦은 밤이 되도록 그녀가 머무르는 임시 숙소에 불이 켜지지 않자 운전석에 앉아 속이 썩어 문드러져 가는 태진이었다.

"지금까지 어디서 뭘 한 거지?"

함께 택시를 타고 와 숙소 앞에서 그녀를 먼저 내려 주고 재우는 촬영지로 돌아갔다.

당신이 왜 여기 있냐고, 그런 질문을 왜 하냐고 대꾸할 상황이 아니었다. 운전석에서 내린 그의 얼굴을 보자마자 그녀는 입을 다물었다.

단 한 번도 저렇게 무서운 표정을 지은 적 없던 남자였다. 원체 차가운 이미지이긴 했지만, 부러 더 그런 표정을 지어 보인 적은 없었다. 그런 그가 마치 그녀를 잡아먹을 듯 응시하고 있었다. 손하의 본능과 직감이 경종을 울려 댔다.

"어디고 떠나야겠다는 생각밖에 없었어요."

남자가 화를 억누르며 조용하게 말을 걸어도 감춰진 검은 들끓음을 손하는 본능적으로 느낄 수 있었다. 말 한마디 한마디가 큰 의미가 되고, 작고 세세한 움직임에도 자신이 민감하게 반응하던 사람이었다. 또한 무슨 생각을 하고 있는지 하나도 놓치고 싶지 않던 사람이었다. 그래서 그의 이상한 낌새를 빨리 알아차렸는지도 모른다.

서로의 근황을 모른 채 시간에 묻혀 잊히길 바랐지만 신뢰가 무너져 남보다 못한 관계가 되었어도 고집을 부리는 상대가 안타깝고 가슴 아렸다. 어두운 조명 아래 드러난 그의 초췌하고 다급해 보이는 표정이 당신이 무슨 상관이냐고 뱉어 내려던 매몰찬 대응을 내려놓게 만들었다.

코웃음 치며 비웃어 주고 싶은데 스산한 마음은 정반대의 언어를 뱉어 냈다.

"답답한 거 알아. 모르는 거 아니야. 내가 궁금한 건 지금까지 누구와 함께 있었느냐는 거지."

조용한 대응에 그의 기세가 한풀 꺾였지만 예리하게 벼린 날것의 눈빛이 그녀를 향했다. 이미 오랜 시간 기다린 걸로 보아 얼추 짐작하고 있음이 틀림없었다. 거짓을 말할 때가 아님을 확신한 그녀는 떨림을 감추며 대답했다.

"약속한 건 아닌데 동행이 생겼어요."

"최재우?"

"네."

주먹을 꽉 쥔 손 위로 푸른 핏줄이 도드라졌다. 태진은 화를 억누르려 눈을 감고 잠시 심호흡을 했다.

연인으로서의 권리가 사라진 지금, 스토커처럼 그녀를 찾아와 이런 식의 추궁을 하는 건 옳지 않다는 것도 잘 알았다. 하지만 그의 이성은 날아가 버린 지 오래였다.

"내가 벌을 받고 있나 보다. 남은 내 인생 너 없음 무의미하게 살 게 뻔하기 때문에 난 널 포기 못 한다. 반나절 동안 기다리면서 별별 생각이 다 들었어. 잠깐, 잠깐만."

감정이 격해지는 걸 다스리려는 듯 눈을 감고 애써 시선을 피하는 모습이 얼어붙었던 손하의 마음을 움직이게 했다. 그녀만큼 그도 괴로워한다는 걸 직접 눈으로 확인해서일까. 손하은 차갑게 외면하고 모질게 돌아서지 못한 채 그 자리에 못 박혀 있었다. 차라리 그가 화를 내며 고래고래 소릴 지르는 게 속이 편할 듯싶었다.

"피곤해요. 가 보세요."

"손하야."

"……."

약해진 마음을 들키고 싶지 않아 등 돌린 그녀를 멈춰 세운 중저음의 목소리였다.

그녀가 사랑한 남자의 목소리였다.

"사랑해서 미안하다. 그리고 널 놓아주지 못해 더 미안하다."

진심이 담긴 말이 어렵게 그의 입을 통해 흘러나오자 한 움큼의 검은 덩어리가 그녀를 집어삼켰다. 미움, 두려움, 좌절, 다양한 감정들이 그녀의 마음속에서 마구 뒤섞이기 시작했다.

다 잊어버렸다고, 버렸다고 이야기하면서도 어쩌면 그가 자신을 잡아 주기를, 포기하지 않기를 바랐던 것일까. 나약함과 의존하고픈 맘을 버리지 못한 사람이 자신임을 인지한 그녀는 그에게 아무런 대답도 해 줄 수 없었다.

손하는 방 안에 들어서자마자 주저앉았다. 강해지기 위해 복수를 다짐한 그날부터 절대 울지 않기로 했는데, 결국 눈물을 흘리고 말았다. 멈추지 않고 흐르는 그것은 시간이 갈수록 굵어지고 뜨거워졌다.

"흐…… 흐흑…… 윽."

태진은 여전히 불이 켜지지 않는 그녀의 방을 올려다보며 조바심을 냈다. 그렇지 않아도 핼쑥한 모습인데 못난 질투심에 그녀를 다그치고 괴롭힌 꼴이었다. 두려움으로 떨던 검은 눈동자를 떠올리자 가슴이 저려 왔다.

그를 향해 환히 웃던 그녀를 언제 다시 마주할 수 있을까. 돌아선 작은 어깨를 그대로 안아 바스러지도록 껴안고 싶었다. 뭐 하는 짓이냐고 소리치고 밀어 내도 꼭 안아 한 번만 다시 만나 주면 안 되느냐고 애원이라는 걸 해 보고 싶었다. 그럼에도 아직까지 자존심을 챙기는 자신이 마땅치 않았다.

두 눈 번히 뜨고 딴 놈에게 그녀를 빼앗기느니 차라리 함께 죽자 모진 소릴 뱉을 뻔했다. 위험 신호를 감지한 그녀의 현명함이 없었더라면…….

'가만히 기다리는 게 이토록 어려운 일인지 미처 몰랐다. 사랑이라는 거 이렇게 진이 빠지는 일인 것도 몰랐고, 한 번의 실수로도 되돌릴 수 없는 깊은 나락이라는 것도 몰랐다. 미리 알았더라면 그랬더라면…….'

한없는 자책과 회한에 시달리던 태진은 한참 후에야 그곳을 떠나 서울로 향했다.

촬영 마지막 날이 다가오고 있었다. 많은 사람들이 시원섭섭함을 달래며 마무리 작업에 돌입했다.

"얼굴이 왜 그래요? 부었어요."

"잠을 설쳐서……."

"무슨 일 있어요? 속이 안 좋아요? 점심도 먹는 둥 마는 둥 하던데."

친절이 도를 넘어 간섭으로 느껴지는 건 그녀만의 감상일까. 재우는 마치 연인을 걱정하는 남자처럼 행동하고 있었다. 함께 시간을 보낸 뒤부터 불쑥 나타나거나 일하는 도중 불러내 커피를 내밀기도 했다. 그녀의 기우겠지 싶다가도 그의 배려는 점점 정도를 더해 가고 있었다.

"저…… 재우 씨."

그녀가 어렵게 말을 꺼내는데 멀리서 조감독이 수신호로 빨리 오라 손짓하고 있었다.

"어쩌죠? 가 봐야 할 거 같은데. 금방 갔다 올게요. 저녁 어때요?"

"아니…… 그럼 일단…… 그래요. 할 이야기도 있고. 어서 가 보세요."

눈치 빠른 주변인들은 그와 그녀의 관계를 넘겨짚었다. 이래저래 불편한 상황이 연출되기에 손하는 선을 분명히 그어 둘 필요가 있다 판단했다. 자신의 행동거지가 바르지 않았는지, 웃음이 헤프지 않았는지 되돌아보며 어려운 말이지만 어떤 방법으로 그에게 자신의 의사를 전달할지 고심하고 있었다.

"저기……."

곰곰이 생각에 잠겼던 손하가 고개를 들자 아는 얼굴이 보였다. 단역 배우 남주희.

"무슨 일이라도……?"

아담한 키에 귀염성 있는 앳된 얼굴로 드라마에서 꽤 비중 있는 역할을 맡고 있었지만, 손하와는 별다르게 얘기 나눌 일이 없었는지라 의외였다.

"잠시 저쪽으로 가요."

타인의 시선을 의식해 움츠린 그녀의 행동이 매우 부자연스러웠지만 손하는 순순히 그녀를 따라 장소를 이동했다.

"혹시…… 저…… 최재우 씨와 사귀세요?"

"네?"

이건 또 무슨 경우인가. 그렇지 않아도 오늘 그에게 확실히 이야기해 둘 참이었는데 절로 한숨이 흘러나왔다.

"아니에요. 촬영장에서 친해진 건 맞지만, 오해예요."

"……그래요? 다행이네요."

뭐가 다행이라는 거지? 혹시 두 사람 전에 사귀기라도 한 건가?

손하가 혼란스러워 질문할 타이밍을 놓쳤는데 주희가 먼저 어렵게 말문을 뗐다.

"주제넘을지도 모르지만 걱정돼서 그래요. 그 사람 조심하세요. 보기와 달라요. 저도……. 아니에요. 아무튼 사귀는 사이 아니라고 하시니까 여기까지만 할게요. 그럼."

작은 소리에 놀란 토끼처럼 도망가는 뒷모습을 보며 손하는 이상한 느낌을 지울 수 없었다. 남주희와 최재우, 혹시 두 사람이 과거에 연인 관계였을까? 그래서 경고하고 싶었던 걸까?

하지만 뭔가 앞뒤가 맞지 않았다. 그녀는 자신을 질시하기보다 오히려 뭔가를 알려 주려다 입을 다물고 몸을 사렸다. 손하에게 찜찜함만 남기고 사라진 것이다.

그날 밤, 조용한 레스토랑에서 저녁 식사를 하는데 평소와 다르게 잘 차려입은 재우는 제 연인에게 고백을 앞둔 남자처럼 보일 정도였다. 가슴에 안겨 있는 노란 프리지어 다발에 손하는 가슴이 철렁 내려앉았다.

"프리지어의 꽃말 알아요?"

"……순결, 순진한 마음이요."

"하하하. 역시 손하 씨는 남달라요."

"그 꽃은 왜……."

"우선 꽃 좀 받아 줘요. 무거운데."

"……."

"손하 씨?"

"그 꽃 받을 수 없어요. 미안해요."

"왜죠?"

"재우 씨, 난 재우 씨와 친구로 남고 싶어요. 여기서 더 진전된 관계를 바라지 않아요. 만약 내가 재우 씨 마음 오해했다면 미안해요."

부디 그녀가 잘못 넘겨짚었고 대단한 착각을 한 거라 믿고 싶었다. 하지만 마주한 남자의 얼굴에서 웃음기가 거둬지자 가슴은 불안으로 세차게 뛰기 시작했다.

"내가 맘에 들지 않아요?"

"그런 게 아니에요. 저…… 사랑하는 사람이 있어요."

"거짓말. 프리지어의 유래 알죠? 손하 씨가 딱 프리지어예요. 내성적이지만 순결하고 순진하고. 내 이상형 그대로. 그런데 다른 남자라니, 말도 안 돼요. 거짓말하는 거 알아요."

대화가 이상한 방향으로 흐르고 있었다. 자신이 꽃에 비유되는 걸 기뻐해야 했지만, 하필 프리지어라니. 내성적이고 순결하다니. 뭔가 이상해도 한참 이상했다.

"미안해요. 오해하게 만들어서. 하지만 거짓말은 하지 않겠어요."

"정말 남자가 있단 말이에요?"

갑자기 그의 언성이 높아졌다. 마치 그녀를 책망이라도 하는 눈빛에 완전히 기가 질렸다. 뭔가를 해야겠는데 다리는 후들거리고 귀는 웽웽거렸다.

"그 남자와 깊은 관계예요?"

"뭐라고요?"

"대답해요. 사귀기만 했냐고요. 설마 둘이 잤어요?"

미친…… 미친놈. 인격 장애라는 말을 들어만 봤지 실제로 눈앞에서 마주하게 될 줄은 몰랐다. 가면을 벗은 재우의 민낯과 바닥을 보이는 인성에 진저리가 났다.

"이만 일어날게요."

"대답해요!"

몸을 반쯤 일으킨 손하의 손목을 잡아 비틀듯 움켜쥔 그의 눈빛은 짐승의 날것 그대로였다. 큰 소리가 나면 주변의 시선이 집중되는 탁 트인 장소라 용기를 낸 그녀가 한 자 한 자 똑바로 그를 응시하며 대답했다.

"난 사춘기 소녀가 아니에요. 어른이에요. 답이 되었나요? 이 손 놔요."

재우가 충격을 받았는지 힘을 푼 그 순간, 떨치듯 팔을 밀어 낸 손하가 레스토랑을 빠져나와 주차해 놓은 차를 향해 돌진했다.

어떻게 운전대를 잡고 그곳을 빠져나왔는지 정신이 하나도 없었다. 공포 영화를 보면서 느끼는 쭈뼛 선 두려움이 아니라 가까웠던 사람이 내가 알던 인간의 유형이 아니라는 걸 체감한 극도의 두려움이었다.

손하가 떠나고 홀로 남은 재우의 손에서 잔이 바스러졌다. 손가락을 따라 흐르는 피는 재우의 벌게진 눈빛과 거의 흡사했다.

'돌겠네. 아니, 이미 미쳐 버렸는지도 모르지.'

16화

"잘 잤어요?"

마지못해 나온 촬영장에서 전날 아무 일도 없었다는 듯 평소와 같은 얼굴로 웃음 짓는 사람은 최재우였다. 마치 어제의 일은 꿈인 듯 사람 좋은 미소로 햇빛을 등진 남자는 호인처럼 보일 지경이었다. 그를 피하려고 하는 자신이 이상하게 느껴질 정도였다.

밤새 잠을 설치다 결국 새벽에 일어나 이른 커피를 마시며 날이 밝아지는 걸 두려워했는데.

"볼일이 있어서 이만."

"끝났잖아요."

"네?"

"손하 씨가 맡은 음악 작업은 끝난 걸로 아는데. 아닌가요?"

감시당하는 기분이 이런 걸까. 그녀의 스케줄을 죄 알고 있다며 의기양양한 표정을 보니 이상한 느낌은 확신을 더해 가기만 했다. 웃고 있지만 눈은 웃고 있지 않았다. 그게 무슨 의미인지 잘 알고 있었다.

"다음 작업 미리 준비하려고요."

최대한 덤덤하고 무례하지 않게 대답하려 애썼다. 나름 주워들은 게 많아 이런 사람을 자극시키면 득이 될 게 없다는 걸 알고 있었다.

"너무 서두르는 거 아녜요? 뭐, 미리미리 준비하는 거 좋은 자세긴 하지만. 그럼 나중에 전화할게요."

화사하게 미소를 날리며 사라지는 남자가 시야에서 멀어지자 절로 참았던 숨이 터져 나왔다.

'내가 너무 앞서간 걸까?'

쉽게 돌아서는 남자의 태도에 여전히 갈피를 잡지 못해 어리둥절했지만 숨 막히는 긴장 속에서 의아함은 다시 오싹함으로 다가왔다.

잠을 설친 탓인지 충격을 받은 탓인지 모르겠지만 몸 상태가 좋지 않았다. 가슴과 손이 벌벌 떨려 왔다. 얼음물을 한 컵 마시고 차가운 물에 샤워를 한 사람처럼 급격히 체온이 떨어지고 있었다.

임시 숙소에 들어서자마자 두통약을 챙겨 먹고 침대에 드러누운 그녀는 그대로 수면 상태에 빠져 버렸다.

잠결에 들려오는 희미한 벨소리에 반응하여 눈을 떠 보려 했지만, 피곤한 육체가 따라 주질 않았다. 병원에 갔어야 했는데……. 자꾸만 침대 아래로 스며드는 것 같은 몸뚱이가 솜처럼 무거웠다.

따르르르—

끈질기게 울려 대는 핸드폰 벨소리와 반짝거리는 불빛에 겨우 몸을 일으켜 확인해 보니, 최재우 그 사람이었다. 손하는 망설이다 결국 통화 버튼을 눌렀다.

"……네."

— 뭐 하는데 전화를 안 받아요?

"무슨 상관…… 아니, 무슨 일 있어요?"

— 시간 되면 나올래요? 여기 고깃집인데 회식 중이에요.

"아뇨. 책 읽고 조용히 쉬고 싶어요."

— 무슨 일 있는 거 아니죠? 목소리가 이상해서.

"낮잠 좀 잤어요. 재미있게 노세요."

— 그래요, 그럼.

잠이 확 깨 버렸다. 악몽을 꾼 건지 온몸에 땀이 흥건했다.

전화를 받지 않거나 몸이 아프다 말했다면 분명 그는 달려왔으리라. 그래서 최대한 여상히 답하느라 온몸에 힘이 들어갔다. 부들부들 떨리는 손과 후들거리는 두 다리가 그녀가 처한 현실을 말해 주었다.

침대맡에 둔 탁상시계는 오후 5시를 가리키고 있었다. 내리 두 시간 넘게 잠들었나 보다. 구역질이 나고 식은땀을 흘리는 모양새가 체기도 있는 듯했다. 병원엘 가야 하는데 한 걸음도 떼질 못할 것 같았다.

임시 숙소에 비상약을 사 둘 생각을 왜 하지 않았을까, 후회를 거듭하며 겨우 몸을 일으키자 현기증에 다시 주저앉는 그녀였다.

아팠다.

성한 곳을 찾는 게 빠를 정도로 온몸이 두들겨 맞은 듯 쑤시고 저렸다. 눈물샘도 덩달아 고장 난 건지 아이처럼 후드득 눈물이 떨어져 시트를 적셨다.

따르르르—

또다시 울리는 벨소리에 긴장했지만, 핸드폰 화면에 최재우 그 남자가 아닌 소태진이란 이름이 떠 있었다. 손하는 저도 모르게 안심하곤 우는 목소리를 달래 전화를 받았다.

"……네."

— 나야.

"무슨 일이에요?"

— 목소리가 왜 그래?

"낮잠 자다 깨서 그래요. 됐고, 용건이나 말해요."

— 촬영장에 왔는데 보이지 않아서 전화했어. 회식 장소에도 나오지 않아서.

태진은 걱정과 불안이 쌓여 갔다.

혹시나 싶어 알아봤는데 빌어먹을 최재우 그놈은 회식 자리에 참석했단다. 하지만 손하는 보이질 않아 의아하던 참이었다. 그래서 끈질기게 회식에 참석해 달라 요청하며 달라붙는 여배우와 스태프들에게 회식비를 내 주고서야 풀려나 막 서울로 향하려던 참인데, 차마 발길이 떨어지질 않았다.

임시 숙소 1층, 차를 주차하고 불이 켜지길 기다리고 있었지만 시간이 지나도 인기척이 느껴지지 않았다. 분명 집에 있을 텐데, 왜……. 혹시나 하는 맘에 전화를 걸었건만 목소리에 물기가 배어 있었다. 나름 감추려 애쓴 티가 났지만, 그는 확연히 느낄 수 있었다.

"아무 일도 없어요. 낮잠을 잔 것뿐이에요."

— 머리가 아픈 거야?

"상관 말라니까요! 내 일은 내가 알아서 한다고요! 대체 왜 그렇게 모두 날 못살게 구는 거예요! 날 가만 놔둬요, 제발요!"

비명을 지르듯 토해 내는 울분 섞인 그녀의 외침이 기분 나쁘기보다 도움을 요청하는 절박함처럼 느껴졌다.

— 잠깐만 얼굴 좀 보여 줘. 1층이야. 올라갈게.

"뭐, 뭐……. 이봐요, 소태진 씨."

전화는 갑자기 뚝 끊겼다.

1층이라니? 그가 지금 올라온다고?

정신을 차리지 못해 멍해 있던 그녀는 그제야 옷매무새를 다듬기 위해 몸을 일으켰다. 손가락 하나 꼼짝 못 한 게 언제였나 싶을 정도였다. 하지만 열 오른 붉은 얼굴과 흐트러진 머리를 정돈할 여유까진 없었다.

살짝 열린 문틈 사이로 고개 숙인 손하가 나타나자 잠시 안도했던 태진은 심상찮은 그녀의 상태를 눈치챘다. 단 한 번도 흐트러진 모습을 보이지 않았던 단정한 여자였다. 그런데…….

"봤죠? 가요."

짧게 말하고 문을 닫으려는 그녀의 어설픈 시도가 실패했다. 그가 중간에 발을 끼워 넣어 문이 닫히지 않았다.

"아픈 거지?"

"아니라니까 왜 이래요, 정말."

"잠깐 실례할게."

"뭐 하는 거예요?"

"확인만 하고 갈게. 약속해."

기어이 문을 끝까지 밀고 들어선 태진의 눈길이 그녀의 전신을 스캔했다. 열이 오른 듯 붉은 얼굴과 눈물 자국, 그리고 후들거리는 다리까지 면밀하게 훑는 시선 앞에 손하는 마치 벌거벗겨지는 것 같았다.

"얼마나 아픈 거야? 병원은?"

"쉬면 나아요."

다정한 시선이 그를 거부하는 여자의 입 모양을 따라 이동했다. 고집불통 문손하. 병원에 업고서라도 데려가고 싶었지만, 그녀에게 강제와 억압이라는 방식을 택하고 싶지 않았다.

"침실은 어디지?"

"소태진 씨."

"부탁이야. 당장이라도 쓰러질 것 같은데, 생면부지의 사이라도 외면할 수 없을 거야. 약 먹는 거 보고 갈게."

"뭐라는 거예요, 지금? 아니…… 앗!"

갑자기 그에게 몸이 번쩍 들려 그녀의 손이 허공을 휘저었다.

"자꾸 말하지 마. 가만있어. 내가 다 알아서 할게."

너무 기가 막히면 말조차 나오지 않나 보다. 그는 부스럭거리며 온 집 안을 헤집고 다닌다 싶더니 이상한 멀건 죽을 끓여 들이댔다.

"먹어 봐. 맛은 없겠지만 뭐라도 먹어야 기운을 차리지. 내일도 차도가 없으면 병원에 다녀오자."

"내일이라뇨? 서울에 올라가지 않을 거예요?"

"너 낫는 거 보고 갈 거야."

그가 하는 말이 무슨 뜻인지 몰라 눈동자만 데구루루 굴리는 그녀를 바라보던 태진이 덧붙여 말했다.

"걱정 마. 근처에서 잘 테니까. 혹 새벽에 열이 나면 전화해야해. 꼭."

"죽을병 걸렸어요? 가벼운 몸살이에요. 쓸데없는 소리 말고 당장 올라가요."

"알았어, 알았어. 잠들면 갈 테니까……."

세상에 태어나 이렇게 맛없는 음식은 처음 먹어 보는 것 같다. 죽도 아니고 밥도 아닌 것이 쌀알이 간간이 씹힐 정도였지만, 어서 먹으라는 무언의 재촉에 꾸역꾸역 음식을 목구멍으로 넘겼다.

"어서 누워."

마치 아이를 대하듯 어르고 달래는 그의 태도가 거슬렸지만 화를 낼 기운도 없었다. 식곤증이 오는지 손하의 눈꺼풀이 무겁게 내려앉았다.

사람의 온기 때문일까. 이상하게도 잠자리가 편안해지고 안정 감이 들었다. 누군가 곁을 지켜 주니 아파 서러웠던 마음이 진정되었다.

뼛속에 차가운 바람이 지날 때마다, 휘청거릴 때마다, 아플 때마다, 천근만근 마음이 무거울 때마다 그리웠던 이가 있었던 걸까. 마음은 겨울인데 봄이 오길 바랐다. 누군가가 절실하게 필요한, 사랑받고 사랑하고 싶은 그런 날이 있었다.

그저 바라보기만 해도 행복했던 순간을 기억하며 지난 상처를 잊고 새로 시작할 용기를 내지 않았던 건 앞으로의 어려운 상황들을 넘겨짚고 피하기 급급했던 비겁함 때문이었을까.

'손하야……'

잠이 드는 모습만 보고 자리를 털고 일어나려던 태진은 꼭 붙든 그녀의 악력에 한참을 구부정한 자세로 앉아 있었다. 고른 숨소리로 그녀가 깊은 잠에 빠졌음을 알 수 있었다.

항상 긴장하고 경계하며 털을 곤두세우던 고양이처럼 아슬아슬한 그녀 모습이 애잔했다. 이렇게 작고 여린데 혼자 얼마나 바둥거리며 살았을까 생각하니 새삼 그가 지은 죄의 무게가 실감 났다.

열이 올라 헛소리를 하는 그녀의 이마에 올린 물수건을 갈아 주고, 마른입에 조금씩 단물을 적셔 준 그가 잠이 든 건 새벽 4시 경이었다. 손하의 옷은 차마 갈아입히지 못하고 땀에 젖은 시트

위로 얇은 면 패드를 겹쳐 누여 주었다.

별빛과 달빛이 흐르고 붉은 아침 해가 솟을 때의 시원한 공기를 온몸으로 맞이했다. 열이 내려 상쾌한 기분 덕에 몹쓸 몸뚱이가 기지개를 켜기 시작했다.

눈을 뜨면 신기루처럼 사라질 거라 여겼던 낯선 광경에 그녀는 말문을 잃고 말았다. 태진이 침대맡에 머릴 기댄 채 잠들어 있었다. 밤새 간호를 하다 지친 남자의 초췌한 모양새였지만, 손하는 남자의 온기로 따스해진 몸만큼 마음도 따스해지는 느낌이었다.

어쩌면 눈을 떴을 때 그가 곁에 있어 주길 바랐는지도 모른다. 다시는 못 볼 인연이라 모질게 돌아섰지만 내심 그가 떠나지 않기를 바랐다.

손하의 오른손이 태진의 흐트러진 머리카락으로 향하다 멈칫거렸다. 작은 갈등이 거듭되고 있었다.

'저렇게 잠들면 목에 무리가 갈 텐데…….'

상대를 배려하고 걱정하는 마음, 받는 것보다 주고 싶은 마음, 그 마음은 사랑이었다.

날이 밝자마자 병원에 가야 한다 서두르는 태진이었다. 손하는 그의 고집을 꺾지 못하고 차에 올라탔다. 집에서 언제 챙겨 나왔는지 태진은 얇은 담요를 그녀의 무릎 위에 덮어 주고, 꼼꼼하게 몸 상태를 살폈다.

그들이 탄 차가 임시 숙소를 떠나자, 갓길에 주차된 차에서 익숙한 얼굴이 모습을 드러냈다.

최재우.

어제 3차 회식까지 참석하느라 몸 상태가 엉망이었지만, 통화할 때 목소리가 심상찮던 손하 때문에 그녀의 집 앞에서 무작정 기다리고 있는 중이었다.

그런데 그녀는 혼자가 아니었다. 익숙한 얼굴이다 싶었는데, 드라마 투자자 중 한 사람인 소태진 그와 함께였다.

'설마, 아니겠지. 손하 씨마저 그런 속물은 아닐 거야. 절대 그럴 리 없을 거야.'

순수하고 따뜻한 사람, 인간관계를 맺는 게 서툴러 보이지만 마음은 바다처럼 넓은 여자, 그런 여자가 바로 문손하 그녀였다. 오랫동안 찾아 헤맨 여자라고 생각했다. 그런데…….

쾅—

재우가 핸들을 무지막지하게 내려치고 있었다. 미친 듯이.

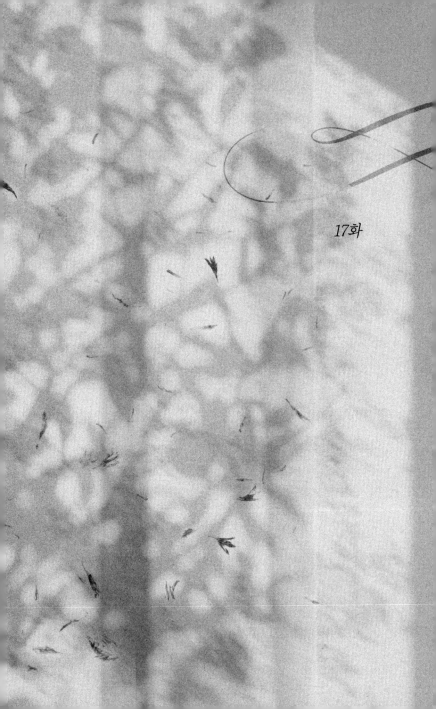

17화

고작 몸살로 병원 침대에 누워 있는 자신이 생경했다. 그동안 건강하다 생각했는데 혼자만의 착각이었다. 단단한 마음도 아프고 보니 여려지고, 별거 아닌 말도 위로가 되었다.

병실 입원이 어쩌고 하는 태진을 겨우 말린 그녀는 영양제를 맞고 응급실 한편에 쥐 죽은 듯 누워 있었다. 눈을 감고 있으니 주변의 소리가 점점 멀어지더니 눈이 감겨 왔다.

'하하. 우리 손하가 누굴 닮아 이리 똑똑하지?'
'내가 자주 집을 비워 미안하다. 씩씩하게 잘 지낼 수 있지?'
'엄마가 널 미워해서 그러는 거 아니야. 오해 말고.'
'아빈 항상 네 편이다. 기억해라.'

눈물이 볼을 타고 흘러내렸다. 과거와 현재를 오가며 그녀는 추억의 편린을 떠올리며 괴로워했다.

누군가를 미워하고 증오하는 게 왜 이리 힘이 드는지. 부모의 원수이자 제 인생을 뒤바꿔 버린 원흉이건만 떠올릴 때마다 여전히 괴롭고 반신불수로 누워 있는 모습을 보면 참담했다.

'대체 왜 그러셨어요. 왜.'

어제의 추억은 고스란히 오늘로 이어진다. 시간이 해결해 주리라 믿는 삿된 희망은 그마저도 차가운 계절 안에 갇혀 온기를 잃어버렸다. 따뜻함으로 기억되는 찰나의 순간들이 오히려 독이 되어 가슴을 찔러 댔다. 복수를 갈망하는 욕망을 겨우 다스려야 할 정도였다.

흔들리지 않고 제자리를 지키기 위해 힘을 실어 보지만, 어두운 기억들이 더 또렷하게 살아나 자꾸만 그녀를 괴롭혔다.

복수를 위해 달릴 때는 목표가 있기에 하루하루를 살아갈 힘이 넘쳤지만, 정작 복수를 이룬 뒤의 그녀의 삶은 피폐해졌다. 아버지와 연인이라 부르던 이를 마음속에서 전부 버려야만 했다.

충격으로 정신이 반쯤 나간 남자에게, 한때 아버지라 불렀던 그에게 모진 말을 뱉고 돌아서야만 했던 그녀 맘도 과연 편했을까. 은혜를 원수로 갚고 피해자가 아닌 가해자가 되어 세상에 홀로 남겨질까 전전긍긍했다. 아이러니한 죄의식이 점점 덩치를 키워 가 가슴속에 꽉 박혀 버렸다.

그녀는 지금 마음의 병을 앓고 있는 중이었다.

"아버지……."

태진은 수액만 맞으면 충분하다며 고집 피우는 손하를 이기지 못하고 그녀를 눕힌 뒤 간호사를 닦달해 주의 사항과 건강 상태를 꼼꼼하게 체크했다. 몸이 아픈 것보다 정신적 스트레스가 모든 병의 원인이니 곁에서 잘 살피라는 처방을 받았다.

남에게 피해 주기 싫어하는 성격 때문에 기어이 집으로 가겠다는 그녀를 겨우 설득했다.

약 기운 때문인지 잠이 든 그녀 곁에 간이 의자를 가져다 앉아 지켜보다 가슴이 철렁 내려앉았다. 그녀가 눈물을 흘리고 있었다.

"아버지……."

'아버지라니……. 친부……? 설마 문 사장?'

그녀가 문 사장을 부르며 흐느끼는 중이라 하더라도 태진은 그녀를 십분 이해할 수 있었다. 다른 사람은 몰라도 문 사장은 손하를 끔찍이 아꼈다. 그가 직접 눈으로 보기도 했으니까. 손하의 친모를 향한 애정의 단편이라 할지라도 그녀를 향한 행동에선 가식이 느껴지지 않았다. 손하를 바라보는 시선에도 남다른 애정이 담겨 있었다.

"괴로웠구나."

그녀가 감당했을 무게가 어느 정도였을지…….

그동안 무심했었다. 그녀는 힘든 일이 있어도 내색하지 않는 조용한 성격이라 속에서 곪아 가고 있을 상처에 대해선 신경 써 주지 못했다. 잠결에도 눈물 흘릴 만큼 상처가 컸을 거란 사실을 인지하니 안쓰럽고 안타까웠다.

문 사장이 쓰러지고, 회사가 넘어가고, 이사까지 했다. 동생까지 떠나보내고 홀로 남아 외톨이가 된 지금 그녀는 무슨 생각을 하고 있을까.

깨달음은 곧 후회로 밀려들었다. 그녀에게 바라기만 하고 채근하기 바빴던 자신의 태도를 반성했다.

인연의 무게가 남다름을 인정하니 그가 해야 할 일이 비로소 확연하게 떠올랐다. 어른의 사랑이란 상대에게 원하는 걸 보채기보다 먼저 이해해 주고 손을 내밀어 주어야 한다는 걸 깨달았다. 의지하고 싶고 기대고 싶은 나무 그늘 같은 그런 남자가 되고 싶었다.

하얗고 작은 손을 남자의 커다란 손이 살포시 감쌌다. 차가운 손이 따스한 열감으로 물들어 금세 온기를 되찾았다. 더불어 불규칙한 호흡도 차츰차츰 차분해졌다.

아이를 토닥여 주는 어머니의 손길처럼 부드럽진 않지만 투박함 속에 애정만은 그득했다. 가슴이 간질거릴 정도였다. 얼어붙었던 가슴이 녹고 있었다.

누군가를 사랑한다는 건, 숨 쉬는 것만큼 그 자체만으로도 감동이었다.

태진이 수액을 다 맞은 손하를 임시 숙소에 다시 데려다주었다.

그리고 차마 발걸음을 떼지 못하고 있는 태진에게 괜찮으니 빨리 서울로 올라가라 재촉하는 손하였다.

"어제 올라갔어야 하잖아요. 전화 빗발치던데."

"……."

"괜찮아요. 이곳 촬영도 끝났고, 정리되는 대로 나도 가평으로 출발할 거예요."

해외 촬영 일정을 말려야 하나 잠시 고민하던 태진은 입을 다물었다. 아직 그런 말을 꺼내기엔 시기상조라고 판단했다.

"전화할게."

하지 말라고 하지 않을 사람은 아니겠지만 손하는 자신을 걱정하고 배려하는 그가 밉지 않았다. 미움보다 당장은 고마움이 먼저였다.

그가 탄 차가 멀어져 점이 될 때까지 그녀는 자리를 뜨지 못하고 서 있었다. 가위에 눌리고 꿈자리가 뒤숭숭해 며칠 잠을 이루지 못했는데 약기운 때문인지 곁을 지켜 주는 사람이 있었기 때문인지 오래간만에 푹 잠을 자고 나니 머리가 개운해 날아갈 것 같았다.

아프고 난 뒤에야 건강이 얼마나 소중한지 깨닫게 되었다. 더불어 아픈 몸으로 하루 종일 침대에 누워 있어야만 하는 문 사장의 고충도 생생하게 다가왔다.

요양사 신 씨에게도 문자로만 보고를 받다가 문득 전화를 걸어 보았다. 충동적인 행동이긴 했지만 한 번이 어렵지 두 번, 세 번은 쉬웠다.

"요즘엔 좀 어떠세요?"

— 아유, 전화 잘 주셨어요. 사장님께서 재활에 열심이세요. 따님 안부 전화를 받고 얼마나 기뻐하시던지. 너무 무리하지 말라고 해도 듣지도 않으세요.

"적당히 몸 상하지 않게 조절해 주세요."

— 네. 언제 올라오세요?

"마무리되는 대로 곧 갈게요."

— 조심히 올라오세요.

마음이 부처인 게 틀림없는 신 씨의 밝은 응대로 무거움을 툴 툴 털고 나니 가슴 통증은 한결 나아졌다. 아직 사람이 덜된 탓으로 거짓말처럼 잊고 내려놓을 순 없겠지만 노력해 보자 다짐했다. 누군가를 위해서라기보다 그녀 자신이 살기 위해 선택한 궁여지책이었다.

마음을 야금야금 갉아먹는 미움과 원한이 제 영혼을 병들게 했다. 행복이라는 형체 없는 허상은 타인이 가져다줄 수 있는 뜬구름이 아니었다.

짐을 싸느라 바쁜 와중에도 손하는 끈질기게 울려 대는 벨소리를 더 이상 무시할 수 없었다. 무시하면 알아서 지쳐 그만둘 거라고 애써 외면했지만 한 시간에 한 번씩 벨소리가 발작적으로 울려 대자 그런 마음가짐도 아무런 소용이 없었다. 이러다 갑자기 밤에 집 앞이라도 찾아올까 겁이 났다.

손하는 하는 수 없이 통화 버튼을 눌렀다.

"네."

― 손하 씨 저 피하는 겁니까?

"미안해요."

― ……한 번만 만나요. 할 이야기가 있어서 그래요.

"재우 씨 당분간은 거리를 두었으면 해요. 바쁘기도 하고요."

― 그런 사람이 집에 남자를……. 아니, 아닙니다.

남자라니, 설마……. 재우의 집요함이라면 그가 태진을 봤을 수도 있겠다란 생각이 들자 한기가 느껴졌다.

"다음에 봐요."

― 한 번만, 딱 한 번만요. 제게도 기회를 줘야죠.

남녀 문제를 다루는 칼럼이나 기사를 접했을 때 아니라고 생각되는 이성에겐 확실하게 선을 그어야 한다는 내용을 읽었던 것으로 기억한다.

스토커까진 아니지만 어딘가 께름칙한 남자를 마냥 피하기보단 정면전이 옳을 수도 있겠다는 판단이 섰다.

"딱 한 번이에요."

― 약속한다니까요.

차를 가지고 갈까 하다 몸이 아직 완벽하게 회복되지 않은 상태라서 택시를 잡아타고 이동했다. 깜박 잊고 테이블 위에 놓고 나온 핸드폰 때문에 카카오 택시 대신 일반 택시를 이용했다.

그때까지 마지막 구명줄을 스스로 놓아 버렸다는 걸 깨닫지 못했다.

대화는 지지부진했다. 여자는 거절하고 어르고 달래는 말을 계속 반복하고 있었고, 남자는 다시 생각해 달라, 호감이 있지 않았느냐고 고집을 피워 댔다.

반복되는 상황이 지쳐 응대하기도 지겨워졌을 때 재우의 눈빛이 갑자기 싸늘하게 식더니 차가운 미소까지 머금었다.

"갑자기 내가 싫어진 건 아닐 테고, 다른 남자가 있는 거죠?"

"재우 씨."

"그렇군요. 난 손하 씨는 다른 여자와 다를 거라 생각했는데. 뭐, 다들 그렇죠. 여자한텐 돈 많고 잘생기고 그런 남자가 최고죠. 음향 엔지니어보단."

"그런 말 마세요."

"정말, 저는 안 돼요?"

"미안해요. 오늘은 확실하게 하고 싶어서 나왔어요. 거짓말은 안 해요. 재우 씨에 대한 제 감정은 동료 이상이 아녜요."

"결국 거절이라 이 말이네."

손하는 남자가 짓는 미소에 온몸이 떨려 왔다. 온갖 추잡하고 험한 사건들이 머릿속을 순식간에 점령했다. 데이트 폭력 같은.

제발 그녀가 잘못 봤기를 간절히 바라며 겨우 마주 본 재우의 얼굴은 다행히도 평소와 다를 게 없었다.

"나가요. 바래다줄게요."

"……네? 네."

그가 갑자기 서두르자 당황했지만 내심 안도한 그녀가 재우를 뒤쫓았다.

상처를 덜 주고 깨끗하게 거절할 수 있는 사이가 된다면 다행이라 생각했다.

남녀도 친구가 될 수 있다는 생각을 수정해야 할 것 같았다. 안일한 생각이었다. 감정의 공유는 가능할지라도 서로를 향한 마음이 다를 땐 결과가 이런 것이라니, 서글펐다.

"타요. 바래다줄게요."

"택시 타고 가도 돼요."

"타요. 안색이 안 좋아요."

머뭇대던 손하는 조수석 대신 뒷좌석에 올랐다. 그와 마주할 용기가 없었다. 그는 별다른 말을 하지 않았다. 차가 이동하는 동안 손하는 우리에 갇힌 짐승처럼 웅크리고 숨을 죽였다.

그런데 차창 밖으로 스쳐 지나는 낯선 풍경, 그는 집으로 향하고 있지 않았다.

"재우 씨. 방향이 이쪽이 아닌 것 같은데요."

"입 다물어."

그의 거칠고 낯선 말투에 자신의 귀를 의심한 그녀는 펄쩍 뛰어 올랐다.

"뭐…… 뭐 하는 거예요?"

"지금부터 한마디도 하지 마. 내가 브레이크 대신 액셀을 밟을지도 모르니까."

우려가 현실이 되었다. 공포 영화의 주인공이 된 듯 손하는 두려움에 손발을 덜덜 떨어야 했다. 으슥한 어둠이 짙게 깔린 어딘가에 차량이 멈춰 서기까지 긴 시간이 흘렀다.

손하가 타고 있는 재우의 차가 멈춰 선 곳에서 조금 떨어진 자리에 바퀴가 헛돌던 차량 한 대가 방향을 틀었다. 서울 번호판이 붙은 회색 차량이었다.

안동에서의 촬영 일을 마무리하느라 바빠서 그러겠지 싶다가도 하루 종일 연락이 닿지 않자 태진의 속은 까맣게 타들어 갔다. 분명 그녀는 작은 변화를 보였었다. 그렇기 때문에 일부러 전화를 피할 이유가 없었다. 혹시라도 그녀가 집에 혼자 있을 때 쓰러지기라도 한 건 아닌지 걱정되어 미칠 것만 같았다.

"받아, 제발. 내가 미치기 전에."

18화

정신을 똑바로 차려야 했다. 남자는 그녀가 지금까지 알지 못했던 얼굴을 하고 있었다.

　손하는 주머니를 더듬대다 핸드폰을 놓고 온 것을 깨닫고 공포가 목줄처럼 그녀의 숨통을 죄는 듯한 기분을 느꼈다. 비상한 머리를 굴려 그와의 이상한 만남부터 되짚어 본 그녀는 한기로 몸을 떨어야만 했다.

　핸드폰이 없어서 카카오 택시를 부르지 못하고, 일반 택시를 탔다. 그가 정한 약속 장소도 번화가가 아닌 골목길에 숨어 있는 아담하고 작은 카페였기 때문에 CCTV에 안 찍혔을 가능성이 높았다.

　'설마 모두 계산하고 움직였을까.'

　최재우, 그에 대해 알고 있는 것이라곤 음향 엔지니어라는 것뿐이었다. 요즘 세상에 뭘 믿고 낯선 남자에게 의지하려 했던 걸까. 홀로 외로움 속에 갇혀 있을 때 조심스럽게 다가온 그를 선한 이미지만 보고 친구 하기로 한 자신의 경솔함을 이제 와 탓해 봤자 아무 소용이 없었다.

하지만 아무리 그래도 그가 그리 나쁜 사람은 아닐 거라는 실낱같은 희망에 손하는 자신의 운명을 맡길 수밖에 없었다.

"내려요."

이대로 도망쳐 달아나면 어떻게 될까. 곧바로 그에게 다시 붙잡히든지 아니면 도로에 나가 미친 여자처럼 손을 흔들어 대다 차에 치일 확률이 높을까?

손하는 긴장감으로 뻣뻣하게 몸이 굳어 자꾸만 주저앉을 것 같았지만, 죽을힘을 다해 앞을 향해 걸어갔다. 까만 어둠을 지나 멈춰 선 곳엔 마치 헨젤과 그레텔이 길을 잃고 헤매다 발견한 것 같은 작은 오두막집이 있었다.

"들어가요."

이대로 집 안에 들어서면 끝이었다.

그녀는 뒤에서 재촉하는 재우를 밀어젖히고 도망치고 싶은 욕구를 눌러 참아야 했다. 섣불리 행동했다간 몇 걸음 나가지도 못하고 바로 붙잡힐 것이고, 그를 흥분시켜서 좋을 게 없었다.

나무 내음과 함께 문이 열렸다. 지옥문이다.

벽난로를 갖춘 집 안은 썰렁했다. 오스스 돋는 소름에 손하가 몸서리치자 재우가 앞서 걸어 나갔다. 외양과 달리 내부는 도회적인 인테리어를 갖추고 있었다.

태진 씨…….

아버지……

살려 주세요.

구해 줘.

제발, 제발요…….

정사각형으로 뚫린 작은 창문 하나는 성인 여자가 겨우 통과할 수 있을 정도로 작았다. 사방이 막힌 안방에서 요를 깔고 누운 손하는 입을 틀어막은 채 긴긴밤 속울음을 삼켰다.

"이게 뭐……."

아침을 억지로 먹으라고 강요하는 재우 때문에 손하는 몇 숟가락 뜨고 말았다. 그리고 그의 안내에 따라 밖으로 나온 그녀는 그야말로 기겁했다.

어젯밤 차에서 내려 20분 정도 걸어 올라왔던 길은 비탈길이었다. 발 한번 잘못 디디면 추락할 수 있는 아득한 낭떠러지였다.

문득 1년 전 업그레이드되지 않은 내비게이션을 믿고 운전하다 곤욕을 치른 경험이 생각났다.

이상하다 생각하면서도 끝까지 믿고 따라간 결과는 험한 벼랑길이었다. 한겨울이라 얼어붙은 빙판길 때문에 생사를 넘나들 정도로 고생했던 기억이 있다. 당시에 핸드폰도 터지지 않아서 도움을 요청할 데가 없었다.

하지만 지금의 공포에 비하면 그때의 암담함은 아무 것도 아닌 것처럼 느껴졌다. 지금이 훨씬 더 두렵고 숨이 턱 막혀 왔다. 헤쳐 나갈 수 있을 거라는 의욕도 점점 줄어들었다.

하얗게 질린 그녀 안색을 살피던 재우가 소름 끼치는 말을 내뱉었다.

"여긴 나밖에 몰라요. 혼자 있고 싶어 지은 집이거든요. 내비에도 나오지 않아요. 완벽하죠?"

"……재우 씨."

"손하 씨 맘에 들었으면 좋겠어요."

결국 동이 트자마자 안동으로 차를 몰고 내려온 태진은 임시 숙소로 향했다.

쾅쾅쾅—

"손하야! 문손하!"

100통이 넘게 전화를 하고, 손바닥이 얼얼해지도록 현관문을 두들겨 댔지만 아무런 반응이 없자 결국 태진은 미쳐 버렸다. 손하에게 무슨 일이 생긴 게 틀림없었다. 어젯밤, 아픈 여자를 그렇게 홀로 남겨 두고 오는 게 아니었다고 자책했다.

결국 관리인이 그의 신분을 확인한 뒤에야 손하의 방문을 열어 주었다. 관리인보다 앞서 집 안으로 들어선 태진은 고요한 적막감 속에 테이블 위에 덩그러니 놓여 있는 그녀의 핸드폰을 발견했다.

집 안에서 딱히 이상한 점을 발견하진 못했지만 그녀가 어제 이곳에서 잠들지 않았다는 사실은 분명했다. 갑자기 증발이라도 해 버린 듯 두고 간 핸드폰 외엔 아무런 흔적도 남기지 않고 사라진 것이다.

"사장님?"

긴박한 상황을 처리하느라 태진과 동행한 안 비서는 다음 지시를 기다리고 있었다. 그와 함께 일을 하게 된 건 얼마 되지 않았지만 이렇게 불안해하고 흥분한 모습은 처음이었다. 하지만 이상하게도 그런 그가 이제야 사람 같아 보였다.

그는 그녀가 납치되었을 가능성도 염두에 두고 있었다. 경찰 쪽에 실종 신고를 하게 되면 그녀가 더 위험해질 수도 있을 거란 느낌이 들었다. 당장에 모든 인력을 총동원하여 그녀를 찾고 싶었지만, 그는 뜨거워진 머리를 잠시 식히기 위해 호흡을 가다듬었다.

그녀를 다시 찾으려면 신중하게 움직여야 했다.

"김인환 총경에게 연락해."

"알겠습니다."

김인환 총경은 그의 부친인 강상호의 동문이었고, 여러 이유로 태진이 자금을 대 준 인물이었다.

"내가 잘못했다, 손하야. 꼭 찾을 거야. 그러니까 기다려."

혼잣말로 자신에게 다짐하듯 중얼거린 태진은 손하에게 경호원 한 명 붙여 놓지 않았던 자신의 경솔함을 반성하며 후회를 곱씹었다.

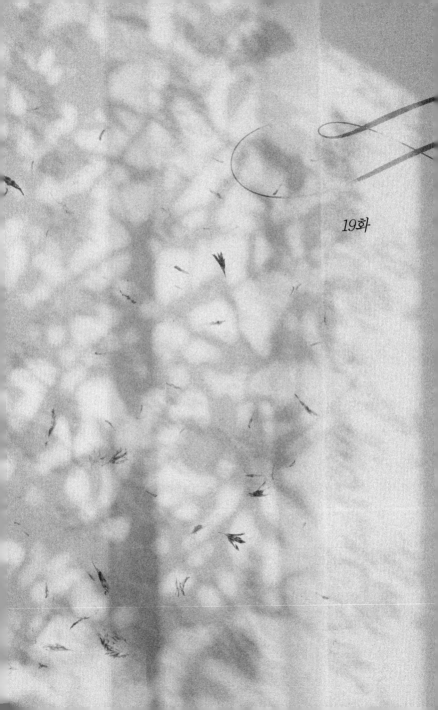

19화

만 하루가 지났다. 변한 건 아무것도 없었지만 손하는 그녀가 저항할 수 있는 최선의 방법을 선택했다.

"손하 씨 정말 아무것도 먹지 않을 거예요?"

목소리에 초조함이 배어 있었다. 재우는 그녀가 맘을 단단히 먹고 그를 향해 무언의 항거를 하고 있음을 알게 되었다.

호락호락하지 않을 여자인 건 알았지만, 이런 식으로 나올 줄은 예상 못 했다. 저러다 배고프면 포기할 거라 생각했지만, 단호한 표정으로 시선을 피하며 눈까지 감아 버리는 그녀의 행동이 쉽지 않을 거라 경고하는 듯했다. 말 그대로 그녀는 고집불통이었다.

"물이라도 마셔요. 손하 씨."

"날 내버려 두세요."

"아무리 그래도 당신 안 보내요. 내가 어떤 마음으로 여길 왔는지 모를 테니 친절히 설명해 주죠. 충동적으로 데려온 거 아녜요. 당신의 동선을 미리 파악하고, 아무도 눈치채지 못하게 움직였어요. 당신을 찾아낼 수 있는 어떠한 단서도 남겨 두지 않았으니까."

"여기가 어디예요?"

"쉬어요."

치밀하고 약삭빠르고 음흉한 남자였다. 재우는 마치 야누스처럼 회유와 압박을 번갈아 가며 사용하고 있었다.

감금된 채 곡기까지 끊고 얼마나 버틸 수 있을까. 단 하루였지만 억겁의 시간처럼 느껴졌고, 나머지 시간도 지루하게 흘러가고 있었다. 그래도 누군간 그녀를 찾아오리라는 기대로 겨우겨우 버티는 중이었다. 그리고 그녀를 찾아 줄 사람은 동생 민하, 문 사장 그리고 소태진이 전부였다.

며칠 전 뉴욕에서 다급히 걸려 왔던 동생의 전화가 생각났다.

'무슨 일이야? 내가 대포폰 사용하라고 했잖아.'

— 누나…… 도와줘.

'민하야, 무슨 일 생겼니? 왜 그래?'

조용히 뉴욕 변두리에서 살고 있던 민하가 앞뒤 분간 없이 전화를 걸어 왔다는 건 굉장히 다급하고 중대한 일이 터졌다는 걸 의미했다.

── 나영이가…… 아파.

'뭐? 어디가 어떻게?'

── 피를 흘리고 있어. 아무래도…… 유산한 거 같아.

'뭐?'

민하는 아직 영주권이 나오지 않은 상태였다. 미국 내 사업체에 취업했지만 2년 이상이 되어야 영주권 취득이 가능했다. 그렇다고 시민권이 있는 나영의 이름으로 병원을 이용했다간 부친인 박훈 사장에게 위치를 알리게 되는 위험을 감수해야 했다.

'먼저 사람부터 살려야지. 어서 병원으로 가.'

그녀는 알고 있는 인맥을 총동원했다. 많고 많은 미국의 50개주 중 동생을 뉴욕으로 보낸 이유가 따로 있었다. 일이 생겼을 때 도움을 줄 수 있는 사람이 그곳에 있었다. 그녀와 인연을 맺은 AD캐피탈 회계부 한오석 부장이었다.

성실하고 남다른 의협심 때문인지 그는 명예퇴직 신청을 하고 미국으로 이민을 갔다. 아이를 유난히 예뻐한 한오석 부부는 슬하에 자식이 없었다. 회사 일로 장부를 가지고 부친을 만나러 올 때마다 손하와 자주 마주쳤었는데 각별하게 그녀를 대했었다.

어릴 때는 사람이 그리웠다. 애정이 고팠고 소소한 관심이 그렇게 기쁠 수 없었다.

'손하예요. 잘 지내셨지요? 어려운 부탁이 있어서 전화드렸어요. ……네, 지금 시립 병원으로 이동 중일 거예요. 잘 부탁드려요.'

영어를 잘해도 미국의 의료 보험 시스템은 없는 사람들에겐 가혹하다는 걸 잘 알고 있었다. 은근히 동양인을 꺼리는 관계로 제대로 진료를 받을 리 없기에 뉴욕에 일찍 정착해 발이 넓은 한오석에게 부탁하는 게 최선이었다.

이틀 뒤 낮게 깔린 묵직한 동생의 음성에서 좋지 않은 일이 생겼음을 짐작했지만, 더 물어보지 못했다. 울음 섞인 민하의 음성엔 애통함과 아내에 대한 미안함이 범벅되어 있었다.

계류유산이었다.

'네가 더 강해져야 해. 행여나 내색하지 말고. 알았지?'
— 응……. 그래야지. 누나 고마워. 그리고…… 미안해.
'사랑한다, 민하야. 네가 꿋꿋하게 살아야 해.'

민하야…….

내 동생…….

널 한 번만 더 보았으면 좋겠다. 그립고 그리운 동생이라 이 누나는…….

그녀의 얼굴에서 눈물이 흘러내렸다. 몸이 약해지니 마음도 말랑해지는지 행복을 찾아 보낸 하나뿐인 혈육이 보고 싶어 미칠 것 같았다.

쾅—

정적을 뚫는 굉음에 손하가 몸을 움찔 떨었다.

식탁을 내리친 험한 기세의 남자가 광폭한 표정으로 손하를 바라보는 중이었다.

"대체 언제까지 이럴 거예요?"

인내심이 바닥났는지 결국 남자의 언성이 높아졌고, 여자는 고집스레 입을 꼭 다물고 있다가 단호하게 말했다.

"날 보내 줘요. 부탁이에요."

"그렇게 쉽게 보내 줄 거였음 애초에 시작하지도 않았어요."

설득과 호소도 통하지 않았다. 애걸 아닌 구걸도 해 보았지만 모든 게 허사였다. 마치 뇌의 판단력이 사라진 사람처럼 재우는 그녀를 향해 이상한 소유욕을 드러내고 있었다. 그것은 단지 집착일 뿐 결단코 그녀를 사랑해서가 아니었다.

하루하루가 지옥 같았다. 언제 숨통을 끊으려고 달려들지 모르는 괴수와 생활하는 그녀는 발밑에 깔린 개미보다 못한 존재였다.

"피곤해요. 들어갈게요."

이틀째, 비틀대며 걸어가는 여자의 뒷모습을 바라보며 재우는 두 손을 꽉 쥐고 분통을 터뜨렸다.

"맘대로 해요. 누가 이기나 해 보자 이거죠. 이 게임을 시작한 건 당신이란 거 잊지 말아요!"

게임이라니. 생과 사를 넘나드는 처절한 사투가 게임이라면 자신이 죽어야 이 게임이 끝나는 건가?

아득했다. 무저갱에게 깔려 육신이 잠겨 드는 악몽 때문에 잠을 설쳤다. 보고 싶은 사람을 생각하면서 잠들면 꿈에서라도 볼 수 있을까. 오늘은 악몽 말고 꿈속에서 사랑하는 사람들을 만나고 싶었다.

'손하……'

'태진 씨?'

모직 코트를 입고 사랑스러운 듯 그녀를 바라보는 남자는 분명 소태진 그였다. 그녀가 사랑하는 남자였다.

연극을 좋아하는 손하의 취향을 존중해 두 사람은 대학로에서 연극을 본 뒤 거리를 거닐고 있었다. 온통 세상이 하얀 눈에 쌓여 흰빛으로 물든 하루였다.

이제 실내로 들어가자 재촉하던 중 노점상에서 발견한 눈 내리는 스노우볼에 시선을 빼앗겼다. 투명한 원 안에 가족으로 보이는 점토 인형 셋이 떨어지는 눈을 향해 손을 내민 모습이 행복해 보였다. 그녀 눈엔 그렇게 보였다.

'맘에 들어요?'

'예뻐요. 가족들이 모두 사이 좋아 보여요. 그렇죠?'

'……그렇네요.'

행복이 뭘까.

그녀는 언제나 물질적으로 풍요로워도 마음만큼은 늘 허전했다. 무엇으로도 채워지지 않는 가슴 한편이 항상 시렸다.

그와는 모든 게 처음이었다. 그와의 첫 키스, 첫날밤, 첫사랑. 처음이기에 그래서 더 애틋하고 그와 함께하는 매 순간이 소중했다.

하지만 따스하고 행복했던 그날은 그와의 마지막 데이트 날이었다.

"왜 그랬어요? 내게 어떻게 그래요, 태진 씨."

당시엔 차마 묻지 못했던 말이 절로 흘러나왔다.

사랑했기에 의심하지 않았고 밤을 보냈다. 그와 함께했던 뜨거운 밤, 그 밤이 마지막이 되지 않길 얼마나 소원했는지 그는 영원히 알지 못할 것이다. 영원히.

'그래도 나 좀 구해 줘요, 태진 씨.'

"손하…… 손하야!"

태진은 식은땀을 흘리며 잠에서 깼다. 그녀가 울고 있었다. 구해 달라 애원하고 있었다. 쪽잠을 자다 꾼 꿈이었지만 현실처럼 생생했다.

그동안 그녀를 찾아 이리 뛰고 저리 뛰며 백방으로 수소문했지만 별다른 성과가 없었다. 시간이 지체될수록 그녀가 위험했다.

김인환 총경이 실력 있는 형사들을 보내 그녀를 찾고 있었다. 하필 안동에서의 드라마 촬영이 끝나 버린 이유로 사람들을 일일이 찾아다니기 어려웠다. 그나마 그가 가진 돈의 힘으로 관계자 명단을 확보했지만 일 처리가 지지부진했다.

태진은 때마침 울리는 핸드폰 액정을 확인한 뒤 김인환 총경의 전화를 받았다.

— 김 형사입니다. 잠시 이쪽으로 와 주셔야겠는데요.

"단서가 나왔습니까?"

— 촬영 스태프들 대상으로 탐문 중, 단역 배우 남주희 씨가 따로 전할 말이 있다고 합니다.

"금방 가겠습니다."

드디어 희망의 서광이 비치기 시작했다. 암흑 같았던 어둠 사이로 빛이 흘러들었다.

주희는 뭔가 일이 터졌음을 직감했다. 미리 경고해 두었어야 했을까. 연인 사이가 아니라며 단호하게 부인하길래 괜한 오지랖 같아 그만두었는데, 그녀를 찾아온 남자의 모습에서 절박함을 엿볼 수 있었다.

낯설지 않은 표정, 그건 그녀가 최재우 그의 손아귀에서 벗어나려 버둥거렸을 때 오빠 윤섭이 보였던 낯빛과 흡사했다. 만약 오빠가 아니었다면 그녀는 지금쯤 어떻게 되었을까. 신속하게 친척이 거주하는 호주로 자신을 보내 준 윤섭의 발 빠른 대처로 그녀는 위험에서 벗어났다. 막막함에 머뭇댈 때 윤섭이 그녀에게 했던 말이 기억났다.

'주희야, 오빠가 돌아오라고 할 때까지 오면 안 돼. 남자는 남자가 보면 알아. 광기와 아집으로 똘똘 뭉친 그놈은 피하는 게 상책이다.'

그때의 기억이 또렷해져 소름이 끼쳤다. 그래서 주희는 마음을 단단히 먹고 눈앞의 남자에게 천천히 그에 대한 이야기를 풀어놓았다.

"한 시간마다 문자 오고, 날마다 찾아오고, 그러다 집 앞에서 기다리는 게 다반사였죠. 점점 무서워졌어요. 그건 사랑이 아니라 집착이었거든요. 그렇게 호주로 도망친 다음 다시 촬영자에서 재회하고 얼마나 놀랐는지 몰라요. 하지만 그의 타켓은 제가 아니라 다른 사람이었어요. 문손하 씨였죠."

"그는 지금 어디 있습니까?"

"글쎄요. 이곳에서의 일이 마무리되었으니까 다음 작업을 준비하러 서울에 올라가지 않았을까요? 그런데…… 손하 씨에게 무슨 일 생긴 거죠?"

아직 확실하진 않았다. 하지만 서서히 드러나는 윤곽에 몸서리가 쳐졌다. 포악한 동물보다 잔인하고 간악한 존재가 인간이란 종족 아니던가.

험한 사건 사고와 기묘한 일들이 난무하는 지금, 그녀가 이상한 작자에게 붙들려 사라졌다는 현실이 믿기 힘들었다. 마음이 다급해지기 시작했다. 되도록 빨리 그녀를 찾아내야 했다. 악마가 언제 그녀를 해할지 몰랐다.

현명하지만 고집 센 그녀가 언제까지 협조적일 수 있을까. 그녀를 잘 알기에 두려움은 극도의 공포를 수반했다. 그렇게 되면…….

"찾으세요. 사람들을 더 풀어요. 지금 당장."

앞치마를 걸치고 요리하는 남자의 모습이 유쾌해 보였다. 일도 사랑도 원하는 대로 진행되고 있는 지금, 그는 최상의 기분을 만끽하고 있었다. 소화 기관이 약한 그녀를 위해 저녁은 잣죽을 끓일 예정이었다.

그는 핸드폰을 바꿨다. 대포폰은 아니었지만 추적을 피할 수 있는 칩이 장착된 최신형이었다. 음향 엔지니어가 음악만 할 줄 안다 생각하면 큰 오산이다. 목재 다루는 법이나 공학 쪽으로도 재주가 있었던 만큼 인맥도 다양했다.

방 안에서 서성이던 손하는 흥얼거리는 재우의 노랫소리에 소름이 돋았다. 지금까진 신사적으로 대해 주고 있었지만 언제 그녀를 해할지 알 수 없었다.

눈치를 보며 기회를 엿보던 그녀는 현기증이 핑 돌아 그대로 침대 끝에 걸터앉았다. 탈출이라는 단어가 머릿속을 맴돌자 작은 창문으로 눈길이 향했다. 불가능하다면 가능하게 만들어야 했다. 살기 위해서는 어떻게는 방법을 찾아야 했다.

가느다란 손목과 어깨 그리고 팔을 주무르던 그녀는 창에 다가가 유리문을 열어젖히고 몸을 최대한 구부려 창문을 통과했다. 다행히 유연한 탓에 이리저리 몸을 비틀어 빠져나올 수 있었다.

얼굴에 생채기가 난 것도 모르고 신발도 신지 않은 발로 무작정 내달렸다. 상처가 심한 발바닥의 감각조차 무뎌질 정도로 달리고 또 달렸다. 평생 지금처럼 이렇게 숨이 턱에 차도록 죽어라 내달린 적 없었다.

헉헉대던 숨을 잠시 고르다가도 누군가 머리카락을 잡아당기는 듯한 쭈뼛함에 다시 박차를 가해 달리기 시작했다. 그렇게 앞만 보고 내달리다가 돌부리에 다리가 걸려 넘어져 비탈길에서 한참을 굴러야 했다.

"아아악!"

지독한 통증으로 비명을 지른 손하는 아득해지는 정신을 추스르려 애썼지만, 작은 몸은 깊은 어둠 속으로 깊숙이 더 깊숙이 빨려 들어갔다.

"······차가워."

추웠다. 차가운 쇠사슬이 발목을 감싸는 선득함에 온몸이 사시나무처럼 떨려 왔다.

"깼어요? 조금만 참아요. 그렇게 왜 쓸데없는 짓을 하고 그래요?"

"당신······."

"내가 일찍 발견했으니 망정이지, 업고 오느라 힘들었어요. 보기보다 손하 씨 체중 많이 나가던데요. 손하 씨 거기에 그냥 버리고 왔으면 얼어 죽었을지도 모르니까 내가 생명의 은인인 거 맞죠?"

미친놈. 해맑은 웃음 뒤에 가려진 가면 사이로 사악한 모습이 보였다.

"차라리 그냥 버리지 그랬어요. 죽어 버리게."

"그딴 식으로 말하면 저 화냅니다!"

정색하고 일갈하는 재우의 태도가 낯설어 그녀는 입을 다물었다.

"누가 누굴 버려요? 내가? 이 최재우가? 난 한번 여자한테 마음 주면 함부로 내다 버리는 그런 남자 아닙니다. 쓰레기 같은 새끼들이나 남의 감정 가지고 놀다 막 버리는 짓을 자행하는 겁니다. 알겠습니까?"

언성을 높이며 눈알을 부라리던 재우는 충격으로 얼어붙은 손하를 내려다보며 화를 억누르듯 눈을 감았다 떴다.

"후…… 됐고. 얼음찜질했으니 금방 낫겠지만 부기가 가라앉을 때까지 통증은 있을 겁니다. 다행히 진통제가 있으니 끓여 놓은 죽 먹고 약 먹어요. 정성껏 끓인 거라 입에 맞을 거예요."

"날 놔줘요. 부탁이에요."

"죽 다시 데워 올게요."

"재우 씨! 제발요."

쇠사슬에 묶인 것처럼 무거운 발의 통증 때문에 몸을 일으키려던 그녀는 이를 악물었다.

그의 집착의 끝은 어디일까. 그가 결코 그녀를 순순히 내보내 주지 않으리라는 걸 새삼 깨달은 그녀는 온몸의 힘이 쭈욱 빠져 버렸다. 희망이라는 단어가 절망과 죽음이라는 단어로 탈바꿈하기 시작했다. 스스로 헤쳐 나갈 기회가 없어진 지금 무력감이 그녀를 덮쳐 왔다.

기력이 쇠하고 몸은 묶여 있어 정신과 육체가 동시에 피폐해지니, 몽중인지 현실인지 깨다 자다를 반복했다.

크리스마스 캐럴을 부르던 어린 꼬마 아이, 고운 목소리로 다정하게 노래 부르던 엄마, 근사한 피아노는 아니지만 장난감 피아노로 건반을 치던 아빠, 아장아장 걷던 동생.

화목했던 가족의 모습은 흐릿하게 스쳐 지나갔다. 가장 행복했던 그때로 다시 돌아갈 수 있다면 얼마나 좋을까. 그럴 수만 있다면 절대로 가족과 헤어지지 않을 텐데.

하지만 행복한 꿈은 누군가가 머리맡에 서서 내려다보는 음산한 기운에 힘없이 부서졌다. 손하는 가만히 숨을 죽이고 떨리는 손발에 힘을 실었다.

그리고 다시 암흑이었다…….

"그만하지 못해!"

"……아버지?"

문영강 사장은 방문을 열어젖히고 손하에게 다가와 바이올린을 빼앗았다.

"누가 그 곡을 연주하라고 했어!"

'로맨스'란 곡이었다. 바이올린을 다루는 사람이라면 한 번쯤 연주해 봤을 일반적인 곡이었다.

"이 곡이 맘에 안 드세요? '로맨스'라는 곡인데……."

"알고 있다. 그래도 이 곡은 되도록 켜지 마라. 내가 싫어하는 곡이니까."

"왜요?"

"아비가 켜지 말라는데 무슨 말이 그렇게 많아. 너는 그냥 시키는 대로 해! 또 한 번 그 곡을 연주하겠다면 바이올린을 압수하겠다. 알겠니?"

평소보다 일찍 귀가한 문영강 사장은 익숙한 소리에 귀를 의심했다. 로맨스……. 빌어먹을 그놈이 즐겨 연주하던 곡이었다. 윤

영민 그가 환생이라도 한 것처럼 손하의 연주는 그의 연주와 똑 닮아 있었다.

쾅, 소리가 날 정도로 아버지가 문을 닫고 나가 버리자 손하는 침착하게 바이올린을 케이스에 넣었다.

그녀가 예상했던 반응이었다. 정말로 그에게 죄가 없다면 보이지 않았을 격한 반응이었다. 양어머니의 말을 100% 믿지 않았지만, 그녀는 양부가 지은 죄를 이렇게라도 확인해 보고 싶었다.

'왜 날 데려온 거예요, 대체 왜!'

지옥으로 가는 길이 하나둘씩 펼쳐졌던 시간이었다.

깨끗했던 삶이 순식간에 복수의 삶으로 전락해 버린 순간이었다.

기어이 식사도 하지 않고 통증을 이 악물고 버티는 여자를 내려다보는 재우의 표정에는 변화가 없었다. 꿈을 꾸는지 여자는 몸을 이리저리 뒤척이며 식은땀을 흘리고 있었다. 안쓰럽긴 했지만 아이러니하게도 그녀가 발버둥 칠수록 그의 소유욕은 부피를 키워 갔다.

역시 사람을 잘못 보진 않았나 보다. 절대로 불의와 타협할 줄 모르는 그녀를 선택한 이유였다. 그리고 또 다른 이유도 분명히 존재했다.

문영강 사장, 문손하의 유일한 피붙이인 부친은 반신불수라고 했으니 그녀를 찾는다 해도 많은 제약이 뒤따를 게 분명했다. 갑자기 등장한 소태진과 촬영장에서 재회한 남주희가 맘에 걸렸지만, 그들 또한 자신을 쉽게 찾아낼 수 없을 거라 판단했다.

하지만 최재우 그가 모르는 사실이 하나 있었다.

문손하와 소태진은 서로를 깊이 은애하는 연인 사이이라는 것.

나흘이 지났다. 손하가 실종된 후 빠른 시간 안에 찾지 못하면 힘들어질 수 있다는 말을 믿지 않았지만, 초조할 대로 초조해진 태진은 바짝 독이 오른 상태였다. 모든 인맥과 돈을 투자해도 어찌할 수 없는 상황 앞에 그는 처음으로 두려움을 느꼈다.

"사장님 전화입니다."

"우 비서가 알아서 처리해요."

"문손하 씨 일이라는데요."

"뭐?"

손하의 일이라는 말에 태진은 급하게 전화를 넘겨받았다.

"전화 바꿨습니다. 누구십니까?"

— H제과의 박훈 사장이오.

업계에서 추락했지만, 기사회생하여 다시금 내실을 다지고 있다는 H제과의 박훈 사장은 손하의 남동생과 도주한 박나영의 부친이었다. 여러 정황들을 미루어 짐작했을 때 평범한 안부 전화는 아닐 거라 생각했다.

"무슨 일입니까?"

— 문손하 씨에게 무슨 일 생겼습니까?

"그건 왜……."

— 단도직입적으로 말하죠. 내 딸과 이야기하고 싶소.

"그걸 왜 나에게 말하는 겁니까?"

— 문손하 씨가 어디에 내 딸아이를 숨겨 두었는지 아무리 찾아도 찾을 수가 없더군요. 허허. 아비가 제 딸아이가 살아 있긴한지 확인이라도 하는 게 도리일 것 같아서 말이오.

"그러니까 그걸 왜 제게 말하는 겁니까?"

— 거래를 합시다.

"거래요?"

— 난 내 딸의 생사 여부를 확인하고 싶고, 소 사장은 문손하씨가 어디 있는지 알고 싶어 하고. 내 말 맞습니까?

"그 말은 지금 그녀가 어디 있는지 안다는 말입니까?"

— 그렇소.

"어딥니까!"

— 조건은 말했으니 딸아이를 찾으면 연락 주시오.

"지금 말해 주세요. 위험한 상황입니다!"

— 그건 그쪽 사정이고, 내가 원하는 조건이 충족되면 연락 주시오. 보아하니 검찰 쪽에도 줄이 닿았나 보던데, 나보단 찾기가 수월할 거요.

"이보세요, 박 사장님!"

제 말만 하고 전화를 끊은 박훈 사장의 이기적인 행태에 토악

질이 나왔다. 사람이 죽을지도 모르는 한시가 급한 이 상황에 거래라니. 피도 눈물도 없는 인간은 누가 죽어 자빠지든 말든 제 자식의 생사 여부가 먼저였다. 태진은 욕지거리를 뱉을 시간도 없었다.

"우 비서, 김인환 총경에게 연락하고 협조를 구하세요. 지금 당장."

"네."

하지만 어찌나 완벽하게 숨겨 두었는지 두 사람의 행방은 오리무중이었다. 게다가 무슨 법이 이다지도 거지 같은지 친족이 허락해야 수사를 진행할 수 있다고 한다.

결국 내키지 않았지만 법적 보호자인 문 사장을 찾아가 이 사실을 알려야 했다. 다시는 만나고 싶지 않은 사람이었지만.

통화 내역이나 문자를 조회하는 것도 통신사에 협조 요청을 했지만 절차가 복잡해 미칠 노릇이었다. 법이 멀다면 불법과 친해지는 수밖에 없었다.

"뭐, 손하……가?"

하반신 불수라던 문 사장은 신 씨의 부축을 받고 침대에 걸터앉았다. 거동이 불편했지만 오른쪽 손가락이 충격으로 달달 떨리고 있었다.

"수사를 해야 하는데 직계 허락이 있어야 가능하다고 합니다.

여기 서명……하실 수 있습니까?"

"으……."

신 씨가 눈치 빠르게 펜을 가져와 그의 오른손에 쥐어 주었다. 사각……. 엉성한 사인이었지만 그의 손길에서 다급함이 느껴졌다.

"손하…… 무사…… 으……. 그 아이 부탁……."

"알겠습니다."

늙고 초라한 몰골의 작은 남자는 눈물을 그렁그렁 매단 채 그를 올려다보았다. 까만 어둠 같은 눈망울에 딸을 향한 애정이 고스란히 엿보였다.

통신사에서 근무하는 김태영은 오랜 친구인 소태진의 저런 모습을 처음 보았다. 갑자기 찾아와 무릎까지 꿇을 기세로 사람 하나 살려 달라 애원이었다. 여자 핸드폰을 해킹하라니, 저놈이 제대로 미쳤나 싶었다.

"너 미쳤냐?"

"사람 하나 아니, 두 명 살려 주는 셈 치고 부탁 좀 할게."

"말 참 쉽게 한다. 나 이쪽 일에 손 끊은 거 몰라? 아직 경계 대상이라고."

"알아. 뒷일은 내가 전부 책임질게. 약속해."

태영이 대학 시절 치기로 정부 기관에 접속해 해킹하다 적발

되고 감옥살이를 할 뻔했지만 음지가 양지로 변하는 건 시간문제였다. 그의 능력을 알아본 통신사에서 그를 영입한 것이다. 이후 부와 명예를 쌓은 그의 인생은 핑크빛이었다. 그런데 지금 친구란 놈이 찾아와 손에 검은 물을 들이라고 하니, 원수가 따로 없었다.

"제발 살려 줘. 내가 이렇게 빌게."

덩치는 산만 한 놈이 정말 무릎이라도 꿇을 기세로 몸을 굽히자 태영이 급하게 말렸다.

"너 그 말 책임지고 지켜라. 만약 일 틀어지면 도피 자금 두둑하게 챙겨 주는 거 잊지 말고. 친구 덕에 유럽 한번 순회하지 뭐."

"태영아, 고맙다."

"자식. 이제야 사람 같아 보이네. 네가 임자를 만났구나, 만났어."

예상대로 태영이 숨겨 둔 밀실이 있었다. 커다란 컴퓨터 모니터에 핸드폰 번호를 입력하자 데이터가 숫자를 인식하고 빠르게 돌아갔다.

"미국이라면 국가 번호 1번이고, 한국은 82번이니까…… 011이나 82로 건 번호가 어디 있을 텐데……. 어, 어! 여기 찾았다. 딱 한 통 왔었네."

동생 민하가 나영의 일로 병원에 다급히 가야 할 때 걸었던 전화였다.

태진은 떨리는 손으로 급히 전화를 걸어 보았지만, 한참을 받지 않자 두근거림이 멈추질 않았다. 그와 전화 통화만 가능하다면, 그녀를 살릴 수 있을지도 모른다.

신호음이 계속 이어졌지만, 그는 상대방이 전화를 받을 때까지 포기하지 않았다.

— 여보세요.

"여보세요? 윤민하 씨? 맞죠? 끊지 말아요! 누나 일이에요!"

— 누나에게 무슨 일 있나요?

"도와줘요. 제발 누나가……. 손하가 붙잡혀 있어요. 그러니까……."

— 무슨 말입니까?

민하는 누이가 처한 상황을 듣고 혼이 나가 버린 듯했다.

"나영 씨와 통화할 수 있게 해 준다면 위치를 알려 주겠답니다. 염치없지만 부탁합니다."

박훈 사장, 그와는 악연이 분명하다고 민하는 생각했다.

김성국이라는 이름으로 박훈 사장의 발바닥 핥는 시늉까지 했다. 온갖 더러운 모욕을 참아 가며 그의 밑에서 일했다.

하지만 자신이 그의 딸과 사랑에 빠질 줄 어떻게 알았겠는가. 둘 사이를 알고 난 후 그의 죽여 버리겠다던 살벌한 협박과 아무 것도 가진 것 없는 초라함에 그녀 손을 놓았었다. 그러나 한 번 손을 놓았던 여자는 자신을 버리지 않고 먼 길까지 따라와 고생하며 살고 있고, 유산이라는 아픔도 겪었지만 둘의 사랑은 더욱 견고해졌다.

그런데 그 아비란 작자가 왜 그녀를…….

"어려운 부탁이란 거 압니다. 하지만 이 방법밖에 없어서……."

소태진에겐 지금의 상황을 저울질할 시간이 부족했다. 후에 그녀에게서 원망을 들을 수도 있었지만, 사랑하는 여자의 생사가 달린 문제 앞에선 뻔뻔함이 먼저였다.

결국 민하의 도움으로 박훈 사장과 나영의 통화가 이루어졌다.

"살아 있었냐?"

— 네.

"아비 버리고 좋아하는 놈 따라 사니 좋기만 하던?"

— ……죄송해요.

"꼭 너 같은 딸 낳아서 키워 봐라. 그럼 내 맘 알 거다. 네가 살아 있는 거 알았으니 됐다. 오늘부로 너와 나의 부녀 관계는 끝이다. 다시 통화할 일 없을 거다."

— 아버지, 흐흑…….

"잘 살아라."

한번 마음을 정하면 물불 가리지 않고 덤비는 박훈의 성정을 딸아이 나영이 빼닮았다. 그렇기 때문에 종종 부녀 사이가 멀어지기도 했지만, 박 사장이 나영을 끔찍하게 생각하는 이유기도 했다.

자신을 많이 닮은 딸아이라 사랑을 많이 주었기에 그만큼 배신감도 컸다. 그래서 버린 자식이라 생각하고 앞으론 뒤도 돌아보지 않을 작정이었다. 하루 이십사 시간이 부족할 정도로 쪽잠으로 버티며 밑바닥까지 추락한 회사를 일으켜 세우는 데 혈안인 지금, 그에겐 자식보다 회사가 먼저였다.

20화

문을 열고 들어오는 그의 손에 들린 쟁반에는 모락모락 김이 오르는 죽이 올라가 있었다.

"오늘은 전복죽을 끓여 보았어요. 참 좋은 세상이에요. 인터넷에 검색만 하면 레시피가 주르륵 나와요."

"⋯⋯."

"앉아요. 내가 부축해 줄까요?"

다가오려는 그의 몸짓에 그녀가 서둘러 침대에 누인 몸을 바로 세우고 앉았다.

"창문 막아 놔서 답답하면 나와요. 방에만 있지 말고. 나도 이렇게까지 하고 싶진 않았는데 그 작은 창으로 손하 씨가 빠져나갈 줄이야. 내가 손하 씨를 과소평가했나 봐요. 하하."

돌았다. 저 사람은 분명 정상이 아니었다. 미친놈처럼 그녀를 묶고 고문하고 학대하면 차라리 나을까? 빙글빙글 웃으며 사람 가지고 노는데 그게 그녀를 더욱 공포스럽게 만들었다.

놓아 달라는 말도 더 이상 먹혀들지 않을 테고, 체력을 키워 놔야 돌발 상황에 대비할 수 있기에 손하는 말없이 숟가락을 떠 음식을 먹었다.

"배고팠죠? 거봐요. 걱정했어요. 몸도 성치 않은데 또 안 먹는다 할까 봐."

이곳에 전복까지 갖추고 있다면 필시 식량을 충분히 비축해 두었을 것이다. 하지만 기회는 분명히 있을 테고 그 틈을 타 이곳을 빠져나가야 했다. 요즘처럼 운동 부족의 근육 없는 몸뚱어리가 이렇게 원망스러웠던 적이 없었다.

"영화 볼래요? 전파를 끌어오지 않아서 핸드폰으로 봐야 하지만, 그래도 볼만할 거예요."

"핸드폰으로 보면 시력 나빠지니까 보지 않을래요."

"아, 시력……. 참, 두통은 어때요?"

"……그걸 당신이 어떻게 알아요?"

"내가 당신의 겉모습에만 빠져 있었다고 생각해요, 아직도? 평소 머릴 지압하거나 두통약 먹는 거 자주 봤어요."

몸이 으슬으슬 떨려 오기 시작했다. 하지만 약한 티를 내고 싶진 않았다. 그에게 약점 같은 건 잡히고 싶지 않았으니까. 그는 대체 언제부터 자신을 지켜봐 왔던 걸까. 어디서부터 잘못된 걸까.

"날 언제부터 지켜보았던 거예요?"

"처음 만났을 때부터요."

"내가 주의를 끌 만큼 화려한 사람은 아닐 텐데요."

그녀는 아무리 생각해 봐도 자신이 그의 눈에 띈 이유를 찾지 못했다. 촬영장인지라 예쁜 여자라면 여배우는 물론이고, 단역 배우들도 많았다.

"손하 씨는 본인에 대해 잘 모르나 봐요. 존재 자체로 빛이 나는데."

순한 눈동자, 늘 바르고 고운 자세, 특히 다른 남자들을 경계하며 계면쩍은 미소를 짓는 것까지 전부 그의 맘을 끌었다.

그에겐 화려한 외모의 여자들이 주위에 많아 익숙했지만, 경박한 여자는 경멸했다. 앞뒤 다른 속물근성의 여자들을 질리도록 만나 온 그로선 사치와는 거리가 멀어 보이는 손하의 어색한 표정과 말투에 매혹되었다.

"왜 날 납치…… 아니, 이곳에 데려온 거예요?"

"이럴 생각까진 없었는데…… 큭, 남자를 만나고 있더군요."

'남자라니, 설마 태진을 이야기하는 걸까?'

손하는 또다시 섬뜩한 기분을 느껴야 했다.

"남자가 손하 씨의 숙소를 드나드는 자연스러운 행동이 날 자극했어요. 그렇게 안 봤는데, 당신도 투자라고 해서 돈 많은 남자에게 끌렸던 건가요? 결국 돈 때문에?"

담담하게 뱉는 말투엔 고저가 없었지만 언어에 담긴 날카로운 비난을 숨길 수 없었다.

재우는 그녀가 그와 연인 사이였다는 걸 모르고 있었다. 손하는 본능적으로 태진과의 관계를 그에게 알리면 안 되겠다고 생각했다.

돌이켜 보면 그가 무심히 내뱉는 말속에서 여자에 대한 강한 혐

오를 눈치챌 수 있었다. 과거에 여자에게 상처를 받은 모양이었다.

"우연이었어요. 도와준 거뿐이에요."

"손하 씨 당신이? 남자를 집 안으로 그렇게 쉽게 들였다고요?"

"아파 쓰러지기 직전이었는데 그럼 어떡해요? 도움이 필요했을 뿐이에요. 괜한 오해로 날 이상한 사람 만들지 마요."

"……."

재우가 의심 어린 두 눈동자로 그녀를 관찰했다. 그러더니 피식거리며 웃었다.

"뭐, 일단 그렇다고 치죠."

그가 싹 비운 그릇을 가지고 나가자 그녀는 참았던 숨을 급하게 내뱉었다.

'만약 그가 태진 씨와의 관계를 알게 된다면 어떤 반응을 보일까.'

그녀는 불길한 예감에 비명이 터져 나올 것 같은 입을 틀어막았다. 지금 제정신이 아닌 남자는 그녀를 자신만의 소유물이라 생각하는 듯했다. 그는 다른 남자에게 문을 열어 준 그녀가 자신을 배신하고 농락한 것이라고 눈빛으로 말했다. 어쩌면 충고일지도 모른다. 한 번은 그냥 넘어가겠지만, 두 번은 안 된다는 그의 충고.

그는 지금 이 상황이 집착의 수준을 넘어 범죄 행위라는 심각성을 전혀 깨닫지 못하고 있었다. 두 가지의 상반된 생각은 그녀를 지옥과 천국을 오가게 했다. 하나는 태진이 그녀를 찾고 있을 거라는 확신이었고, 다른 하나는 최재우 그가 제 마음속에 존재하는 태진의 존재를 몰라야 안전하다는 사실이었다.

시간은 조금씩 빠르게 그녀를 어딘가로 데려가고 있었다.

1분 1초가 급박한 긴장감 속에 출발한 차는 빗속을 뚫으며 전진을 거듭했다. 박 사장이 알려 준 장소로 향하던 그들은 어둠 속에서 헤드라이트를 끄고 조심스레 접근했다.

 목적지가 가까워지고 있었다.

 설거지를 끝내고 독서 중이던 그는 결국 읽던 책을 내던지고 생각에 잠겼다. 자신이 뭔가 놓친 게 있는 거 같은데, 잡힐 듯 잡히지 않아 찝찝했다.

 그녀가 남자를 집 안으로 들였다. 그것도 촬영장에서 만난 소태진을. 연일 험한 기사가 실시간 검색어로 뜨고 혼자 사는 여자들이 범죄에 많이 노출되는데, 누구보다 조심스럽고 경계를 늦추지 않는 그녀가 말이다.

 아파 누워 있는 무의식중에도 그녀는 그의 손길을 단호히 거부했었다. 저한테 호의가 있는 남자에게도 곁을 쉽게 내주지 않는 여자인데, 낯선 남자를 쉽게 집에 들였다는 건……. 재우는 생각하는 걸 멈추고 벌떡 일어나 손하의 방문을 벌컥 열어젖혔다.

 "뭐, 뭐예요?"

 "솔직하게 말해요. 소태진 그 남자를 언제부터 알고 있었는지."

"무슨 말이에요?"

성큼 다가온 남자는 마치 저승사자처럼 보였다. 핏빛 붉은 눈동자가 짐승 같은 고함을 지르며 그녀를 덮쳐 왔다.

"말이 안 되잖아요. 나는 안 되는데 소태진을 허락했다는 게. 겨우 몇 번 마주친 남자인데, 안 그래요?"

"말했잖아요. 내가 몸을 가눌 수 없어 도움…… 컥……."

재우는 순식간에 손하의 목으로 손을 가져갔다.

"거짓말, 거짓말하지 마. 내가 바보로 보여요? 그래? 여자 년들은 다 그렇지. 잘해 주면 남자를 호구로 보고, 사랑한다 말해 주면 금세 다른 놈에게 눈 돌리고. 너도 그래? 너도 그런 년들이랑 별반 다를 게 없어?"

"재우 씨, 이것 좀…… 컥……."

목이 졸리자 숨이 턱에 찼다. 광분하며 절규하듯 내뱉는 비난에 눈물이 솟구쳤다. 이젠 끝이다 싶으니 떠오르는 사람은 인정하긴 싫지만, 문 사장도 동생도 아닌 소태진 그였다.

'내가 죽으면 슬퍼할까? 날 찾고 있을까? 사랑하긴 했을까? 나만큼 괴롭고 힘들었을까?'

손하의 붉어진 얼굴에 희미한 미소가 어리자 어처구니가 없다는 듯 재우가 일갈했다.

"뭐야, 비웃는 거야?"

"불쌍해. 당신이라는 사람."

"뭐라고?"

"그리고 나도."

"뭐라는 거야, 지금?"

"과거에 얽매여 행복하지 못한 우리가 더 살아 봤자 뭐 해. 날 죽여. 제발 죽여 줘……."

살려 달라 빌어도 시원찮을 판에 죽여 달라 애원하고 있었다.

"너 미쳤어?"

"난 살기 싫어. 살 이유도 없고. 아침에 홀로 눈 뜨는 것도 무서워. 외롭고 비참해."

목을 조르던 손의 힘이 조금씩 빠지자 그녀는 중얼중얼 숨겨 왔던 본심을 이야기했다.

"난 당신과 친구가 될 수 있다고 생각했는데 아니었나 봐. 당신을 오해하게 만든 내 잘못도 있겠지. 그렇지만 이렇게 구차하게 목숨 연명하며 당신과 살고 싶진 않아. 난 지금 이 자리에서 죽어도 여한이 없는 사람이야. 그러니까 죽여."

미친놈에겐 눈높이를 맞춰 줘야 비로소 대화가 가능했다.

"날 죽이고 당신도 회개해. 세상 여자가 모두 속물이진 않아. 착하고 좋은 여자가 훨씬 많아."

이런 상황에 충고라니, 어이가 없었다. 여자의 숨통을 쥐고 있어도 주제넘는 행동이 무척이나 거슬렸다. 아닌 척하면서 뒷구멍으론 딴짓하는 여자들이 떠올랐다.

제 목숨보다 더 사랑했던 여자 케이트와 넘치는 사랑에도 제게 매몰차게 등 돌리고 종적을 감춘 뒤 외국으로 도망가 버린 남주희. 두 여자는 문손하 다음 수순이었다. 지금 이 순간, 반드시 두 여자도 찾아낼 것이라 다짐했다.

"그래. 소원이라면 들어줘야지. 거짓말이 아니란 걸 증명해 보실까."

"끄으…… 흑……."

가녀린 목덜미로 남자의 손톱이 피부를 긁으며 파고들었다. 손하의 정신이 혼미해졌다. 희미해지는 의식 속에서 손발이 바르르 떨리기 시작했다. 얼굴이 온통 검붉게 물들었다.

"죽여 달라니, 죽여 주지. 말만 번지르르한 계집들은 모두 다 죽여 줄 거야!"

쾅—

그 순간, 갑자기 굉음이 울려 퍼졌다.

"최재우 그만둬!"

건장한 체격의 남자가 손하의 목을 조르던 재우의 몸을 덮쳤다. 밖에서 기회를 엿보던 태진이 순식간에 방 안으로 쳐들어온 것이다. 급습이었다.

"비켜! 이 여잔 죽어야 해! 죽어야 한다고!"

걷잡을 수 없이 흥분해 버린 재우가 발악을 해 댔다.

"손하야! 문손하 정신 차려!"

"방해하면 너희들도 전부 죽일 거야! 이거 안 놔? 놓으라고!"

기절한 손하의 몸을 부둥켜안은 태진이 그녀를 살폈다. 목이 졸려 산소가 부족해진 그녀의 얼굴이 고통스러워 보였다.

태진은 혹시나 싶어 대기시킨 구급차로 그녀를 안고 내달렸다. 구급대원의 응급 처치에 손하의 얼굴에 점점 핏기가 돌기 시작했다.

"병원으로 빨리 이동해 주세요!"

납치범을 흠씬 두들겨 패 저세상으로 가게 만들고 싶었지만 손하의 몸 상태가 우선이었다. 구급차 뒤로 두 명의 형사가 최재우를 제압한 뒤 수갑을 채워 차로 이동 중이었다.

될 수 있음 큰 소란 없이 이 일을 조용히 마무리 짓고 싶었다. 가뜩이나 예민한 그녀를 경찰 조사까지 받게 하고 싶진 않았다.

병실에서 남자는 누워 있는 여자의 손을 붙들고 꼼짝도 안 한 채 곁을 지키고 있었다.

유 간호사는 잠시 기절한 눈을 감은 여자를 흘긋 바라보고 시트를 정리하며 속엣말을 했다. 특실 입원에 경호원이 병실 밖을 지키고 있었다. 대강의 눈치로만 봐도 남자의 직위와 여자의 사연이 평범하지 않으리란 걸 짐작할 수 있었다. 입이 무거운 유 간호사는 임시로 특실에 배정되었지만 일절 질문하는 법이 없었다.

'엄청 사랑하나 보네. 부럽다.'

사랑이 뚝뚝 떨어지는 남자의 저런 시선을 받으면 여자로선 그저 행복할 따름일 것이다. 오랜 연인인 남자 친구가 그녀를 저렇게 바라봐 주던 때가 언제였는지 기억조차 나지 않았다.

"혹시 환자가 깨어나거나 수액이 다 떨어지면 호출하세요."

그동안 미뤄 뒀던 잠을 몰아서 자는 건지 반나절이 지나도록 미동조차 없는 그녀는 얕은 숨만 내쉬고 있었다.

"손하야 일어나 제발……."

돈도 회사도 다 필요 없었다. 가장 소중한 것이 무엇인지 깨달아 버린 지금 그는 어떤 일도 할 수 없었다. 부친이 모친을 잃고 난 뒤 피폐한 삶을 살아야만 했던 이유를 오늘에서야 통감했다. 반려를 잃고 남은 생을 살아야 하는 끔찍함과 고통을 그땐 제대로 헤아리지 못했었다.

"내가 안일했다. 날 과대평가했어. 스스로가 강한 사람이라고 착각했어. 난 너 없인 살고 싶지 않다. 그러니까 제발 일어나. 일어나기만 해 줘."

이제부턴 그녀가 원하는 모든 걸 해 줄 심산이었다. 떠나 달라는 요구 빼고 모조리 들어줄 생각이었다. 작고 왜소한 여자 하나가 제 육신을 송두리째 소유하고 쥐락펴락하다니 믿기지 않았지만, 이젠 인정해야 할 모양이었다.

영혼을 뺏긴 거죽만 남은 자신이 그녀로 인해 살고 있다는 걸.

그녀가 살아야 그도 숨 쉰다는 걸.

바람, 상량한 바람이 불었다. 떠나가려는 바람이 멈칫대더니 조금 더 머물렀다. 홀로 남은 미풍이 친구를 만나 맞바람을 일으켰다. 산들산들, 다음을 기대하게 하는 차갑지만은 않은 그런 바람이 둘 사이를 비집고 들어갔다.

꼬박 하루가 지나고 나서야 눈을 뜬 손하는 제 손을 잡고 침대 옆에 누워 있는 남자의 얼굴을 바라보았다. 지쳐 잠든 모양이었다. 그녀가 몸을 일으키느라 손을 빼려 해도 꼭 붙들고 놓지 않았다. 오른손에 바늘이 꽂혀 있어 자유롭지 않기에 그에게 붙잡힌 채로 겨우겨우 몸을 일으켜 세웠다.

의식이 멀어지는 순간에도 다급한 목소리를 기억했다. 정신 차리라는 외침에 세상 다 놓고 싶던 마음을 붙들었다.

초췌한 모습으로 얼굴에 자국이 생기는 줄도 모르고 침대에 기대 잠든 남자의 모습이 왜 이리 안쓰러운지. 언제나 반듯하고 자신만만하여 제 잘난 맛에 취해 사는 오만한 남자였다. 그런 남자의 자신감이 탐났고, 그를 온전히 갖고 싶었다. 그리고 사랑했다.

그를 버리겠다던 마음은 위장이었을까. 사실은 그가 붙잡고 놓아주지 않길 바란 건 아닐까. 이 사람이 아니었다면 지금쯤 죽었을지도 모른다는 생각이 들자 사랑이 가슴으로 스며들었다. 사랑이 아니고는 그 무엇으로도 설명할 수 없는 감정이었다. 이런 게 사랑이 아니라면 무엇이란 말인가.

머리를 쓰다듬는 손길엔 부드러움과 온화함이 깃들어 있었다. 짧은 검은 머리칼이 사르륵 그녀의 손에 감기며 흘러내렸다.

"으음……."

번쩍 눈을 뜬 남자가 몸을 일으키다 여자의 시선과 맞부딪쳤다.

"일어났어요?"

"손하야."

그녀는 조금은 놀란 듯 보이는 그에게 안심하라는 의미로 살짝 미소 지어 보였다.

"생각해 봤는데 무사하다는 거, 살아 있다는 거 생각보다 참 행복한 거네요. 당신 아니었다면 나, 아마 살아 있지 못했을 거예요. 고마워요, 태진 씨. 진심이에요."

말 한마디에 천 냥 빚도 갚는다 했던가. 여자는 그가 지금까지 보았던 중 가장 편안하고 아름다운 미소로 그를 바라보고 있었다. 사랑하고 헤어지는 순간까지 단 한 번도 보여 주지 않았던 미소 때문에 그의 가슴이 희망으로 한껏 부풀었다.

하지만 언제 그랬냐는 듯 그녀가 뒤통수치고 떠나 버릴까 두려웠다. 행복의 최상층에 그를 올려놓고 사라져 버릴까 두려웠다.

"확실히 말해. 고맙다는 말 좋은데…… 다 좋은데…… 혼자 있고 싶다는 그런 말이라면 난……."

"사랑해요, 소태진 씨."

태진은 자신이 지금 손하의 말을 잘못 들은 게 아닌가 싶어 눈을 크게 떴다.

"……뭐, 뭐라고 했어 지금?"

"사랑한다고요. 소태진 씨 아니, 강선학 씨라고 해야 하나요?"

여자가 그의 심장을 쥐고 들었다 났다 정신없이 흔들어 대고 있었다. 믿을 수 없는 그녀의 고백에 버벅대는 그가 우스웠는지 손하는 맑은 웃음소리를 뱉어 냈다.

"하하. 뭐예요, 그 표정. 너무 웃겨요."

으스러지듯 껴안는 그의 팔 힘에 숨이 막혔지만, 그녀는 그의 듬직한 팔 안에서 이제야 제집으로 돌아온 것 같은 편안함을 느꼈다. 먼 길을 돌고 돌아 제자리를 찾았다.

"사랑한다. 손하야 사랑해. 이젠 함께하자. 언제까지나."

감정이 북받쳐 대답은 고개를 끄덕이는 것으로 대신한 그녀는 결국 그의 품 안에서 한참 동안 서러운 눈물을 쏟아 냈다.

　"퇴원하고 싶어요. 이젠 괜찮다니까요."

　"안 돼. 검사 더 하고."

　"무슨 검사를 더 해요?"

　"두통 원인도 알아보고 입원한 김에 정밀 검사도 받아 보자."

　특실 입원비가 만만치 않았다. 하지만 그것보다 더 민망한 일이 많았다. 밥을 먹여 주는 것부터 머리 감기는 것까지 손수 해야 직성이 풀리는지 그는 그녀에게서 찰떡같이 붙어 떨어질 줄 몰랐다.

　"회사 한가해요?"

　"아직까진 잘 돌아가."

　그녀가 원하던 대답이 아니었다. 이젠 괜찮으니 가서 일 보라는 말인데 그는 모르는 척하는 것 같았다. 이젠 샤워까지 시켜 줄 작정인가 보다.

　"샤워하고 싶어요. 그 정돈 혼자서도 괜찮아요."

　"혼자는 안 돼. 내가 도울게."

　"태진 씨!"

　남사스러운 말을 잘도 나불대는 저 입을 틀어막고 싶었다. 체온을 재러 들른 유 간호사가 두 사람의 대화를 듣고 혼자 얼굴이 벌게져 도망치듯 병실을 나가 버리자 손하는 민망함에 죽을 것 같았다.

"미쳤어, 정말! 간호사가 뭐라 생각하겠어요?"

"맘대로 생각하라지. 난 너밖에 안 보여. 너만 건강하면 돼."

더 이상 말이 통하지 않자 침묵하던 손하가 참았던 질문을 던졌다.

"……최재우 씨는 어떻게 되는 거예요?"

"글쎄."

"걱정할까 봐 일부러 얘기 안 해 주는 건 알지만 그래도 말해 줘요."

"납치와 감금은 중범죄야. 강력 범죄라고. 만약 내가 조금이라도 늦어서 네가 잘못되었다면……. 그놈은 앞으로 사회에 발붙이지 못하도록 할 거야."

죄는 미워해도 사람은 미워하지 말라는 말, 전에는 개떡 같은 소리라 치부했지만 이번 사건 이후로 남달리 다가왔다. 당사자보다 흥분하는 태진의 모습이 듬직하면서도 미친 듯 중얼거리던 재우의 모습이 떠나질 않았다.

삶을 포기한 사람처럼 말없이 구치소에 갇혀 있다는 그는 변호사도 구하지 않은 모양이었다. 저대로 내버려 두면 그는 자신을 버릴 것이다. 손하는 확신할 수 있었다. 그리고 문득 그의 숨겨진 과거가 궁금해졌다.

"누구시라고요?"

태진이 급하게 회사 일을 보러 가고 병실을 지키던 경호원이 방문객이 찾아왔다고 알렸다.

"최재우 씨 모친이라고 합니다. 돌아가라 할까요? 만나 줄 때까지 기다리겠다는데요."

"들어오시라 해 주세요."

"위험할 수도 있으니 제가 병실에 남아 있을까요?"

"아니에요."

최재우의 모친은 60대 중반으로 말끔히 차려입은 중산층의 여자인 듯했지만, 매서워 보이는 눈빛과 달리 안색은 몹시 지쳐 보였다.

"우선 아들의 잘못을 고개 숙여 사죄드립니다."

단단한 인상과는 달리 고개까지 숙여 가며 진실되게 사죄하는 모습이 의외였다.

"찾아오신 이유는요?"

"선처를 부탁드립니다. 염치없다는 거 압니다. 하지만 어미로서 두고 볼 수만 없어서……. 부디 용서해 주세요."

"최재우 씨 일은 제 손을 떠났습니다. 죄를 지었다면 벌을 받아야겠죠."

"네. 당연합니다. 제 아들이 벌받아야 한다는 거 압니다. 하지만…… 이대로 두면 그 아이 죽을 거예요. 살고 싶지 않아 하니까, 분명…… 흐흐흑."

손하는 잠시 아무런 말도 할 수 없었다. 막연히 짐작했던 일을 그의 모친 입으로 듣고 나니 소름이 끼쳤다. 꿈이 아닌 현실이었다.

죽음과 끝을 생각하고 그녀를 납치했을 것이다. 완벽한 범죄가 될 수 없다는 걸 그가 몰랐을 리 없다.

손하의 안색이 하얗게 질리자 재우의 모친이 어렵게 입을 열었다.

"변명 같지만 그 아이를 이렇게 만든 사람이 바로 저예요. 영국에 있을 때……."

재우가 괴물이 될 수밖에 없었던 이유를 그의 모친이 설명했다. 외아들을 향한 사랑이 도리어 독이 된 안타까운 사연이었다.

"영국으로 유학을 보내고 연락 없이 찾아갔더니 클럽에서 만난 영국 여자와 동거 중이더군요. 난…… 그래도 좋게 말로 해결하려고 생각했어요. 그런데 제 아들이 사생활에 간섭하지 말라며 저를 비웃더군요. 눈이 뒤집혀 참을 수 없었어요. 어떻게 키운 고운 자식인데 그런 술집 여자가 감히……. 겁만 주려고 했을 뿐인데, 그들이 그 여자를 반병신으로 만들어 버리리라고는 생각지도 못했습니다. 전 그저 아들 곁에서 떨어지기만 바랐을 뿐인데……. 아들이 진심으로 그녀를 사랑하는 줄 몰랐어요. 그저 그런 불장난이라고 생각했어요. 아직 어렸으니까요. 그런데 한국에 돌아온 이후로 아들은 완전히 변해 버렸죠. 내가 알던 아들이 아니었어요."

"케이트는 어떻게 되었나요?"

"영국 병원에 입원 중이에요. 자궁을 들어냈고, 안면도 심하게 일그러져서……. 정상적인 생활은 하지 못해요."

"정신은 온전한가요?"

"의사 말로는 열두 살의 지능에서 멈춘 상태라고……."

현기증이 났다. 그녀의 치기가 불러온 참사 앞에 손하는 할 말을 잃고 말았다.

"용서해 주세요. 이대로 아들을 잃을 수 없습니다. 한 번만 기회를 주세요. 영국으로 떠나 다시는 한국에 돌아오지 않겠다고 약속하겠습니다. 제발 부탁드립니다."

차가운 바닥에 무릎을 꿇는 여자 때문에 대경실색한 그녀가 급히 말려 보았지만 요지부동이었다.

"정신 감정을 받겠습니다. 진단서 나오는 대로 케이트가 있는 병원에 입원시키려고 합니다. 그러니 부디 자비를 베풀어 주세요."

노모의 사랑은 애달프고 서러웠다. 잘되라고 내 자식 귀하다고 어화둥둥 안고 있다가 아들이 떠나려 할 때 놓아주지 못한 어긋난 모성이었다. 한국을 떠나 앞으로 살아갈 험한 앞길이 훤히 보이는 듯했다.

죽은 아버지와 어머니도 그랬을까. 화염에 휩싸여 죽어 가면서도 살이 타는 고통보다 두고 온 자식들 때문에 편히 눈감지 못했을 거란 생각을 하니 눈물이 솟구쳤다.

"뭐라고?"

"고소 취하해요."

"문손하!"

"제발요. 두 모자가 영국으로 떠날 수 있게 해 줘요."

최재우의 모친이 찾아왔다는 말을 전해 듣고 태진은 욕설을 뱉었다. 그런 데다 고소 취하라니. 납득할 수 없었다.

"나나 당신이나 잘 알고 있잖아요. 피는 피를 부를 뿐이에요.

죄를 용서하자는 게 아니에요. 잊지 않을 거예요. 그렇다고 죽어 가는 사람 그대로 둘 순 없잖아요. 그렇게 하면 안 되는 거잖아요. 영국으로 가면 돌아오지 않겠다고 했어요. 난…… 믿어요. 그 말."

그의 모친의 얼굴에서 절박함을 보았다. 다시는 돌아오지 않겠다는 말이 거짓일 리 없었다.

손하의 시선이 창밖을 향했다. 그녀가 지금껏 만났던 인연과 지난 시간들이 문득 떠오르는 순간이었다. 최재우와 그의 모친, 그리고 영국에 있을 케이트. 불길 속에서 사라진 친부모님. 판도라의 상자를 열 수 있게 마지막 유언을 남기고 돌아가신 양모.

그리고 나…….

내가 행복하지 못해 남을 원망하고 미워했다. 그런다고 해서 자신이 행복해지던가. 더럽혀진 영혼은 생을 갉아먹었을 뿐이었다.

등 돌린 그녀가 어깨를 들썩이며 울고 있었다. 태진은 덜컥 내려앉는 심장을 부여잡고 그녀를 뒤에서 꼭 안아 주었다.

"소리 질러서 미안해. 알았어. 당신 뜻대로 해. 그러니까 울지 마. 제발…… 울지 마."

다정한 그의 말투와 손길에 언 마음이 눈 녹듯 사라지고, 미움과 회한이 눈물에 씻겨 내려갔다.

늦기 전 마지막으로 용서하고 용서를 구할 사람이 있었다.

문영강, 모든 일의 원흉이자 그녀의 양부였다.

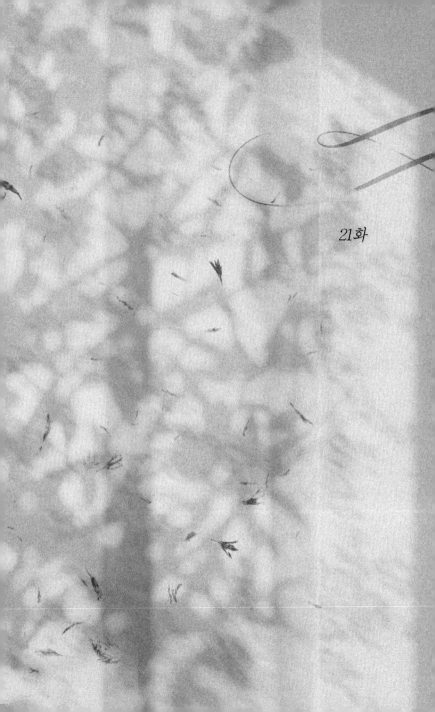

21화

"돌아오셨어요?"

집으로 돌아온 손하를 버선발로 나와 반기며 환대하는 신 씨였다.

"그동안 혼자 고생 많으셨죠?"

"아이고 별말씀을요. 몸은 어떠세요?"

"괜찮아요."

오랜만에 집으로 돌아온 손하는 새삼스레 집을 휘둘러보았다. 나고 자란 곳은 아니지만 어쩐지 긴장이 풀리면서 편안한 느낌이 들었다.

보글보글 끓고 있는 된장찌개 냄새가 후각을 자극했다.

"좋아하실지 모르겠지만, 솜씨 좀 부려 보았어요. 식사 전이시죠?"

"네."

병실에 있을 때 맛있는 것만 먹이려던 태진의 정성이야 가상했지만, 사실 집밥이 그리웠다. 사람 냄새 물씬 나는 손맛을 기대하며 입맛을 다시는 손하였다.

"안색이 좋아요. 인상도 달라 보여요."

신 씨가 인사치레로 하는 말이 아니었다. 조금은 살이 오른 볼살과 편안해 보이는 표정이 그녀를 아름답게 만들었다. 사랑받는 여자라서인지 빛이 났다.

"……아버지는요?"

"사장님이요? 정말 좋아지셨어요. 사고 소식을 듣고 난 후 물리 치료를 얼마나 열심히 받으시는지. 병원에 가고 싶어 하셨지만 쉬이 움직이지 못하는 자신이 원망스러우셨나 봐요. 제가 이때다 싶어 자극하기도 했지만 몸을 혹사시킬 정도로 저러실 줄 몰랐어요."

"그래요?"

문 사장의 방이 있는 2층을 올려 보다 시선을 거둔 그녀는 두 손을 꼭 쥐었다. 내내 망설이던 일을 이젠 해야 할 것 같았다.

"내일은 쉬세요. 제가 아버지와 어딜 좀 다녀오려고요."

"그래요? 조금만 부축해 드리면 되니까 괜찮을 거예요. 즐거운 하루 보내세요."

집으로 돌아온 그녀는 원래 자리로 돌아온 듯한 느낌이 들었다. 어디를 가든 다시 돌아올 곳이 있다는 게 행복이라는 걸 처음 깨달았다.

집에서 먹는 된장찌개의 맛도 눈물이 날 정도였다. 꽤 평범한 삶이라고, 더는 행복할 수 없다고 생각했다.

어두웠던 지난 시간들은 다 잊고, 그녀는 앞으로 살아갈 날들을 위해 용기를 내기로 했다.

운전대를 잡은 손하와 뒷좌석에 앉은 문 사장은 짧은 대화만 몇 마디 나누고 어딘가를 향하는 중이었다. 산뜻한 바람을 따라 창밖으로 시원해 보이는 바다가 펼쳐졌다.

"여긴……."

목적지에 도착해 문 사장을 부축하여 휠체어에 태운 손하는 제법 차가운 공기에 신 씨가 챙기라던 모포를 무릎 위로 덮어 주었다.

"제가 밀어 드릴게요. 편하게 앉아 있으세요."

호명호수의 둘레길은 산책로를 잘 만들어 놓았다. 말없이 시원한 바람을 쐬며 자연을 만끽하던 손하가 먼저 입을 열었다.

"모든 사실을 알게 되고 기억을 더듬어 봤어요. 지난 일들이 하나둘씩 선명해지더라고요. 이곳은 두 분을 보내 드린 곳이라 생각해서 자주 찾는 곳이에요. 화재 사고 이후로 시신은 화장했다고 했는데, 어디에 뿌려졌는지 알 수 없었거든요."

"손하야……."

"제가 먼저 이야기해도 될까요? 죽을 만큼 원망했지만 결코 이

런 모습이 되길 바라진 않았어요. 불쌍한 아버지와 어머니 그리고
남동생을 위해서라도 복수하고 싶었죠. 당신이 갖고 있는 모든 걸
빼앗고 싶었어요. 제게서도 가장 소중한 걸 빼앗아 갔으니까."

"잘못했다. 용서해 달라는 말도 염치없다는 거 안다."

"병원에 있는 동안 많은 생각을 했어요. 제가 떠나길 바라신다
면 그렇게 할게요. 절 원망하시죠?"

"아니다!"

강하게 부정하며 고갤 흔드는 문 사장이었다.

"내가 무슨 염치로 널 원망하겠니. 넌 네가 해야 할 일을 했을
뿐인데. 네가 가장 괴로웠을 거란 거 안다."

"……."

갑자기 그가 앉은 자세 그대로 무릎 위로 얼굴을 파묻고는 어
깨를 들썩이기 시작했다.

"미안하다 영민아, 가연아. 날 용서해 줘. 내가 나쁜 놈이었다.
내가 미친놈이었어. 질투에 눈이 멀어 너희를 죽게 만든 나를 부
디 용서해 줘. 용서해. 흐으으."

너무도 처절하게 통곡하는 양부를 바라보는 손하의 마음도 그
리 편하지만은 않았다. 하지만 그녀는 어떤 행동도 말도 할 수 없
었다. 진심으로 죄를 뉘우치고 용서를 구하는 모습을 돌아가신 부
모님이 보고 계시다면 마음에 고여 있던 응어리를 조금이나마 덜
진 않았을까.

피를 쏟아 내듯 고개를 숙인 채 흐느끼는 남자의 곁에서 하늘
을 올려다보며 눈물 흘리는 여자가 만들어 내는 그림은 노을이

짙게 물들 때까지 계속되었다.

봄이 오고 있었다.

시린 겨울이 지나고 따뜻한 봄이 오길 간절히 바랐다. 언 바닥 사이로 돋아난 새싹이 용기를 주었다.

사랑하는 사람들이 곁에 있기에 그 어느 때보다 따뜻하고 포근한 시간이 될 것만 같았다.

영국의 에이번 병원은 리버풀에 위치하고 있었다. 정신 병원이지만 시설이 좋았다.

철컹, 소리를 내며 문이 열리고 새로운 환자가 병원 안으로 들어섰다.

「잘 부탁드립니다.」

「염려 마세요.」

어린아이처럼 인도하는 사람의 뒤를 졸졸 따르는 남자의 뒷모습에 시선을 고정한 채 자리를 뜨지 못하는 여자는 눈물만 하염없이 흘리고 있었다.

한 달에 딱 한 번만 면회가 허락되었다. 그래도 그녀는 아들을 보기 위해 한국에서의 모든 생활을 정리하고 영국에 정착하기로 결정했다.

아들은 저의 모든 것이었고, 자랑스러운 존재였다.

그녀는 자신이 눈을 감기 전까지 아들의 곁에 머물 수 있게 허락해 준 하늘에 감사했다.

"재우야……."

재우는 피식거리다가 고개를 갸웃대며 연신 주위를 살폈다. 그냥 웃음이 흘러나왔다. 무슨 이유에선지 이곳은 늘 웃는 사람이 많은 행복한 곳처럼 느껴졌다.

그런데 유독 그의 시선을 사로잡는 여자가 있었다. 열심히 색종이를 접으며 머리 위로 날리기도 하고 환자복 상의 자락을 잡고 몸을 이리저리 팽그르르 돌리고 있었다. 가까이 다가가니 얼굴 한쪽이 함몰되어 심하게 찌그러져 있었다.

「이름이 뭐야?」

「나? 케이트.」

「내가 알던 누구랑 같네.」

「그래? 누군데?」

「몰라. 이름만 기억나고 얼굴은 기억나지 않아. 그냥 알던 사람일 거야.」

「그렇구나. 반가워. 나는 케이트. 열두 살.」

다 큰 성인처럼 보이는데 여자는 자신이 열두 살이라며 해맑은 웃음을 지었다. 얼굴만 예쁜 속물근성의 여자들에게 질려 있던 재우는 순수한 영혼을 갖고 있는 듯한 케이트가 선녀보다 아름다워 보였다.

「반가워. 잘 지내보자. 난 최재우. 너보다 아마…… 열두 살 많을 거야.」

「그렇구나. 그럼 오늘부터 우린 친구!」

마주 잡은 두 손에 힘이 실렸다.

최재우, 그는 케이트를 처음 만난 그때로 다시 돌아갔다.

사랑을 처음 시작했던 스물네 살의 그때로.

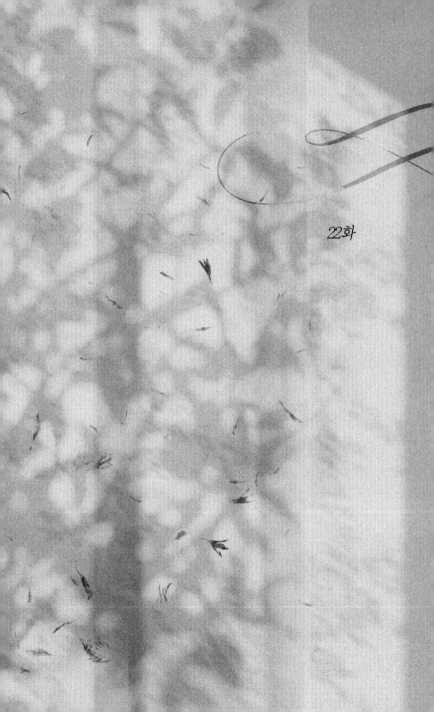

22화

스물네 살의 최재우의 삶은 모든 게 다 만만했고, 어려움 없었으며 앞길이 창창했다. 그의 인생은 평탄하다 못해 고속 도로가 뚫린 것처럼 죽죽 뻗어 나갔다.

물론 아버지가 일찍 돌아가시는 바람에 어렸을 땐 아비 없는 자식이라는 험한 말도 들었지만 아버지의 빈자리를 메꿔 주고도 남을 만큼 어머니의 사랑은 지극정성이었다.

내 자식 절대 기죽게 안 한다며 안 해 본 장사가 없을 만큼 이것저것 손대시더니 집 평수도 나이가 늘어나는 것에 비례하듯 넓어졌다. 남편과 사별하고 하나 남은 아들이 다방면으로 뛰어난 영재였으니, 얼마나 뿌듯했겠는가.

"너 때문에 엄마가 산다."

때론 어머니의 집착이 부담되기도 하여 사춘기 때는 반항이란 것도 해 보았지만, 결국 종착지는 어머니의 테두리 안이었다. 그렇다고 다른 부모처럼 공부를 강요하는 것도 아니어서 마음 가는 대로 즐겁게 인생을 살라는 교육 방식 덕에 그는 엇나갈 이유가 없었다. 어머니의 지극한 사랑과 관심으로 그는 딱히 모난 성격으로 자라지도 않았다.

그가 영국 유학을 선택한 이유는 분명했다. 인생에서 한 번쯤은 어머니의 손아귀에서 벗어나 자유를 만끽하고 싶었다. 또한 나름의 원대한 포부와 꿈도 있었다. 당연히 어머니는 아들의 선택을 지지하셨고 그는 홀가분하게 영국으로 떠났다.

그리고 그는 그곳에서 운명의 연인을 만났다.

자신에 대해 누구보다 잘 알고 있다고 자부했지만, 스물네 살 인생에 찾아온 불같은 사랑은 그에게 늘 새로움을 안겨 주었다. 그는 말 그대로 모든 걸 내던지며 열렬히 사랑했다.

그도 연애 경험이 있긴 했지만, 돌아서면 잊힐 흔한 인연들뿐이었다. 연애가 다 그런 거라며, 아직은 자신을 더 사랑하기에 여자와의 관계에 온전히 집중하지 못하는 거라 생각했는데, 그녀를 만나고부터는 모든 게 달라졌다.

스물여덟 살의 케이트 밀러의 직업은 모델이었다. 주로 속옷 촬영이나 메인 모델의 들러리 역할을 했다. 자립심이 꽤 강한 성격이고, 부지런하여 맡은 일에 늘 최선을 다했다.

한국에서 행여 아들 고생할까 넘치듯 보내 주는 생활비로 그래
도 번듯한 집에서 살던 그는 신세지는 입장이긴 하지만, 공짜로는
싫다며 동거하면서도 늘 월세를 쥐여 주는 고집쟁이 그녀가 밉지
않았다. 오히려 사랑스러웠다.

하지만 개방적인 그녀 때문에 재우는 속앓이를 해야 했다. 그
녀는 언젠가 나비처럼 훨훨 날아가 버릴 것 같았다. 그래서 그는
그녀와의 연애에 있어서 언제나 사랑을 많이 하는 쪽이 자신이라
고 생각했다.

장난처럼 운명처럼 시작되었던 사랑이었다.

공원에서 음료 자판기를 찾는 그녀에게 그가 새 음료를 건네면
서 두 사람의 인연이 시작되었다. 활기 넘치는 외국 여자에 대한
순수한 호기심이 사랑으로 변하는 건 시간문제였다.

「재우, 이것 봐. 어때?」

하늘거리는 파란 원피스를 펄럭이며 여자가 몸을 흔들었다. 밝
아 보이는 표정으로 보아 이번에 맡은 모델 일이 꽤 마음에 드는
모양이었다. 그가 뒤에서 몰래 큰돈을 썼다는 걸 그녀로선 절대
알 수 없었다.

「예뻐. 쇼에 나가는 거야?」

「응. 기회가 왔을 때 잡으려고. 워킹도 완벽하게 해낼 거야.」

「열심히 해.」

눈을 빛내며 행복해하는 케이트를 보며 재우도 덩달아 행복해
졌다. 상대가 기뻐하는 모습이 그를 미치도록 설레게 만들었다.

「조슬린 디자이너 복귀전인데, 내가 쇼에 서게 되다니. 믿기질

않아. 이거 꿈 아니지?」

「넌 잘할 거야. 믿어.」

「고마워.」

하지만 그녀의 기쁨은 오래가지 못했다. 패션쇼가 진행되기 사흘 전, 그녀가 계단을 헛디뎌 구르는 바람에 발목뼈에 금이 갔기 때문이었다.

꼭대기까지 치솟았던 희망이 한순간에 절망으로 추락한 순간, 그녀는 다른 사람처럼 변해 가기 시작했다.

「또 도전하면 될 거야, 케이트. 너무 상심하지 마.」

「아냐. 그 쇼가 나에겐 마지막 기회였어.」

「내가 다시 손을 써 볼게. 나만 믿어.」

「무슨…… 소리야?」

그녀는 눈치가 빠른 편이었다. 모든 정황을 알게 된 그녀는 자존심이 상한 나머지 집을 나가 버렸다.

그렇게 삼 일이란 시간이 지나고, 케이트가 술에 취해 새벽에 찾아올 때까지 그의 심장은 죽어 있었다. 그는 그제야 자신이 그녀를 얼마나 사랑하고 있는지 깨닫게 되었다.

소중하다는 말로는 부족한 존재였다. 그녀가 없으면 숨을 쉴 수 없을 정도였다. 늘 한없이 그녀에게 베풀고만 싶었다. 그는 이후 그녀를 위해 집세를 빼면서까지 그녀에 대한 지원을 아끼지 않았다.

하지만 그의 그런 행동들이 또 다른 화를 불러올 줄 몰랐다.

「뭐라고 했어, 지금?」

「앙드레 마샬 숍에 정식으로 고용되었어. 알다시피 모델이라는 직업이 디자이너를 따라 움직여야 하잖아.」

「농담하지 마.」

「재우.」

사랑하는 연인이 자신에게 찾아온 좋은 기회라며 집을 나가겠다고 했다. 한시도 그녀와 떨어져 있기 싫었던 그는 너무나 쉽게 집을 나가겠다고 말하는 그녀 때문에 충격이 컸다.

「난 너 못 보내. 케이트 제발…….」

그는 비굴할 정도로 그녀에게 매달렸다. 그런 재우의 끈질김 때문에 그녀도 자신의 고집을 굽히는 듯 보였는데…….

「케이트! 케이트 어디 있어?」

케이트는 몇 자 끄적인 메모 한 장만 달랑 남겨 놓고 사라져 그를 황망하게 했다.

미안해, 재우. 난 이렇게 살 수 없어. 당신을 사랑하지만 난 나의 삶이 더 중요해. 그리고 난 평범한 삶을 원하지 않아. 날 이해해 줘. 안녕.

그는 그대로 자릴 박차고 나가 미친놈처럼 거릴 배회했다. 그녀와 같이 거닐던 곳에 가 보기도 하고 모델 친구들에게까지 찾아가 절박한 표정으로 구걸하듯 그녀가 간 곳을 알려 달라 빌었지만 돌아온 건 미친놈이라는 욕설뿐이었다.

그의 방황은 그렇게 시작되었다. 술에 묻혀 살다가 마약에까지 손을 댔다. 그녀가 사라진 지 3개월이 지난 후에는 집에서도 쫓겨나 길거리를 떠도는 신세로 전락하고 말았다.

"그래 가! 가 버려! 더러운 년, 나쁜 계집! 사라져! 사라지라고!"

독한 술을 물처럼 마셔 대며 허공을 향해 넋두리하던 재우는 급기야 환몽을 보며 자리에 쓰러져 버렸다.

"재우야, 일어나."

병원에서 이틀 만에 깨어난 그는 근심으로 얼굴이 반쪽이 된 모친을 올려다보았다.

"이게 무슨 일이니? 하마터면 큰일 날 뻔했다. 흐흐흑."

모친이 그의 손을 붙잡고 하염없이 통곡하는데, 앙상한 손이 그녀의 굴곡진 생을 여실히 보여 주었다. 부친과 일찍 사별한 모친은 마음만 먹으면 얼마든지 재혼할 수 있을 만큼 아름다운 분이셨다. 돈도 절대로 허투루 쓰지 않았고, 근검절약이 몸에 배어 있었다.

자신을 위해 희생한 모친에게 고작 이런 모습을 보이다니. 못난 놈이라고 스스로를 채찍질하며 그는 흐트러진 마음을 정리해 갔다.

"……죄송합니다. 어머니."

"흐흑…… 재우야, 한국에 가자. 돌아가서 다시 시작하자."

이후 독하게 마음먹고 한국행 비행기에 오른 재우는 마음의 병이 완전히 치유되지 못해 제 기능을 못 할 정도였다. 그의 인생에 있어 첫 시련이었던 것이다. 그 충격에 사고 회로는 비정상적으로 흘러갔다. 겉보기엔 멀쩡해 보여도 여자에 대한 혐오감이 커져 가는 중이었다.

'네가 날 버린 거라면 나도 네까짓 거 잊어 줄 테다. 깨끗이.'

배신감 때문에 마음에 갑옷을 두른 그는 넘어지면서 생긴 상처에 딱지가 앉는 과정을 겪어 보지 못했기에 분노하기만 했다.

그래서 그는 문제 해결이랍시고 복잡한 것들은 회피하기만 했다. 그렇게 무거운 짐들을 벗어던지면 구원을 받으리라 생각했지만, 착각이었다. 그건 언젠가는 터지고 말 화약을 품고 있는 것과 같았다.

그의 상처는 점점 더 심하게 곪아 가고 있었다.

하나뿐인 자식인 널 보내고 내가 어찌 살아갈 수 있을까. 이렇게 될 줄 알았더라면, 이런 결말일 줄 알았더라면……

이미 지나간 일은 후회해 봤자 돌이킬 수 없었다. 뒤도 돌아보지 않고 병원으로 들어서는 아들의 뒷모습에 그녀는 결국 참았던 눈물을 흘리고야 말았다.

정신을 놓아 버린 케이트를 입원시키고 난 뒤부터 그녀는 단 한 번도 제대로 발 뻗고 잠들어 본 적 없었다. 그런데 똑같은 병원에 제 아들을 입원시키게 될 줄이야……

병원 주치의의 조심스러운 권유였지만, 그녀는 한참을 망설였다. 하지만 그녀에게 선택지는 없었다. 더 이상 물러설 곳도 없었다. 모든 결말의 원인은 모두 제 욕심 때문이었다.

그녀는 하늘을 올려다보며 마지막 소원을 빌었다.

'여보. 하늘에서 지켜보고 있다면 부디 제게 재우를 지킬 수 있는 힘을 주세요. 더도 말고 덜도 말고 딱 하루만 재우보다 더 살아갈 수 있기를. 내 죄에 대한 대가는 모두 다 받을 테니, 재우가 가는 마지막 길에 제가 함께하길……'

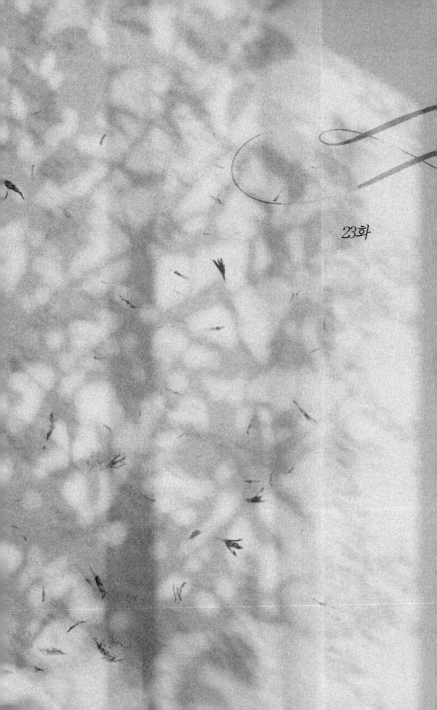

23화

평범한 중소기업 사장의 차녀로 밝고 순진했던 차오름, 그녀는 막 제대한 예비역과 사랑에 빠졌다. 대학을 졸업하자마자 뭐가 그리 급했는지 혼전 임신으로 결혼을 하게 되었다. 사랑하는 남편과 그런 남편을 쏙 빼닮은 아들이 있어 삶이 그저 행복하기만 했다.

자상하고 다정한 남편이 귀갓길에 뺑소니 사고로 세상을 떠나기 전까진.

남편 없는 과부, 애 딸린 젊은 여자란 꼬리표 때문에 주변 사람들의 편견 속에서 어떻게든 꿋꿋하게 살아가 보려 이를 악물었지만, 세상은 그리 호락호락하지 않았다.

결국 그녀는 친정의 도움을 받아야만 했고, 지하방 생활 때문에 천식에 걸린 아픈 아들을 위해서라도 그깟 자존심 다 버려야 했다. 주변 사람들보다 가족에게서 듣는 책망이 더 가슴을 쥐어짜는 듯한 고통을 주었다.

더군다나 그녀의 모친이 돌아가실 때 형제가 많은 집안이라 재산 문제 때문에 한바탕 전쟁을 치르기도 했다.

'쟤만 자식이야?'

'아버지가 돈 줬었잖아.'

'땅과 건물은 양보 못 해.'

의사인 오빠와 교사인 언니는 그녀를 일제히 힐난했다. 양심이 있다면 그러는 거 아니라며 그녀를 어머니를 꼬드겨 재산을 갈취한 협잡꾼으로 취급했다.

그래도 같은 부모의 배 속에서 자라 피를 나눈 하나뿐인 혈육이 아니었나. 돈 앞에선 피도 눈물도 없는 형제들 사이에서 그녀는 어린 아들을 안고 벌벌 떨며 모진 구박과 잔인한 협박을 견뎌내야 했다. 부친에게 이미 받은 돈이 있으니 물러서라는 말에 그녀는 끝까지 동의해 주지 않았다.

결국 재산 분할 문제가 법정 다툼으로까지 번져 그녀는 패소하게 되고, 이후로 가족의 얼굴은 볼 수가 없었다.

'그때 상속을 포기했더라면 상황은 달라졌을까?'

떨어지는 빗방울이 볼을 때려도 아무 느낌이 나질 않았다. 영국 리버풀에 마련해 둔 집으로 돌아가는 길이 왜 이리 아득하게만 느껴지는지. 반겨 줄 사람 하나 없는 그곳으로 빨리 돌아갈 이유가 없었다. 이제 그녀의 곁에는 아무도 없었다.

떨어지는 눈물은 빗줄기에 쓸려 내려갔다. 휘적휘적 걸어가는 뒷모습에서 그녀가 지나온 세월의 무게가 고스란히 덧입혀져 있었다.

나의 인생이 어디서부터 잘못된 걸까.

언젠가 부모로서 제 아들을 생각한다면 아들이 하고 싶어 하는 대로 믿고 맡겨야 하지 않느냐고 그녀를 훈계하던 케이트가 떠올랐다.

맹랑한 계집애에게 분노가 치밀었었다. 누구 아들인데 감히 훈계를 하는가. 그녀가 만들고 키운 아들이었다. 그러니까 자신에게도 아들의 미래에 대한 권리가 있다고 생각했다. 하지만 케이트는 아니라고 했다.

그녀는 이대로 두 눈 시퍼렇게 뜨고 저 여우같은 계집애에게 아들을 빼앗길 수 없다고 생각했다. 그래서 방법을 찾았다. 케이트를 아들에게서 떨어뜨릴 방법.

'어중간하게 손보면 버릇만 나빠져요. 확실하게. 알겠죠?'
'그런 건 우리 전문이니 맡겨 두시죠.'

험악한 인상의 남자들은 그녀가 건넨 돈다발을 확인하더니 눈을 빛냈다.

불길한 예감이 스쳐 그녀가 케이트를 찾아가 봤다. 그녀의 집 안은 어둠에 잠겨 있었고, 열어 둔 창문 사이로 스며든 바람 때문에 커튼이 나풀대고 있었다.

'웃…….'
'……케이트?'

고통스러운 신음 소리를 내며 바닥을 뒹굴고 있는 여자는 케이트였다. 순간 방 안에 가득 찬 비릿한 냄새 때문에 소름이 돋았다.

얼마나 흘린 건지 검붉은 피가 바닥에 흥건했다. 케이트는 몸 어디 하나 성한 곳 없어 보였다. 그녀는 순간 머리가 텅 비어 버린 듯했다. 사지를 떨며 경련하기 시작했다.

오름은 케이트가 사라지면 날뛰게 될 아들을 생각해 케이트인 척 메모를 남겨 두고 집 안을 깨끗이 정리해 뒀다. 만약 케이트를 조금 더 빨리 병원에 데려갔더라면 뇌 손상을 줄일 수 있었을지도 모른다.

그렇게 혼절한 케이트가 며칠 동안 의식을 회복하지 못하다 깨어났을 땐 열두 살의 아이가 되어 버렸다. 오름은 자신의 죄가 밝혀질까 두려웠고, 죄의식은 시간이 지날수록 점점 더 그녀의 숨통을 죄어 왔다.

끔찍한 과거의 일을 떨쳐 버리기 위해 서둘렀지만 다리가 움직이지 않았다. 급기야 몸이 휘청이며 균형을 잃자, 빗물이 고인 작은 웅덩이 속으로 몸이 고꾸라졌다.

누가 좀…….

"오름이? 차오름?"

"……?"

"오름아 나야."

"……언니?"

"그래."

차오름의 언니 차바름이었다. 기억 속의 언니보다 늙고 왜소해 보였지만 잔주름 사이 걱정이 그득한 얼굴은 분명 그녀가 알던 친언니, 차바름이 맞았다.

"여길 어떻게……."

"네가 영국에 있을 거라곤 상상도 못 했어. 이런 우연이 있을 수 있다니…… 흑."

원수처럼 사이가 틀어져 등 돌린 게 엊그제 같은데 원망하는 마음 따위 조금도 남아 있지 않았다. 그저 그립고 보고 싶은 얼굴 이었다.

"5년 전부터 영국에서 살고 있었어. 이민은 아니고, 어쩌다 보 니……."

언니는 근처 마을에서 작은 꽃집을 운영한다고 했다. 잘나가던 남편이 젊은 여자와 바람이 났고, 남편과 이혼한 후에 떠나온 영 국이었는데, 정착하게 되었다고 한다.

아이가 생기지 않아 근심하던 과거의 언니가 생각났다. 아이 문제도 있었던 걸까.

"자식 때문이 아니라도 언젠가 일어날 일이었을 거야. 그렇게 생각하기로 했어. 고집 피워 봤자 나만 병들고 괴로울 테니까."

"언니……."

"지난달에 잠깐 한국에 들어갔다 나오면서 혹시나 싶어 네 소식을 알아봤어. 재산까지 다 처분하고 외국으로 떠났다고 해서 얼마나 놀란 줄 알아?"

두 눈으로 제 언니를 보고 있음에도 믿기지 않았다. 그녀의 오른손이 더듬더듬 언니의 하얀 손을 붙들자 전해져 오는 따뜻한 온기가 현실이라는 걸 말해 줬다.

"내가 정말 할 말이 많아. 내가…… 흐흐흑…… 언니, 언니야……."

"그래. 우리 천천히 하자, 천천히. 너와 내가 함께할 시간이 많은데 서두를 필요 없잖아. 응?"

말 잘 듣는 어린아이로 돌아간 오름은 따스함이 담뿍 담긴 언니의 눈동자를 하염없이 바라보았다.

"언니 미안해. 내가 그땐 미안했어. 내 욕심만 부리고……."

"아냐. 나도 미안하지. 어린 나이에 자식 키우느라 고생하는 너 모른 척하고. 이기적인 행동이었어. 정말 후회해."

가슴 한편을 짓누르던 돌덩이 하나가 떨어져 나가는 것 같았다. 지옥을 오가던 죄 많은 영혼이 안식과 평온을 되찾았다. 오랜만에 느껴 보는 따스함이었다.

"앞으로 자주 얼굴 보자. 이제 함께하자."

기운이 없어도 기운이 솟았다.

절망의 끝에서 마주한 작은 희망의 씨앗이었다. 오름은 살고 싶어졌다. 힘을 내어 다시 살고 싶었다.

또다시 그녀에게 밝은 하루가 찾아왔다.

변함없이 그녀를 반겨 주는 낯선 이국땅에서 만난 언니가 오늘도 그녀를 반기며 미소 짓고 있었다. 눈앞에서 살아 숨 쉬고 있었다.

"언니. 오늘은 라일락이 싱싱하네. 좋은 소식이 오려나?"

"그러게. 좋은 소식 있으면 좋겠다."

"고무나무가 시들시들한데 분갈이해야겠지?"

"아서. 힘들어. 보통 큰 나무가 아니잖아."

"아냐. 맘먹었을 때 후딱 해치워야지. 식물도 살아 숨 쉬는 것들인데 얼마나 답답하겠어?"

바름은 동생이 분갈이할 준비를 하려 하자 말리려다 그만두었다. 활기찬 모습이 보기 좋았기 때문이다. 마음의 짐을 내려 두기엔 육체노동만 한 게 없었다. 힘을 쓰면 밤에 여기저기 욱신거려도 기분 좋게 숙면할 수 있었다. 아무 생각 없이 고민 없이 푹 잠들 수 있었다.

입으론 내려놓았다지만 새벽잠에서 깨면 찬물을 마시고 응어리진 가슴을 쓸어내려야 겨우 눈을 붙일 수 있었다.

모든 걸 안다고 생각했고 의지했던 남편은 젊은 여자와 눈이 맞자 그녀를 헌신짝 버리듯 외면했다. 남편이 다시 돌아올 거라고 희망을 품었지만, 긴 시간을 버텨 낸 그녀에게 남은 거라곤 독한 여자라는 타이틀뿐이었다.

심장을 떼었다 붙였다 할 수 있다면 얼마나 좋을까. 그러면 고통도 회한도 후회도 없을 텐데.

텅 빈 공간에 홀로 남겨진 적막감이 날 미치게 만드는데 난 아직도 숨을 쉬고 있다. 살아온 세월보다 살아갈 날이 더 많아 어쩔 수 없이 꼼지락거리게 된다. 사랑하는 이에게 버림받은 고통은 가슴에 얹혀 체한 것처럼 내려가질 않는다. 얼마나 더 시간이 흘러야 무뎌질까. 언제쯤 덤덤해질 수 있을까.

그녀의 분노를 가라앉히는 유일한 방법은 남편에게 부치지 못하는 편지 쓰기였다.

혼인 서약을 잊고 파랑새처럼 딴 여자에게 날아가 버린 내 남자, 차바름의 남편 차상진에게.

여보……. 밉지만 사랑했기에 아직 용서하지 못했어. 그냥 잊은 것처럼 살 뿐이지.

당신은 행복하겠지? 행복할 거야. 예쁘고 토끼 같은 자식이 생겼을지도 몰라.

아, 그건 무리일까?

아이가 생기지 않은 건 당신 때문이었다는 거 모를 테니까. 예쁜 당신의 누님이 도박하는 아주버님 때문에 빌려 간 돈이 꽤 된다는 것도 모르길 바라. 부모님처럼 믿고 따르는 숙부가 암에 걸려 남은 생이 얼마 되지 않는다는 것도.

그 외에도 모르는 게 차라리 맘 편할 이야기는 무수히 많지만, 나머진 당신이 알아내야 할 몫일 테니 남겨 둘게. 잘 살아…….

한 가지 바람이 있다면, 당신도 내가 흘린 눈물의 양만큼 울어 봤음 해. 남의 고통이 내 고통이 되었을 때야 비로소 가해자는 피해자의 고통을 반이라도 이해할 수 있을 테니까.

그날까지 많이 행복해야 해. 행복한 만큼 추락했을 때 더 비참할 테니까.

나처럼.

오름은 가장 최근에 썼던 편지를 읽어 내리며 아직도 전남편에 대한 미움과 미련을 버리지 못했음을 깨달았다. 아마도 전부 내려 두기엔 더 많은 시간이 필요하다는 것을 알고 있었다.

하지만 살아갈 아득하기만 했던 시간들이 조금은 밝아지고 있었다. 사람에게 받은 상처를 치유해 가고 있다는 확실한 증거였다.

"언니, 옮기는 거 힘들어. 도와줘!"

바름은 홀로 낑낑대다 도와 달라 외치는 오름의 목소리를 듣고 현실로 돌아왔다. 그녀가 속한 세계였다. 바쁘고 손님이 오가고 힘이 들고 밥 먹을 틈도 없는 작은 화원이 그녀가 살아갈 곳이었다.

하지만 외롭지 않을 것이다. 혼자가 아닌 둘이었으므로.

"그래. 기다려. 갈게."

손이 모자랄 때 돕고 말동무가 된 자매는 그렇게 다시 그들만
의 추억을 만들어 가고 있었다.

24화

케이트 밀러는 영국의 작은 마을의 가빈한 집안에서 태어난 것으로도 부족해 아버지는 술고래였고 무능력한 데다 무식했다.

날이면 날마다 고함을 지르며 부모님이 싸우는 데 이골이 날 대로 난 케이트는 바로 옆에서 부부싸움을 하든 말든 전혀 상관 않고 밥을 먹는 수준에 도달했다.

물론 건방지다며 접시가 공중으로 날아가 버렸지만.

「에텐 그 사람이……」

비 오는 날 문을 두드리는 소리에 나가 보니 경찰 두 명이 시신을 수습했다며 신원을 확인하기 위해 찾아왔다.

에텐 밀러, 술에 잔뜩 취해 논두렁에 멀리를 처박고 그대로 즉사했다고 한다.

그야말로 개죽음이었지만 어느 누구도 그의 죽음을 안타까워하지 않았다.

딸인 그녀가 걱정했던 건 앞으로 어머니의 짜증은 더 늘어나고 형제들은 구박받는 일이 더 많아지겠구나, 이 정도였다.

아버지가 죽고 난 지 1년이 채 되지 않아 더러운 성질에 낯짝만 반반한 남자를 두 번째 남편으로 맞이한 어머니 때문에 졸지에 의붓아버지가 생겼지만, 조금도 기쁘지 않았다.

케이트는 나이보다 성숙한 편이었다.

조금씩 가슴이 나오고 몸에 여성스러운 곡선이 보이기 시작하는 나이가 되자, 음흉하고 은밀한 시선이 그녀를 항상 따라다녔다.

어머니는 의붓아버지 클렌, 그의 어디가 마음에 들어 재혼이란 걸 했을까.

밤마다 울려 대는 이상한 신음 소리 때문일까?

새벽마다 괴성을 지르며 부부관계를 하는 두 사람 때문에 케이트는 스트레스가 이만저만이 아니었다.

어머니와 의붓아버지는 작은 마을에서도 많은 가십을 몰고 다녔다.

케이트가 길을 지날 때마다 마을 사람들이 누구누구 딸이라며 수군대는 통에 그녀는 창피해 죽을 지경이었다.

「이제 오니?」

어쩐 일인지 대낮에 술 마시러 나가지도 않고 클렌이 집에 있었다.

「네.」

「네 엄마는 오늘 일이 있다고 늦게 온다더라.」

「그래요?」

케이트가 더위를 식히기 위해 차가운 물을 벌컥벌컥 들이켜자 가슴이 오르락내리락했다.

어쩐지 클렌이 음흉하게 쳐다보는 듯해 팔에 오소소 소름이 돋았다.

「네 엄마를 닮아 예쁘구나.」

어느새 가까이 다가온 클렌이 머리를 쓰다듬자 공포를 느낀 케이트가 도망치려 했다. 하지만 그가 재빠르게 케이트의 팔을 꽉 잡고 얼굴을 들이밀었다.

「어른이 말하는데 버릇없이, 어딜!」

「이거 놔주세요……. 숙제해야 해요.」

「숙제보다 재미난 거 가르쳐 줄까?」

클렌이 케이트의 몸을 어깨에 걸쳐 메는 건 순식간이었다.

「내려 줘요! 엄마! 오빠!」

이대로 클렌에게 끌려간다면 무사하지 못할 거 같았다. 어린 나이여도 알 건 다 알았다.

케이트가 악을 쓰며 다리를 버둥거려 봤지만 무식한 클렌은 간지럽다며 더욱 흥분하는 듯 보였다.

「놔요! 놔요!」

세상에 태어나 처음 겪어 보는 공포였다. 어릴 적 부친에게 죽도록 맞았을 때도 어머니가 밥을 굶겼을 때도 이렇게 무섭진 않았다.

침대에 내던져진 케이트가 반동으로 발딱 일어나려 하자 클렌이 무릎으로 꾹 누른 채 누런 이를 드러내며 짐승 같은 본색을 드러냈다.

「아아아악!」

짜악—

그가 악을 쓰는 케이트의 뺨을 거칠게 내려쳤다.

「조용히 못 해! 예뻐해 주겠다는데, 이러면 재미없어!」

밤마다 엄마에게 하는 이상한 짓을 저에게 하려는 게 틀림없었다. 그가 셔츠를 벗으니 더러운 고기 냄새가 훅 하고 풍겨 토할 것 같았다.

「싫어! 싫어요! 놔요!」

「이게 정말! 가만 안 있어!」

그가 어린 케이트의 가슴을 주먹으로 내리쳐 그녀는 숨이 잘 쉬어지지 않았다. 그래도 사력을 다해 케이트는 계속 반항했다. 가는 팔다리를 휘저어 앞을 향해 발길질을 했다.

「이게 정말!」

그다음부터는 기억나지 않았다. 그에게 무지막지하게 맞았다는 것 외에는.

「……트. 케이트.」

무거운 눈꺼풀을 겨우 들어 올리니, 천사님이 보였다.

「……천사님?」

천사님은 마리아 수녀를 말한다. 마리아 수녀가 눈물을 글썽이며 다가와 케이트의 손을 꼭 잡아 주었다.

「살았구나. 다행이다, 다행이야. 하느님의 뜻으로 네가 살아났구나.」

정말로 하느님의 뜻인지는 모르겠지만, 불우이웃으로 선정된 케이트가 상급 학교를 다닐 수 있게 되었다는 기쁜 소식을 알려 주기 위해 마리아 수녀가 가정 방문을 했다가 처참한 광경을 목도하게 되었다고 했다.

「천사 수녀님……. 아파요. 눈이 안 보여요.」

「조금만 참아. 천만다행으로 실명되지 않았으니까. 그 더러운 자식…… 아니, 네 의붓아버지는 바로 구속될 거야. 그러니까 걱정 말아라. 알았지?」

하지만 2년 뒤 클렌이는 가벼운 형량을 선고받아 다시 집으로 돌아올 거라는 소식을 접한 케이트는 곧바로 짐을 싸 가출을 감행했다.

그가 다시 돌아온다면 그가 죽든지 그녀가 죽든지 둘 중 하나였으니까. 그녀는 죽고 싶지 않았다. 그렇다고 그를 죽일 힘도 없었다.

이럴 때를 대비해 모아 뒀던 돈과 서랍에서 몰래 훔친 돈을 챙겨 그녀는 무작정 캔터베리로 향했다.

그리고 그곳에서 닥치는 대로 일을 해 모은 돈으로 꿈에도 그리던 런던으로 향했다.

그녀의 반반한 얼굴은 수입에 도움이 되기도 했지만 추행의 표적도 되었다. 어린 여자들을 밝히는 호색한 새끼들은 널리고 널려 있었다.

카페 같은 시급은 낮지만 평범한 아르바이트를 하던 그녀는 살인적인 런던의 물가를 감당할 수 없었다.

결국 그녀도 어두운 세계로 발을 들여놓게 되었다. 하고 싶은 일을 하기 위해서라고 눈 가리고 아웅 하며 그렇게 자신을 다독였다.

클럽에서 춤추는 일은 고되고 힘들었지만 운이 좋은 날이나 주말이면 평소보다 많은 돈을 벌 수 있었다. 까짓 가슴 한 번 보여준다고 닳는 것도 아니라고 생각했다.

케이트는 하나둘 나이를 먹어 가고 있었다. 가진 거라곤 반반한 얼굴과 굴곡진 몸매, 화려한 처세술뿐이지만 뮤지컬 배우를 꿈꾸고 있었다.

우연히 관람하게 된 뮤지컬 공연이 신세계를 경험하게 했다. 그때부터 케이트의 꿈은 뮤지컬 배우가 되었다.

하지만 그녀가 먹고살기 위해 하는 일은 나이가 먹을수록 고되기 시작했다. 더군다나 뮤지컬 배우와는 거리가 먼 일들이었다.

그때 최재우라는 동양인 남자가 눈에 들어왔다. 공원 구석구석을 잘 아는 그녀가 음료 자판기를 찾는다고 하니 순진하고 어벙한 동양인 남자는 저가 먹으려던 새 음료를 내밀었다. 그런 호의에 익숙하지 않았지만 케이트의 기분은 날아갈 것 같았다. 여자로

서의 자존감도 높아졌다.

몇 번 베껴 먹은 다음 안 만나려고 했는데, 의외로 동양인 남자는 성실했고 순수했다.

「집세를 언제까지 안 내놓을 작정이야!」

집주인 타냐가 그녀의 짐을 길바닥에 내버리기 시작했다. 이번 달에는 지출이 많아 수중에 돈이 없었다.

「지긋지긋해! 너 같은 여자들!」

「타냐 제발…….」

바퀴 달린 가방 두 개가 그녀의 짐 전부였다. 아득한 거리에서 생각나는 이는 최재우, 그였다.

전화 한 통화에 바로 달려와 주는 그가 왜 이리 반가운지, 왜 눈물이 나는지 모르겠다. 그녀는 곧장 재우의 품으로 뛰어들었다.

「재우, 고마워. 와 줬구나.」

「케이트…….」

씩씩하고 발랄한 여자였다. 하지만 그녀 나름대로 열심히 살려고 애쓰는 모습이 애처로워 보일 때가 많았다. 가끔 사소한 부탁으로 귀찮게 할 때도 있었지만, 외면할 수 없는 뭔가가 그녀에게 있었다.

그는 그녀에게 그늘이 되어 주고 싶었다. 동정심이라 생각했는데 아무래도 그건 아닌 것 같았다. 가슴이 이렇게 아픈 걸 보면.

「무슨 일 있어?」

「당분간 신세 좀 져도 될까? 대신 집세는 꼭 낼 거야!」

덤덤한 말투였지만 목소리가 떨리고 있었다. 거절하면 갈 데도 없으면서.

「그래. 그렇게 해.」

「집세 낸다고.」

「그래. 그러자.」

그녀는 나비 같았다. 하루에도 수십 번씩 옷을 갈아입고 빙빙 돌며 예쁘냐고 묻는 그녀는 그를 불안하게 했다. 나비처럼 언제라도 날아가 버릴 거 같았다.

두 남녀는 자연스럽게 함께 지내면서 몸을 나누며, 사랑을 나눴다. 상대방을 위해 헌신하고 양보했다.

케이트는 무서웠다. 동양인 남자에게 빠질 줄 몰랐다. 자상하고 다정한 그는 오늘도 군소리 없이 옷을 다려 놓고 샐러드를 만들어 주었으며 강아지를 산책시켜 주었다.

그와의 관계가 깊어 갈수록 케이트는 초조해졌다. 한국이라는 나라에 대해 검색도 해 보고 공부도 했지만 그녀의 불안감은 나아지지 않았다.

사랑이 모든 걸 해결해 줄까? 과연 그럴까?

확신할 수 없었다.

「겁이 나. 당신이 날 버리고 떠날까 봐.」

연인은 같은 고민을 하고 있었다. 많은 숙제들이 그들 앞에 놓여 있었지만 누구도 먼저 이야기를 꺼내지 못한 채 눈치만 보고 있었다.

「나, 재우 엄마예요.」

말하지 않아도 알 수 있었다. 그의 모친이라는 걸. 그리고 그녀가 교양 있게 말해도 바라보는 눈길 속에 자신을 향한 적대심과 경멸이 숨어 있다는 걸 알고 있었다. 살아오면서 많이 경험했던 거였으니까.

「언제부터 이곳에 살고 있었죠? 방을 빌려 쓰고 있다는 거짓말은 하지 않았으면 좋겠어요.」

그녀의 시선이 방 곳곳에 배치된 물건들에 꽂혔다. 누가 보더라도 두 남녀가 함께 사는 집이었다.

케이트는 그녀에게 잘 보이고 싶었다. 의자에 앉기를 권하고 재우가 즐겨 마시는 녹차를 대접하고 싶었지만, 그녀는 싫다고 했다.

「들어오세요. 난 일이 있어서 나가 봐야 하니까.」

「……이봐요.」

「월세 꼬박꼬박 내고 있어요. 공짜로 사는 거 아니에요. 물어보시면 되겠네요.」

「계속 여기서 살겠다는 말인가요?」

여자의 눈썹이 하늘을 향해 치솟았다.

「그건 그 사람과 나의 일이에요. 그쪽이 상관할 일이 아닌 것 같은데요.」

「뭐라고요?」

케이트는 저런 여자에게 고갤 숙이느니 차라리 혀 깨물고 죽는 게 나을 거 같았다.

「그렇잖아요. 그 사람 어엿한 성인이에요. 난 그의 애인이고요. 한국에선 어떨지 몰라도 여긴 영국이고, 난 영국인이니까. 나한테 멋대로 찾아와 이래라저래라 하는 거 불쾌해요.」

케이트는 말이 너무 심했나 싶어 후회했지만, 여자는 충격받은 얼굴로 찬바람만 휑하니 날리며 사라졌다.

하지만 그녀는 끈질겼다.

전화까지 걸어 와 재우와 헤어지길 종용하고, 불시에 찾아오고, 급기야는 어떻게 알아냈는지 일하는 곳까지 따라와서 기다리기도 했다.

하필 보슬비가 내리는 날 야외에서 찍는 속옷 촬영 날이었다. 스태프들이 주변을 통제해도 호기심과 탐욕에 물든 사내들이 거친 욕설과 음담패설을 해 댔다.

케이트는 이를 악물었다. 그녀에게 보란 듯이 더 화려한 모습을 보이기 위해 활짝 웃기까지 했다.

시퍼런 핏줄이 도드라지도록 주먹을 세게 움켜쥔 그녀에게 등을 돌린 케이트는 절대로 물러서지 않겠다고 다짐하며 입술을 깨물었다.

「뭐라고요? 그건 내 일이었잖아요.」

「그게……. 갑자기 그렇게 됐어. 미안해.」

그동안 무엇을 위해 한 달 동안 속옷 촬영을 해 왔는가. 이번 촬영만 잘 마무리 지으면 그녀에게도 일다운 일을 주겠다고 하여 참고 참았는데…….

「누구예요? 누가…… 설마…….」

짐작은 확신으로 굳어졌다. 그 여자의 짓이었다.

「아아악!」

미친 여자처럼 머리를 쥐어뜯은 그녀의 눈에 핏발이 섰다.

「지금이라도 물러나면 위자료 정도는 챙겨 줄게요.」

「닥치고 꺼져.」

「……뭐라고?」

「당신 맘대로 안 될 거야. 내가 당신 뜻대로 움직일 줄 알아? 재우에게 당신이 한 짓 다 일러바칠 거니까 알아서 해. 그 사람이 누구 편을 들 거 같아? 당신? 웃기지 마. 그 남자 나한테 푹 빠져 있어. 당신과 나 중에 선택하라면 버림받는 쪽은 당신이 될 거야. 알아?」

「너…….」

미친 여자처럼 머리를 산발한 채 케이트가 퍼붓는 말은 재우의 모친 오름에겐 저주였다.

아들이 그녀에게 등을 돌린다고? 버린다고? 그건 그녀에게 죽음과도 같은 선고였다. 두려움에 손발이 떨려 왔다. 회유와 돈으로 먹히지 않는다면 마지막 방법을 쓸 차례였다.

하지만 그녀를 해할 생각은 정말 없었다. 겁만 주고 도망가게 만들 생각뿐이었는데, 거금에 눈이 먼 남자들은 그녀의 지시를 무시하고 젊고 예쁜 케이트를 범하려다 반항이 거세지자 심한 구타

와 폭행으로 초주검으로 만들어 놓았다. 얼마나 팼는지 얼굴이 성한 곳 없었고 자궁은 파열되었다.

「이년이 감히 누구 얼굴을 쳐!」

찢어져라 소리치고 발길질하고 반항했다. 의붓아버지와 같은 족속들에게 당하느니 차라리 죽는 게 나았다.

가까스로 버텼던 의식이 끊겨 버렸다. 덩치 큰 남자의 구둣발이 정통으로 가랑이 사이를 차올렸기 때문이었다.

사진을 찍는 것처럼 눈앞에 플래시가 번쩍이며 터졌다.

그러자 환하게 웃으며 어딘가로 달려가는 어린 그녀가 보였다. 자신은 세상에 태어나 행복하던 때가 한 번도 없었다고 생각했는데, 남루한 옷을 입고 넓은 들판을 달려가며 까르르 웃는 어린 그녀는 분명 행복해 보였다. 그래서 그녀는 순수했던 그때로 돌아가고 싶었다.

의식을 잃고 쓰러진 그녀는 웃고 있었다. 함몰되고 일그러진 살덩이 사이로 핏물이 고여 흘렀다.

당신은 나에게 살아가야 할 이유였다. 장난처럼 시작했지만 가볍지 않았고, 마음이 깊어질수록 아프고 허전했다.

사랑하기 위해 오늘도 내일도 숨을 쉬는데 세상의 잣대는 날 불량품으로 만들었다. 이런 내가 당신 곁에 머문다면, 당신을 괴롭히게 될까 봐 두렵다.

아무것도 모르는 철부지 어린애로 돌아가면, 그러면 편해질까?

그럴 수 있을까?

재우…….

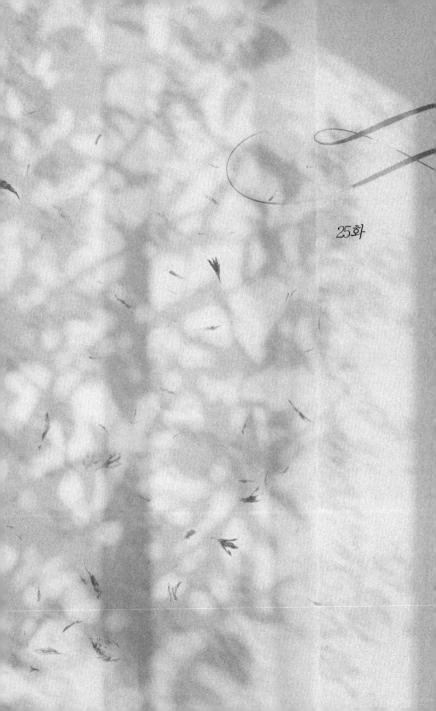

25화

남주희, 그녀는 1남 1녀 중 차녀로 제법 산다는 집안의 딸이었다. 여자가 귀한 집안이라 어릴 적부터 귀하게 자라 철이 없다는 말도 종종 들었지만, 무탈하게 살아가고 있었다.

하고자 하는 일은 기어이 해야 직성이 풀렸다. 오빠 윤섭처럼 머리가 똑똑하진 않았지만, 타고난 눈치와 기지로 세상 편하게 사는 법을 일찌감치 터득했다.

원하는 것을 소유하기 위한 거짓말과 눈물은 기본이고, 기분 나쁜 일이 있음 몇 날 며칠 방에 틀어박혀 식음을 전폐했다.

그녀가 전횡을 일삼을 수 있었던 가장 큰 원동력은 부친이었다. 붙면 날아갈까 애지중지하던 아버지는 안타깝게도 일찍 세상을 떠나 버렸다. 버릇없어도 고집 부려도 내 딸이 최고라며 편들어 주고 치켜세우던 아군이 사라지자 세상은 그녀에게 빠르게 철이 들 것을 강요했다.

연애는 몇 번 해 보았지만 제 나이 또래는 성숙하지 않고 뭔가 부족했다. 그러다 최재우 그를 만났다. 어딘가 음습하고 사연 많은 남자처럼 보였다. 그래서 더 갖고 싶었다. 한눈에 저 사람이다 싶었는데 상대는 도통 관심을 보이지 않아 더 애가 탔다.

그가 자주 출몰하는 카페에 출근 도장을 찍고 눈도장도 열심히 찍어 대자 목석같은 남자는 느릿하게 다가왔다. 감질나게.

친오빠에게 끝까지 말 못 하였던 진실, 그건 바로 비겁함이었다.

호주로 쫓기듯 떠나면서도 누가 뒷덜미를 잡아당기는 것 같은 공포에 미칠 것 같았다. 사랑을 시작한 건 분명 그녀가 먼저였고 구걸한 것도 그녀였다. 이제 와 사정이 바뀌었다고 책임을 전가시킨 자신이 부끄러웠지만 무섭고 두려워 말할 수 없었다.

사귄 지 얼마 되지 않았을 때 전화를 자주 안 해 준다고 징징 댄 것도 그녀.

보통의 연인들은 밸런타인데이 때 이벤트를 해 준다고 조른 것도 그녀.

얼마나 사랑하느냐며 술 마시고 주정한 것도 그녀.

부모님께 소개시켜 달라고 부추긴 것도 그녀였다.

하지만…… 진실로 그를 사랑하지 않았기에 호기심이 채워진 뒤 정작 그의 애정이 쏟아지자 부담스러워졌다. 상대방이 아니라 사랑이라는 감정을 사랑한 탓이었다. 남자에게 자신을 버려 가면서까지 온전히 몰두하는 성격이 아닌 탓도 있었지만, 남주희는 자기애가 넘치는 여자였다.

키스하면서도 딴생각하기 일쑤에 만남을 회피하자 최재우 그가 매달리기 시작했다. 간사하게도 내 것이 아닐 때는 갖고 싶어 안달 났지만, 막상 갖고 나니 별거 아니라는 생각에 그의 관심이 귀찮기만 했다.

"주희야, 너 요새 왜 날 피하니?"

"내가 언제? 그냥 피곤해서 그래요."

"이번 주에는 바다 구경 갈까?"

"약속 있어요."

"그럼 다음 주는? 내가 계획 다 짜 놓을 테니까, 넌 내 옆에만 있어."

"……생각해 볼게요."

상대의 썩어 가는 어두운 얼굴을 외면하고 도망치듯 자릴 피한 주희는 그날 이후 그와의 만남조차 피하기 시작했다.

"내가 고칠게. 맘에 안 드는 거 있으면 말로 해. 제발, 주희야……"

"그냥 우리 헤어지면 안 돼요?"

"……뭐?"

"공부도 하고 싶고, 아직은 준비가 덜 된 것 같아요."

"무슨 준비?"

"그냥 이것저것."

하지만 재우는 그녀를 쉽게 포기하지 않았다. 주희는 그러면 그럴수록 그를 피하고 싶고 만나기 싫어 미칠 것 같았다. 비 오는 날 기다리고 있다며, 하루 종일 카페에서 문자 보내는 그가 소름 끼쳤다.

'가볍게 사귀다 헤어지는 연인이 한둘인가. 왜 저렇게 쿨하지 못한 건데?'

행동반경이 넓지 않은 그녀지만, 문득 고개를 들면 멀리서 그가 지켜보고 있었다. 짜증이 솟구쳐 신고해 버릴까 싶다가도 저러다 말겠지 싶어 참고 참았는데, 그의 오기와 집념은 타의 추종을 불허했다.

주희는 그가 영원히 포기하지 않고 그녀 곁을 알짱댈지도 모른다는 데 생각이 미치자 난국을 헤쳐 나갈 방법을 연구하기 시작했다.

"뭐라고?"

"가볍게 몇 번 만났는데 스토커 저리 가라야. 미치겠어, 정말."

오빠 윤섭이 흥분하며 당장 그의 목을 따 버리겠다고 했지만, 유약한 성격의 어머니가 뜯어말리며 우선 설득해 보는 게 순서 아니겠냐며 만남을 가져 보라 권유했다.

하지만……

아무리 그를 설득해도 소용이 없었다. 그는 미친놈인 게 확실했다.

모든 일에 책임을 지라는 둥, 가볍게 주희를 맘에 둔 것 아니라는 둥, 여자 하나는 호강시켜 줄 능력이 있다는 둥, 주제에서 벗어난 자기중심적 대사만을 나열했고 사정은 하나도 나아지질 않았다.

법은 멀고 무력은 가깝다고 사람을 써 다리라도 분질러 버릴까 싶다가도 혹시라도 해코지해 올까 봐 용기를 내지 못했다.

"떠나. 오빠가 돌아오라고 할 때까지 절대 오면 안 돼."

결국 그녀는 팔자에도 없는 호주 유학을 떠나게 되었다.

떠날 때만 하더라도 마음속으로 그에게 원망을 퍼부었다. 왜 자신이 떠나야 하는가. 가볍게 만나고 헤어지면 되는 거였는데, 그 사람은 왜 자신을 이렇게 피곤하게 만드는 건지.

원망으로 머릿속이 가득 차 정작 그녀가 외면한 남자가 받은 상처를 헤아리지 못했다. 아니, 알려고도 하지 않았다. 진실을 외면하고 사실을 왜곡한 채 한 사람을 바보로 만들었다는 비겁함을 인정하지 않았다. 그때는…… 그랬다.

하지만 나이를 먹고 사회생활을 하고 사람을 대하면서 그녀도 많이 둥글어지고 현명해졌다.

드라마 촬영장에서 다시 만난 재우를 피한 이유는 창피함 때문이었다. 차마 얼굴을 들지 못했다. 과거에 그녀가 그에게 얼마나 큰 상처를 주었는지, 후회하고 미안해할 줄 아는 나이가 되어 있었던 것이다.

그런데…… 그의 눈은 그녀를 향해 있지 않았다. 그의 관심 대상은 문손하였다. 예쁘고 재능 많은 조용한 여자. 다행이다 싶으면서도 이상하게 짜증이 나는 이유는 무엇인지. 질투라는 감정은 아니었지만 이제는 완전히 그에게서 잊혔다는 사실이 조금은 씁쓸하게 다가왔다.

문손하에게 조심하라고 말했던 건 걱정이 반, 시기심이 절반 섞인 속없이 내뱉은 말이었다. 웃기지도 않게.

사건이 터지고 재우의 본색이 드러나자 주희는 가슴이 철렁 내려앉았다. 그의 이상 행동에 원인 제공을 한 사람이 바로 그녀였기 때문이었다.

　겉이 번지르르하다 해서 속까지 멀쩡했던 것이 아니었다. 진심으로 그에게 사과하지 않았다. 그녀는 끝까지 제 일신과 체면이 우선이었다.

　'너 언제까지 그렇게 비겁하게 굴래?'

　그녀는 늦지 않게 그를 찾아가 진심으로 사죄하고, 더 이상 그가 피해 입지 않도록 도와야 한다고 생각했다.

　"재우 씨 미안해. 내가 잘못했어. 너무 늦었지만, 용서해 줘. 늦어서 미안해."

　"……누구세요?"

　영국 리버풀에 있는 병원을 찾은 주희는 끝내 눈물을 흘리고야 말았다. 어렵게 오빠 윤섭에게 모든 걸 다 털어놓았고, 허락을 구해 영국에 있는 그를 찾아왔다.

　사랑에도 책임이 있고, 헤어짐에도 예의가 있어야 했다는 따끔한 일침에 정신이 번쩍 들었던 것이다.

　그런데 그녀가 알고 있던 빛나던 최재우의 모습은 어디 갔을까.

　멍하니 눈망울을 굴리며 당신이 누군지 모르겠다는 무심한 얼굴을 마주하자 그냥 그렇게 눈물방울이 흘러내렸다.

"친구……. 잘 지내죠?"

"응. 근데 나 가 봐야 하는데."

한국에서 영국에 오기까지 반나절이 걸렸는데, 그를 마주한 시간은 고작 5분이었다.

「오빠, 빨리빨리.」

앳된 영국 여자의 목소리에 재우는 반사적으로 벌떡 일어났다.

"미안한데 동생하고 그림 그리기로 했거든. 잘 가."

재우가 영국 여자와 남매처럼 나란히 걸으며 웃고 있었다.

주희는 그를 붙들려던 손이 너무나 행복해하는 그의 환한 미소에 힘을 잃고 아래로 떨어졌다.

사랑을 흉내 내 아프게 한 죄가 컸음을 이제야 깨달아 미안했다고, 수백 번 되뇌던 그 말은 그렇게 입안으로 깊숙이 삼켜 버렸다.

다 지나고 이제 와 용서해 달라면 무슨 소용일까. 주희는 하염없이 속죄의 눈물을 흘려야 했다.

지나 버린 계절은 흔적만 남았어. 빛 밝았던 맑은 날 시선을 붙들던 당신이 내 눈길을 빼앗아 사랑이라 착각했어. 한 번쯤 꿈꾸었던 열정, 넘고 싶었던 욕망이라는 경계선, 당신과 마주한 그날이 아직도 생생한데 황홀했던 순간이 지나자 모든 것이 순식간에 식어 버렸지.

소중한 인연에 감사해야 했는데 더 사랑해 달라는 말에 뒷걸음치며 도망치기 급급했어. 나이가 어렸기 때문이라는 건 변명밖에

되지 않겠지만, 그래도 날 용서해.

미안하고 또 미안하고 미안해.

내가 잘못했어.

에필로그 1화

"대체 어디 간 거야?"

태진은 화가 머리끝까지 나 있었다. 경호원을 두고 사라진 아내는 한 시간이 넘도록 연락이 없었다. 아침에 은근슬쩍 혼자 다니고 싶다길래 안 된다 못 박았는데 이 여자가 반항이란 걸 하고 있었다.

납치 사건 이후로 트라우마에 시달리는 건 손하뿐만이 아니었다. 그녀를 찾지 못한 시간 동안 느꼈던 암담함과 공포를 태진은 두 번 다시 경험하고 싶지 않았다. 그렇기 때문에 더더욱 경호원을 붙여 둔 건데 아내는 매우 불편해했다.

신혼 생활 6개월째에 접어들었다.

결혼 전에 가평 집에 문이 닳도록 찾아가자 아예 현관 비밀번호를 가르쳐 준 신 씨는 그의 전폭적인 지지자였다. 남자가 진국이라고 어서 결혼을 해야 삶의 안정을 찾는다며 손하를 부추겼다.

어느 날 외국으로 출장 갔다가 새벽에 도착한 태진이 그녀가 몸살을 앓고 있는 모습에 대경실색해 119를 부르며 난리를 피우자 고개를 절레절레 젓는 문 사장이었다. 아직은 서먹서먹한 사이였지만 손하 때문에라도 잘 지내는 척 연기해야 했다. 하지만 불편한 건 사실이었다.

'흠흠, 빨리 날 잡아. 이거야 원, 불안해서 살겠나.'
'네, 아버님.'

그런데 말 뱉은 지 하루 만에 결혼식 날짜를 잡아 올 줄이야. 이제부터 조금씩 딸과 뭔가를 해 보려고 했는데, 도둑놈이 잽싸게 훔쳐 간 꼴이 되어 버렸다. 그렇다고 해서 저가 아비로서 이렇다 저렇다 뭐라 할 입장은 아니었기에 잠자코 있었다.

예전만큼 사나운 건 아니지만, 아직도 손하의 눈빛엔 문 사장을 향한 원망이 남아 있었다. 하지만 문 사장이 할 수 있는 건 아무것도 없었다. 그저 시간이 흘러가길 바랄 뿐이었다.

서울 화곡동에 위치한 이층집에서 태진은 거실을 왔다 갔다 하며 안절부절못하고 있었다. 때마침 손하가 집 안으로 들어서니 그가 득달같이 그녀에게 달려갔다.

"어딜 갔다가 이제 들어오는 거야!"

손하는 큰 소리를 내며 다그치는 남편을 망연히 바라보았다. 그녀가 예상한 것보다 더 과한 반응이었다.

"바람 좀 쐬었어요."

"전화는 왜 안 받아?"

"……못 봤어요. 미안해요."

그는 속에서 열불이 터지는 느낌이었다. 회사 일이고 뭐고 아내가 사라졌다는 보고를 받자마자 달려왔는데 그녀는 해사한 미소를 머금은 채 그를 바라보고 있었다.

"내가 얼마나 걱정했는지 알아? 뭘 잘했다고 그렇게 예쁘게 웃어?"

그녀는 그의 아이가 갖고 싶었다. 그를 쏙 빼닮은 예쁜 아이를. 하지만 그의 몸이 열 개라도 부족할 만큼 바쁘다는 걸 알고 있었다. 그래서 그녀는 그에게 아이 갖고 싶다는 말을 쉽게 꺼낼 수가 없었다.

그런 고민들 때문에 잠깐 머리 좀 식히러 산책하고 왔는데, 남편이 고래고래 소리를 지르니 섭섭함에 저도 모르게 입이 샐쭉 튀어나왔다.

"그럴 수도 있지 뭘 그래요?"

"뭐?"

콧김을 뿜는 것처럼 씩씩대는 남자가 귀여워 보이다니. 미쳐도 단단히 미쳤나 보다.

긴장이 풀렸는지 남자는 소파에 주저앉아 물을 벌컥벌컥 들이켰다.

태진은 고집쟁이 손하 때문에 여러 가지로 속앓이를 하는 중이었다. 둘이서 생활하기엔 큰 집이라 혼자서 집안일을 도맡아 하는 건 힘들 터였다. 하지만 그녀는 혼자서도 충분하다며 남의 손을 빌리려 하지 않았다. 오롯이 제 손으로 신혼집을 관리하고 싶어 하는 듯했다.

그러다 보니 그가 회사 일 때문에 귀가 시간이 조금만 늦어져도 집안일로 지친 그녀가 먼저 잠드는 경우가 허다했다. 말이 되느냐 말이다. 그렇다고 아침마다 밥상 위에 그녀를 엎어 놓고 신혼의 로망을 실현할 수도 없었다.

그는 틈만 나면 그녀를 침대 위에 눕히고 싶은데, 사실은 아직도 가끔은 그녀가 다시 사라져 버릴까 겁이 났다.

"잠깐 방으로 들어와 봐요."

"왜."

그는 저도 모르게 볼멘소리가 툭 튀어나왔다. 안방에 들어가 뭐 하려는 건지.

구시렁대는 남자에게 그녀가 조용히 말을 흘렸다.

"속옷 샀는데 안 볼 거예요?"

속옷, 속옷이라면······.

요사스럽게 웃는 아내의 입술이 오늘따라 반짝거렸다. 평소와 다르게 더 붉어 보이기도 했다.

"안 들어올 거예요?"

이런 날이 정말로 내게 오다니. 태진은 빛의 속도로 안방에 들어갔다.

"샤워하고 나올게요."

잘못 들었나 싶었지만 꿈은 아닌 게 분명했다. 항상 그가 유혹하고 덤벼드는 상황이었는데 무슨 바람이 불었는지 그녀가 먼저 손을 내밀었다. 그는 환호성이라도 지르고 싶었다.

하지만 무슨 놈의 샤워를 하루 종일 하는지. 그녀는 욕실에서 나올 생각이 없어 보였다. 이미 옷을 홀랑 벗어 버린 태진이 결국 침대 위에서 참지 못하고 일어서려 하자, 그제야 욕실 문이 빼꼼히 열리고 손하가 등장했다.

"뭐……."

검은색 슬립만 걸친 그녀의 흰 피부가 유난히 반짝거렸다. 뽀얀 가슴선이 훤히 드러나는 눈부신 차림새였다.

"아까 속옷 가게에 다녀왔어요. 경호원이 따라오면 안 되는 곳이잖아요."

당연히 안 된다. 그녀가 속옷 고르는 모습을 보면 절대 안 되고 말고.

"맘에 들어요?"

느릿하게 걸어오는 그녀의 하얀 허벅지에 시선이 꽂히자 그녀는 볼을 발갛게 물들였다.

"유혹하는 거야? 내가 아는 문손하가 맞아?"

그를 유혹하는 게 반은 성공한 거 같았다. 손하는 왠지 가슴이 뿌듯하여 절로 미소가 흘러나왔다.

하얗고 긴 손가락이 침을 꼴깍 삼키며 눈을 동그랗게 뜨는 남자의 얼굴에 닿았다. 열기로 가득한 검은 두 눈동자가 그녀를 잡아먹을 듯 번득였다.

"잘 어울려."

욕망으로 탁해진 목소리가 자신감을 부여했기에 더욱 과감해지는 그녀였다. 슬립의 금액이 눈알이 튀어나올 만큼 비쌌지만, 하나도 아깝지 않았다. 입어도 입지 않은 것 같은 부드러운 실크가 여성스러운 곡선을 고스란히 드러내 탈의실에서 입어 봤을 때 마음에 쏙 들었다.

그녀의 허리를 감싼 손에 점점 힘이 들어갔다.

남편은 지나치게 그녀를 배려했다. 마치 깨지기 쉬운 물건을 다루듯 늘 아껴 줬다. 손하는 남편의 그런 태도가 싫은 건 아니었지만, 가끔은 서운할 때가 있었다. 아쉽다는 표현이 맞는 걸까. 그래서 그녀가 조금 더 용기를 내 보았던 건데, 그의 반응이 이렇게 뜨거울 줄은 몰랐다.

그녀가 직접 슬립을 벗어 내리자 훅, 하고 숨을 들이켠 남자의 얼굴이 벌겋게 달아올라 있었다.

"오늘은 당신이 하고 싶은 대로 해도 돼요. 마음껏."

"정……말?"

손하가 조심스럽게 고개를 끄덕였다.

"그 말 번복할 생각 마."

손하는 다음 날 초주검이 되어 그에게 맘대로 하라던 말을 후회하고 또 후회하게 될 거라곤 전혀 생각지 못했다.

그는 그대로 손하에게 달려들어 그녀를 침대 위에 엎드리게 했다.

"뭐, 뭐 하는 거예요?"

"쉿."

고개 숙인 태진은 그대로 무방비한 그녀의 하얀 엉덩이에 키스 세례를 퍼부었다. 그러곤 조금씩 깨물기 시작했다.

"악."

"가만히 있어야지. 내 맘대로 하라며?"

처음 해 보는 체위에 그녀는 당황했다. 그가 배 쪽으로 손을 넣어 그녀의 엉덩이를 높이 세우자, 아래를 전부 내보이게 된 그녀가 수치심으로 얼굴을 붉혔다.

"못 해요."

"할 수 있어. 협조해야 착한 마누라지."

"흐읏."

제집 드나들듯 긴 손가락 하나가 안을 헤집자 거친 숨결이 터져 나왔다. 손하의 몸이 착실하게 반응했다. 그 순간 다리를 잡아 벌린 그가 아래로 침입해 왔다. 정신이 몽롱해졌다. 뒤로 하는 건 처음이라 왠지 더 흥분되는 거 같았다.

"흣!"

평소와 다르게 빠르게 들락거리는 남자의 조급함이 느껴지자 그녀도 쾌감에 젖어 엉덩이를 들썩거렸다. 요염한 동작에 태진은 다시금 사나운 기세로 그녀를 정복하기 시작했다.

욕망 하나에만 충실한 남자가 숨이 턱에 찰 때까지 질주를 계속하였다. 흥분한 여성을 손끝으로 자극하며 움직임을 점점 더 빨리했다.

"아아…… 응."

그녀의 몸이 거친 기세에 무너지려 했지만 이성을 잃고 본능만 남은 남자가 허리를 더 치받아 왔다.

"웃……."

그녀의 몸이 허공으로 솟구쳤다. 남자의 몸이 거침없이 안을 헤집자 그녀는 기댈 곳을 찾아 핏줄이 불끈 솟은 팔뚝을 붙잡고 서야 그의 무지막지한 공격을 견뎌 낼 수 있었다. 안정적인 자세를 취하자 살과 살이 마찰하는 소리가 더욱 커져 갔다. 음란한 소음이 신음 소리와 뒤섞여 방 안을 후끈 달아오르게 했다.

언제 끝날지 모르는 행위에 몰두한 두 사람은 점점 더 뜨거워졌다.

그녀는 태진에게 두 번을 더 잡아먹히고 나서야 잠들 수 있었다.

처음이 어렵지 그다음부터는 쉬웠다. 손하를 조심스럽게 다루던 태진은 그날 밤 이후로 낮엔 자상한 남편, 밤엔 짐승 같은 남편이 되었다.

욕실과 거실 소파 등 장소를 가리지 않았고, 심지어 벽에 선 채로 급하게 몰아붙이는 경우도 많았다. 이제는 그의 성욕이 두려울 정도였다. 이번엔 또 어떤 자세를 요구할지.

그는 낮엔 한없이 져 주고 밤에는 거침없는 남자였다.

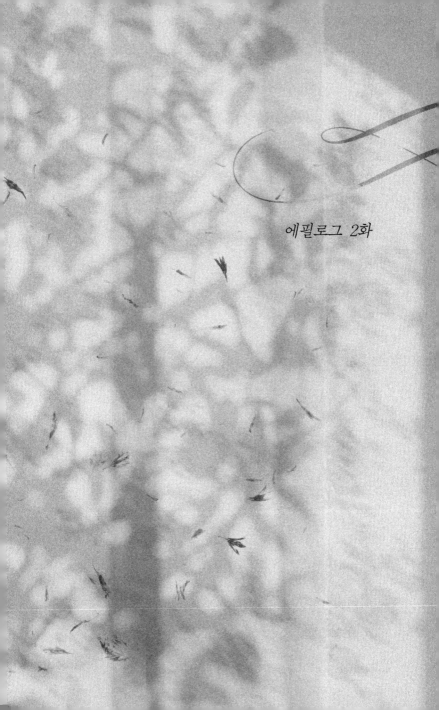

에필로그 2화

미국에서 한국으로 밤늦게 도착해 늦은 잠을 자고 일어난 민하는 주방으로 향했다. 그토록 그리워했던 한국 음식이 후각을 자극했다.

"누나. 아침부터 뭘 그렇게…… 응?"

앞치마를 두르고 요리를 하는 사람은 누나 손하가 아니라 그의 매형 태진이었다.

"왜 매형이 요리를……."

당황한 민하가 말꼬리를 흐렸다.

"어제부터 피곤해하는 거 같길래 그냥 안 깨웠어. 동생 부부 온다고 일주일 전부터 준비하느라 힘들었나 봐."

"그래도……."

아직 들은 얘기는 없지만, 민하는 손하가 임신했음을 눈치챘다.

기쁜 일이었지만 나영이 유산한 뒤로 아직 임신 소식이 없자 알리기를 조심스러워하는 것 같았다.

손하는 임신 8주 차였다. 의사 말로는 선천적으로 약한 몸이라 매사 조심해야 한다길래 태진은 아내를 위해 팔을 걷어붙였다. 어디서 주워들은 얘기는 많아 임신 초기가 가장 중요하다는 것 정도는 잘 알고 있었다.

기쁜 마음으로 음식을 준비하는 그의 손이 바쁘게 움직였다. 손하가 임신한 후에 도우미를 고용하기 시작해 밑반찬은 다 마련되어 있었다. 갈비탕은 어젯밤 손하가 미리 만들어 둔 것이었다.

"앉아. 준비 끝났으니까."

"제가 좀 도와드릴까요?"

"손님이잖아. 부담 갖지 말고 편히 있어."

매형의 말에 의자를 빼 앉은 민하의 속은 복잡했다. 누나와 행복하게 잘 살고 있는 모습은 보기 좋았지만, 가끔 저 남자가 얄미운 것도 사실이었다. 과거 일이지만 처절할 정도로 누나를 힘들게 한 남자가 아니던가. 또한 누나를 실컷 이용하며 간이고 쓸개고 다 빼먹어 버린 남자였다. 오해로 얽힌 관계였다고는 하지만 앙금이 다 사라진 건 아니었다.

"이거 다 아주버님이 준비하신 거예요?"

"전 차리기만 했습니다."

"자상하세요. 형님은 좋으시겠어요."

"나도 도와주잖아."

민하는 매형에게 칭찬 일색인 나영의 말이 듣기 싫었다. 제 와 이프는 남편을 앞에 두고 소태진의 행동 하나하나에 감탄을 거듭하는 중이었다. 인정할 건 인정해야 하지만 배알이 꼴리는 건 어쩔 수 없었다.

"누나는 깨우지 않아도 괜찮을까요?"

"어젯밤에 늦게 잠든 것 같아 일부러 깨우지 않았어. 우선 우리끼리 먹고 있자."

"네."

그때 허둥지둥하며 손하가 주방으로 들어섰다.

"미안. 내가 늦잠을 잤네."

"일어나셨어요, 형님? 어서 앉으세요. 아주버님이 상 차려 주셨어요."

친절한 나영이 아침 인사를 하며 의자를 빼 주자 손하가 자리에 앉으며 제 남편을 곱지 않은 눈으로 흘겨봤다. 왜 깨워 주지 않느냐며 조용히 입모양으로만 나무랐다. 한국에 오랜만에 방문한 동생 부부라 아침밥을 꼭 손수 차려 주고 싶었는데 첫날부터 늦잠이라니, 민망하고 미안했다.

"오늘은 어디 갈까?"

"음…… 남대문이랑 수목원에 가 보고 싶어."

"난 백화점이요."

나영의 솔직한 말에 손하는 유쾌한 웃음을 터뜨렸다.

"여자는 역시 쇼핑인가?"

"그럼요, 형님."

갈비탕이 입에 맞는지 맛있게 먹는 나영을 바라보는 손하의 눈가에 애잔함이 가득했다. 그녀도 친정에 가 보고 싶겠지만, 박훈 사장은 그날 이후로 정말로 연락을 끊어 버렸다. 그는 참 독한 사람이었다.

"마지막 날엔 나한테 꼭 시간 내 줘."

태진의 의미심장한 발언에 세 사람은 동시에 그를 바라보았다. 하지만 태진은 아무 말도 해 주지 않고 미소만 지을 뿐이었다.

두 사람이 한국에 머무는 마지막 날, 손하와 나영이 백화점에 간 사이 태진이 민하에게 뭔가를 내밀었다.

"이게 뭡니까, 매형?"

"약이야."

한약 같았지만 묵직한 것이 뭔가 남달랐다.

"한약입니까?"

"제수씨 거르지 말고 잘 챙겨 먹으라고 꼭 전해 주고."

"진맥도 안 하고 약을 어떻게 지으셨어요?"

"한약 아니고 산삼 달인 물인데 어렵게 구했어."

"산삼이요?"

"그래."

민하도 어디선가 들어 본 적 있었다. 몸이 찬 사람에게 산삼 달인 물이 체질 바꾸는 데 도움이 된다 했던가.

"시술은 받지 않으려 한다면서? 다 먹을 때쯤 또 부쳐 줄게.

정성으로 먹으면 곧 좋은 소식 있겠지."

"……."

"미국에 있으니 같이 식사도 자주 못 하고, 생일도 제때 챙겨 주지 못한다고 누나가 얼마나 아쉬워하는지 몰라. 물론 나도 미안 하고. 이렇게라도 마음 표현하고 싶었어. 그러니까 부담 갖지 말 고 받아 줘."

"매형……."

"어렵게 얻어 온 거야. 그러니까 잘 챙겨 먹으라고 해."

투박한 말투였지만 그의 진심이 민하에게 와닿았다. 그동안 내 심 쌓아 두었던 앙금이 깨끗하게 사라지는 순간이었다. 누나가 매 형에게 평생 동안 사랑받으며 살 거라는 확신도 들었다.

"고맙습니다, 매형."

눈시울이 붉어지는 민하의 어깨를 토닥이는 태진의 손길이 따 뜻했다.

8개월 뒤 문손하, 소태진의 아들, 겨울이가 태어났고, 1년 뒤엔 윤민하, 박나영의 딸, 윤봄이 태어났다.

눈은 땅에 닿으면 스러진다.

가붓한 바람이 봄의 소식을 전한다. 기다리고 그리던 봄은 더 디어도 어김없이 찾아와 가슴을 설레게 한다. 이름 모를 작은 꽃 들과 잎사귀, 초록의 향연. 봄의 아름다운 정경으로 가득 찬 시야가 기쁨으로 출렁이면 행복을 찾아 마음이 배회한다.

겨울이 가고 봄, 그리고 다시 여름, 가을. 인생의 행불행이라는 굴곡 앞에 당당할 수 있음은 사랑하는 가족이 내 곁을 지키기 때문이다.

언제까지나…….

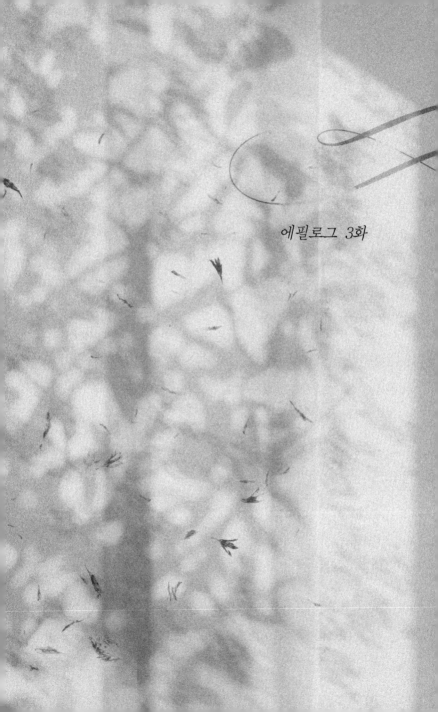

에필로그 3화

인생이 뜻대로 흘러가 준다면 얼마나 좋을까. 순리대로 살면 남에게 빚을 질 일도 아쉬운 말을 할 일도 없겠지만, 사람 사는 게 그리 호락호락하지 않다는 게 문제였다. 그게 인생이니까.

태진과 손하 사이엔 겨울이라는 아들 하나가 있었다. 태진을 쏙 빼닮은 아이였다. 하지만 자식 욕심 많은 태진은 아내를 닮은 딸을 얻고자 주야로 노력했지만 둘째는 쉬이 점지되지 않았다.

그러다 좋은 일과 나쁜 일이 동시에 찾아왔다. 그들의 터닝 포인트였다.

연일 소화가 되지 않고 잠이 쏟아지는 증상이 반복되자 병이라도 걸렸나 싶어 손하는 혼자 길 건너 산부인과를 찾았다가 뜻밖의 소식에 얼이 빠져 버렸다.

"네? 임신이요?"

아들 겨울이가 올해 열네 살이었다. 그녀가 적지 않은 나이에 둘째를 임신하다니. 기쁜 소식이었지만, 얼굴이 화끈 달아올랐다.

"축하드립니다. 임신 초기라 주의하셔야겠습니다. 몸도 약하신 편이고, 더구나 노산이라 조심 또 조심하셔야 합니다."

"네……."

만감이 교차했다. 남편의 평생소원이었던 둘째 소식을 전해 줄 생각을 하니, 절로 웃음이 나왔다.

긴 결혼 생활 동안 남부럽지 않게 남편에게 사랑받으며 살아왔다. 그러다 보니 서로 배려하고 위하는 마음이 시간이 지날수록 더 깊어져 갔다.

남편에게 당장 연락하고 싶었지만, 깜짝 선물을 해 주고 싶었다. 입이 근질거리는 걸 겨우 참고 손하는 며칠 동안 아른거렸던 아이스크림 가게로 달려갔다.

"엄마, 학원 다녀왔습니다."

"아들, 어서 와. 힘들었지?"

"괜찮아요."

입을 양옆으로 살짝 늘이며 빙긋 웃는 모습은 영락없는 남편 판박이였다.

그녀는 간식으로 준비한 과일을 깎으며 지나가는 말로 아들 겨울이에게 질문을 했다.

"겨울아, 혹시…… 너한테 동생이 생긴다면 어떨 거 같아?"

"네? 동생이요? 혹시 입양 생각하세요?"

"뭐? 아니, 그건 아니고…… 그냥 궁금해서 그래."

"음, 이왕이면 전 남동생이면 좋을 것 같아요."

"왜?"

"여동생은 은근 신경 쓰이잖아요. 저녁에 늦게 오면 걱정되고. 친구 진우가 그러는데, 두 살 아래 여동생이 있다던 반 친구 박진우요. 여동생 있음 엄청 귀찮대요. 예민하고, 자기 말 안 들어주면 약점 잡아서 부모님한테 일러바치고, 골치 아파 죽겠다더라고요."

진우는 집에도 몇 번 놀러 온 적 있는 겨울이의 단짝 친구였다. 미래가 기대되는 아이라고 해야 할까. 예의 바르고 털털한 성격을 가진 아이였다.

"그럼 남자 동생이라면 괜찮다는 거니?"

"뭐, 굳이 따지자면 그렇죠. 그건 그렇고, 저 방에 들어가 볼게요. 학원 숙제가 많아요."

"그래."

어릴 땐 엄마 껌딱지라고 부를 만큼 그녀에게서 잠깐이라도 떨어져 있는 걸 싫어하더니, 이제는 다 컸다고 제 영역을 사수하는 아들이었다. 성장한 자식을 바라보는 어미의 마음은 뿌듯하기도 했지만, 가끔 품에 쏙 안기던 감촉이 그립기도 했다.

주변 친구들의 말을 빌리자면 아들은 무뚝뚝하긴 해도 든든하지만, 딸은 역시 애교가 넘친다고 하니 둘째가 더 기다려졌다. 이왕이면 둘째가 딸이었음 했는데, 며칠 전 꾼 꿈 때문에 더 그런 마음이 강해졌다.

나무에서 떨어지는 복숭아를 치마폭으로 받아 한입 베어 무는 꿈이었다. 꿈속의 복숭아는 먹기 아까울 정도로 커다랗고 광채가 났다. 과일 먹는 꿈은 딸이라는 말이 있어 기대하는 중이었다.

해성그룹은 성장 속도가 남달랐다. 뚜렷한 경영 철학과 수익의 일정 비율을 사회에 환원하는 투명한 구조 덕분이었다.

"사장님 이것 좀 보세요!"

하지만 정권이 바뀌고 얼마 지나지 않아 일이 터졌다. 우려하던 일이었다. 신문에 대서특필로 보도된 기사는 어느 누가 보더라도 분노할 만했다.

해성그룹 오너의 추악한 이면

기사 내용은 태진을 향한 비난이었다.

정권이 바뀌고 오찬을 빙자한 자리에서 기부금 청탁을 해 오던 몇몇 국회 의원들을 태진이 무시한 대가였다.

"천 변호사 불러 대책 마련하세요."

문제는 기사 내용이 아주 없는 말이 아니란 것이었다.

십몇 년 전에 납치되었던 아내를 위해 김인환 총경과 친구 태영에게 도움받은 일과 얽혀 있는 내용이었다. 그는 두 사람에게 도움받은 일이 있기에 원조를 아끼지 않았었다. 하지만 그건 그의 입장일 뿐, 제삼자의 시각으론 청탁과 비리로 해석될 게 분명했다.

깨끗한 이미지로 타의 모범이 된 해성그룹의 오너 소태진이 앞에선 청렴을 외치고, 뒤에서는 꼼수를 부리는 야비한 인간으로 묘사되기 딱 좋은 건수였다.

파장이 커져 갈수록 누군가는 지난 일을 들추어 없던 말도 생산했고, 정부의 묵인과 부추김으로 점점 사면초가에 빠지게 된 태진이었다.

"여보, 나 때문이었죠?"

"손하야."

"내가 나설게요. 내가 나서서 해명할게요."

그는 지금의 위기를 현명하게 대처해 나가기 위해 고심하는 중이었다. 그렇다고 아내를 방패삼아 위기를 헤쳐 나가려는 어리석은 생각은 하지 않았다.

"괜찮을 거야. 나 믿지?"

"여보……."

하지만 시간이 지날수록 여론의 비난은 줄어들지 않았고, 심지어 경영진도 그의 사퇴를 이야기하며 잠시 퇴진하는 게 낫지 않겠느냐는 의견을 보였다.

곁에서 지켜보는 손하의 가슴은 타들어 갔다. 모든 게 자신의 탓인 것 같아 직접 나서 보려 했지만, 태진이 절대 허락해 주지 않았다.

"손하야!"

"엄마!"

극도의 스트레스로 결국 가슴을 부여잡고 쓰러진 손하는 응급실로 급히 실려 갔다.

"심폐 기능이 갑자기 떨어져 산소가 뇌에 공급되지 않았습니다. 다행히 의식은 차렸지만……."

"……?"

"아이는…… 유산되었습니다. 유감입니다."

"뭐…… 뭐라고요? 아이? 유산이라뇨?"

소중한 아내를 잃을 뻔한 아찔한 순간이 떠올라 그는 억장이 무너지는 기분이었다. 더군다나 임신 중이었다니. 스트레스가 얼마나 심했으면 흉부에 압박이 올 정도였을까. 그는 말문이 막혔다.

자리에 주저앉은 그는 한참을 그렇게 망연자실해 있었다. 가족을 위해 뛰었고, 누구보다 열심히 일해 왔다고 자부할 수 있었다. 회사와 직원들을 위해 최선을 다했다. 그랬는데…….

"여보……."

"미안해. 내가……."

"당신이 왜 미안해요. 배 속의 아이와는 인연이 아니었나 보죠."

혹여 아이를 잃은 충격에 또다시 정신이라도 놓을까 걱정했지만, 다행히도 그녀는 괜찮다는 표정을 지어 보이며 오히려 태진을 위로해 주었다.

배 속의 아이를 떠나보낸 건 가슴 아팠지만, 그녀에겐 소중한 가족인 태진과 겨울이 곁에 있었다.

"당신이 힘들겠지만, 정공법으로 나가는 게 어떨까요?"

"뭐?"

"뉴스를 보면 사건 사고의 원인보다 결과만 따지는 사람들이 많잖아요. 이유는 궁금해하지도 않으면서. 억울하긴 하지만, 어찌 되었건 과거에 공권력을 남용한 건 사실이니……."

"……."

"모든 걸 깨끗하게 인정하고 사과 먼저 하세요. 그러고 나서 하나둘씩 풀어 가면 다른 사람들도 당신을 조금은 이해해 주지 않을까요?"

"손하야……."

"여보. 용기를 내세요. 당신이 나 때문에 오명을 뒤집어쓰는 거 싫어요. 우리 아이…… 당신 때문에 잃었다고 자책하는 것도 싫어요. 인연이 아니니 떠났을 뿐이라고, 그렇게 생각해요. 네?"

남자의 뒷머리를 쓰다듬는 손하의 손길엔 애정이 넘쳐흘렀다. 늘 그에게 받기만 한 거 같아 미안했다. 사랑한다는 표현도 자주 못 해 줘서 그녀는 이번 기회에 그에게 받은 만큼 베풀고 싶었다. 자신이 그를 더 많이 사랑하고 믿고 의지하고 있다는 걸 느끼게 해 주고 싶었다.

가진 것을 내려놓는 일이 큰 용기를 필요로 하는 일임을 잘 알고 있었다. 그래서 그에게 더 힘이 되어 주고 싶었다. 다시 일어설 수 있다고, 늘 함께하겠다고 속삭여 주고 싶었다.

"죄송합니다. 전부 저의 불찰입니다. 책임을 통감하고 사장직을 내려놓겠습니다."

기자 회견장에서 자신의 불찰을 깨끗이 인정하고 사과하며 고개를 숙이는 그의 모습에 이렇다 저렇다 말이 많았지만, 일단 급한 불은 꺼졌다.

진실한 사죄이든 눈 가리고 아웅 하는 거짓이든 그가 그동안 행해 왔던 공적과 굵직한 성과들을 여론이 눈여겨보기 시작했다.

전진을 위한 한 보 후퇴를 실천하기 어렵다는 걸 누구보다 잘 아는 사람들은 태진이 과거에 한 남자로서 위기에 처한 여자를 구하기 위해 고군분투했던 사연을 알게 되고, 안타까워하며 공감해 주었다.

결과적으로 그가 끝까지 자신을 도왔던 사람들을 보호하고 혼자 모든 책임을 지겠다는 일관된 태도를 보이자 그에 대한 신임이 조금씩 쌓여 갔다.

몇 달 뒤, 손하와 태진 그리고 겨울은 가족 여행 중이었다.

학업에 열중해야 하는 가장 중요한 시기에 무슨 여행이냐며 겨

울이 반항도 해 봤지만, 태진과 손하는 그대로 가족 여행을 강행
했다.

절절한 눈으로 아들을 설득시키는 어머니의 눈동자가 아니었다
면 겨울은 조금 더 반대의 입장을 내놓았겠지만, 부친처럼 겨울도
어머니에게는 한없이 약했다. 아무래도 부친한테 어머니한테만
약해지는 유전자를 물려받은 건지도.

그리고 보면 우리 집 1순위는 언제나 어머니였다. 여행지가 유
럽이 아닌 싱가포르인 것도, 3박 4일이 아닌 7박 8일의 일정인
것도 모두 어머니의 뜻이었으니…….

'난 유럽보다 싱가포르에 가고 싶은데…….'

'가족 여행 오랜만에 가는 건데 3박 4일은 짧아요.'

'당신은 파란 셔츠가 잘 어울려요. 입을 거죠?'

'짧아서 노출이 심하다니……. 하지만 시원해 보이잖아요. 입
지 않고 갖고 있기만 할게요. 안 돼요? 안 되겠죠?'

'하나만 더요.'

'이번 한 번만요.'

'절대 안 돼'를 외치던 부친은 살랑살랑 눈웃음치는 모친의 미
소에 녹아내렸다. 존경하는 부친이지만 이럴 때 보면 얼빠진 바보
같았다.

덕분에 저녁 메뉴는 매콤한 칠리 크랩이 아니라 맹탕에 싱거운
현지 음식 호키엔미가 될 것 같았다.

"어휴, 내가 못 살아."

일상에서 탈출해 구름과 바람, 그리고 자연이 퍼 주는 혜택을 누렸다. 계곡 사이로 흐르는 물줄기는 아름다운 음률을 만들었다. 반짝거리는 잎사귀는 그들의 웃는 얼굴과 뒤섞여 아름다운 풍경이 되었다.

— *Fin*